換個良人嫁

3

風文創 644

水暖 著

目錄

第二十六章 …… 005
第二十七章 …… 025
第二十八章 …… 049
第二十九章 …… 075
第三十章 …… 103
第三十一章 …… 125
第三十二章 …… 149
第三十三章 …… 175
第三十四章 …… 197
第三十五章 …… 225
第三十六章 …… 249
第三十七章 …… 277

第二十六章

一別五年，娘兒倆自然有說不完的貼心話，說著說著，就說到兩個外孫女的婚事，一個十六，一個十四，再過兩個月就翻年，這年紀可說不上小了，尤其是宋嘉卉。

「卉兒那兒，妳就一個有數的人選都沒有？」

林氏猶豫了下，期期艾艾地看著林老夫人。「娘，潤知定人家了嗎？」

看來看去，她還是最中意林潤知，性格溫柔細緻且會照顧人，她大嫂也是個好脾氣的人，又有林老夫人在，女兒受不了委屈。

林老夫人定定看她兩眼，看得林氏低下頭。

「已經定了。」

林氏一驚。「定了？」怎麼一點都沒聽母親說過。

「就上個月定下的，年底姑娘出了孝就小定。」

林氏失落，連定的是哪家都沒心思問了。

林老夫人無奈。「以女婿現在的地位，卉兒不缺人求娶，妳呢，要求也別太高了，反倒耽擱了孩子，這世上哪有十全十美的人。」

求娶的人是不少，可林氏總是拿不定主意，又不敢去問宋老夫人，聞言，心裡一動，將自己頗看好的幾家和林老夫人說了說。

聽罷，林老夫人沈吟。「我找人去打聽一下，再尋機會接觸一二。」

說實話，林老夫人也不是很相信自己這女兒的眼光，這女兒被她養得太天真了。

看了看她，林老夫人又問起宋嘉禾。

林氏頓了下，小心翼翼道：「娘覺得她和承禮如何？」

雖然季恪簡拒絕了，可自古以來終身大事，父母之命，媒妁之言。

林老夫人皺眉。「承禮比禾兒大了不少。」

林氏還是那套年歲大些更會疼人。「我看著兩個孩子頗登對。」

單論家世相貌，的確天造地設，可旁的，林老夫人還真說不準。無論是季恪簡和宋嘉禾，沒哪一個是她看著長大的，林老夫人並不敢輕易下結論。再說一句，一個姓季，一個姓宋，她這個做外祖母的管太多，未免手伸得太長。

林老夫人想了想。「下午妳大姊也會過來，到時候探探她的口風。若她也覺得適合，我的意思是也不用著急，先看看兩個孩子合不合得來再決定，免得造就一對怨偶。」

林氏注意都放在季夫人也要過來，驚喜道：「大姊也要來？我還想著明日去看她。」

「她也是上午才派人傳話，」林老夫人無奈。「說是等不及見你們。妳大姊這人就是這樣，做事風風火火的！」

且說宋嘉禾，津津有味地看著姹紫嫣紅的各色菊花。說了兩句後，林四娘抱怨起麻雀多，啄壞不少花，用了許多法子都沒用。

「這種情況下就該打。」宋嘉禾說著，還變戲法似地拿出一把精緻的彈弓。這是她從宋子諺那兒搜刮來的，據說這是魏闕送他的，十分小巧別致。她冠冕堂皇地以防止宋子諺胡鬧傷人的理由，據為己有。

林四娘看得一愣一愣的。

宋嘉禾拉了拉弓，彈性不錯，又從花盆裡挑了一顆小石子，笑盈盈道：「多打幾回，那些小東西就怕了，不敢來了。」

趴在牆頭，藉著樹枝掩護，肆無忌憚欣賞美人的林潤彬，只見美人停在一盆粉菊前，正感慨人比花嬌，忽見她抬臉看過來，手裡拿著一把彈弓。

林潤彬面色大變，不自覺往後一躲，卻忘了自己是騎在小廝頭上，激動往後躲的後果就是「啊」一聲，主僕兩個一起栽倒在地。

宋嘉禾茫然放下彈弓，驚訝地看著林四娘。「表姊？」

在那慘叫聲中聽出幾分熟悉的林四娘，心裡咯噔一響。畢竟是一塊兒長大的堂姊弟，她豈不知道林潤彬的脾性，這堂弟很有幾分風流胡鬧。

望著眼前仙姿玉容的宋嘉禾，林四娘更是確定幾分，她佯裝無事，歉然地看著宋嘉禾。「下人無狀，表妹見諒，我去看一看。」

眼下只求宋嘉禾沒認出林潤彬，要不可就丟人現眼了。那兒樹蔭籠罩，林四娘安慰自己，宋嘉禾應該沒看清是誰，要不也不至於這般平靜了。

「表姊去吧。」宋嘉禾點頭表示理解。

實際上，她比林四娘更早確定那人是林潤彬，此人自以為風流倜儻，實則不過是個打著窈窕淑女，君子好逑名頭的登徒子罷了。

片刻後，林四娘去而復返，萬分羞慚。「我已經讓人將那沒規矩的下人帶下去處罰，還請表妹莫要往心裡去。」

她剛剛將林潤彬好一通訓斥，這小子還嬉皮笑臉，真是被二嬸慣壞了。林潤彬幼時體弱，又是么兒，二嬸不免多疼些，疼著疼著，就把他給疼成這副吊兒郎當的樣子。

宋嘉禾十分善解人意。「那麼大一個家，總有那麼幾隻蛀蟲。」

林家人都不賴，也就林潤彬這顆老鼠屎。

這個話題就此揭過，林四娘和宋嘉禾說起菊花來，兩人對養花頗有心得，倒是能談得來；宋嘉卉則是和林五娘比較說得上話。

轉眼就到了中午，用過豐盛的午膳後，林四娘提議去花園作畫，眾人自然一一應了，畫畫是個打發時辰的好項目。

作畫時，宋嘉卉留了個心眼，她還記得之前在梁太妃六十大壽上丟的臉。宋嘉禾畫技突飛猛進，宋嘉卉覺得她肯定作弊，要不一個人怎能在那麼短的時日內進步神速？也是因著這個由頭，她和宋嘉禾吵起來，最後被謝嬤嬤趕回家，以至於她氣惱下，不慎推得娘小產。

宋嘉卉分神留意著宋嘉禾，越留意，越難受，她技藝竟然比去年還精湛了些。宋嘉卉心浮氣躁，握緊畫筆，鼻尖一畫，那朵畫好的菊花上便出現突兀的一筆。

宋嘉卉更惱，恨恨瞪著畫紙。

「哎呀，真是可惜了。」林五娘遺憾地出聲，抬頭見宋嘉卉臉色難看，不免愣了下。

宋嘉禾循聲抬頭，輕輕一笑。對宋嘉卉這樣的人而言，根本不用特意報復，把自己降到和她同一個低度，只要比她優秀、比她出色，足夠讓她抓心撓肝地不舒服了。

宋嘉卉氣血上湧，錯眼間瞥見謝嬤嬤，霎時一盆冷水澆下來，澆滅她的怒火，她整了整臉色。「沒事，重新畫一幅便是。」

林五娘無措地看林四娘一眼。

林四娘對她安撫一笑，柔聲道：「幸好才剛開始畫，要不就更可惜了。」

話音剛落，一個小丫鬟跑過來稟報，說季夫人來了，林老夫人請各位姑娘過去見人。

林四娘喜形於色，顯見很喜歡這位姑母，還對宋家姊妹倆道：「大姑姑最喜歡女孩，兩位表妹見了就知道。」

宋嘉禾自然也知道，姨母沒有女兒，所以格外稀罕親戚家的姑娘。想到能見到季夫人，她的心情也雀躍起來。

正在和林氏說話的季夫人聽得珠簾一響，便抬頭看過去，見到兩個面生的小姑娘，知道這就是外甥女了。

季夫人見過宋嘉禾，雖然五年未見，不過大概輪廓還是在的，心中暗道一聲「好個標致的丫頭」，可神色上卻是如常，落在兩個外甥女身上的目光並無差別，更無暗暗比較可惜之意。

宋嘉卉肩膀微微放鬆，心中生疏之意去了五分，見禮時，甜甜喚了一聲。「姨母好。」

宋嘉禾笑容明媚地屈膝行禮。「嘉禾見過姨母。」

「乖，」季夫人一手拉著一個，愛不釋手的模樣。「這一眨眼不見，都是大姑娘了。」

宋嘉卉笑道：「姨母風采也一如當年。」

「瞧瞧這小嘴甜的。」季夫人笑吟吟道：「可不能白聽了妳們的好話。」

便有兩個秀麗的丫鬟，手捧一個大錦盒從她身後走出來。

季夫人道：「這是姨母給妳們準備的見面禮。」

看著那錦盒大小，林氏道：「又讓大姊破費了。」

季夫人笑咪咪道：「我又沒姑娘，這些東西留著也是積灰，正好給兩個外甥女，看她們打扮得漂漂亮亮，我看著就高興。」

如此林氏也不再客套。

季夫人又問兩人一路走來累不累、讀了什麼書，好半晌才道：「妳們繼續畫畫，來日方長，咱們幾個有的是機會親近。」

宋嘉禾姊妹倆便告退，與林家姊妹一塊兒回園子裡。

林大夫人藉口準備晚宴離開，林二夫人緊隨其後，很快屋裡只剩下母女三人。見到好久不見的妹妹，季夫人自然有一番契闊要說。

等著等著，都沒等季夫人問到兩個女兒的婚事，林氏不由著急起來，看向林老夫人。

林老夫人頗為無奈，心想女兒都這把年紀，還擔不起事來，也是親家厚道，女婿人品好，她才能這麼幾十年如一日。林老夫人再次由衷感謝老頭子，要不是他當年對宋老太爺有恩，女兒哪有這好命。

季夫人看了看，直截了當問：「娘和小妹是不是有話要和我說？」

林氏支支吾吾，林老夫人也不指望她了，徑直道：「她呢，替禾丫頭的婚事擔心，正好上個月見了承禮，就想著親上加親，以後禾丫頭能不受委屈。」

林氏眼巴巴看著季夫人。

「我當什麼事，原來是這事。」季夫人笑。「我先問，這事小妹問過外甥女想法沒？過日子的到底是她自個兒，哪能不問問他們自己的意思？」

林氏抓了抓帕子。「這、這……」

以季愔簡的風儀，想來宋嘉禾會喜歡的，若季家願意結親，林氏覺得家裡萬沒有不應的道理。

季夫人搖搖頭。「我知道妳是為兩個孩子好，只婚姻大事，是攸關一輩子的事，我覺得妹妹還是先和外甥女好好談談；我呢，也得回去問下承禮。總教兩廂情願才是美事，否則豈不作孽？」又怕林氏誤會，遂補了一句。「嘉禾是個好姑娘，我一眼見了就喜歡，不過婚姻大事還是得慎重點。」

和宋家結親，季夫人樂見其成，丈夫也必是同意的，然而兒子那邊還真不一定，她這兒子主意大得很，要不也不會拖到這把年紀還不成親。

林氏訕訕地按了按嘴角。「大姊說得是，是我心急了。」

季愔簡到的時候，林老夫人等人正在點評姑娘們的畫作。

季夫人看了看手上的畫，心裡一動。「讓他到這兒來吧，一家人也不必避諱。」

季恪簡便直接來了後院，互相廝見過，季夫人就讓季恪簡評評幾位表妹的畫作。

聞言，幾位姑娘不由緊張。季恪簡在書畫上造詣頗高，若得他指點幾句，受益匪淺。

季恪簡認真地看著每幅畫，不時點評幾句，用詞溫和卻是字字切中要害，聽得人心悅誠服，暗道怪不得他在士林中如此受推崇。

宋嘉禾起先還仔細聽著，忽然變了色，她忘了一件要命的事。季恪簡指點過她兩年的畫藝，難免一些習慣和技法上有些學了他，旁人也許看不出來，可季恪簡自己會看不出來嗎？不知他會怎麼想，是不是覺得自己偷偷臨摹他的作品？

宋嘉禾一顆心怦怦亂跳，她抿了抿唇，都想把自己的畫奪回來了，一點都不想讓他這麼認為。

季恪簡目光一凝，想起去年在梁王府看見的那幅「痲姑獻壽圖」，當時隔著一段距離，看得不大分明，他不敢確定，如今眼下滿紙的似曾相識感。

季恪簡不動聲色地看一眼微垂著眼的宋嘉禾，腦中浮現的是夢裡那一幕，他極盡耐心地教著一名女子作畫。

這件事越來越古怪，世上有這麼巧的事嗎？

「這是哪位表妹所作？」季恪簡含笑詢問。

宋嘉禾沒有說話，不過在場之人的目光都看向她。

「禾表妹如此年紀有此畫功，實在令人欽佩。」季恪簡讚道。

宋嘉禾低頭一笑，似乎是不好意思。「表哥謬讚了。」

季夫人看了看兒子，又看宋嘉禾一眼，若有所思。

季恪簡笑了笑，細心地指出不足之處，又提出改進方法，宋嘉禾福身道謝。

季恪簡看了看她，豈能沒發現其中的客套？臨州城初見時，他還能察覺到小姑娘見到他的歡喜；可在她將將摔倒時，他避嫌後，小姑娘的態度就變了，應該是傷心了吧！

待說完畫，時辰也不早，宋銘、宋子諫和寧國公也陸陸續續到來，三家人聚在一塊兒熱鬧地用了午膳，並趕在宵禁前各自回府。

回到寧國公府，季夫人朝寧國公使了個眼色。

寧國公笑咪咪地說：「你們母子倆有什麼體己話，不能讓我知道？」話是這麼說，人已經很識趣地加快腳步。「我先回去喝個醒酒湯，今兒酒喝多了有點上頭。」

季恪簡恭送父親，然後扶住季夫人的手。

季夫人指了指涼亭。「去那兒陪我坐坐。」

季恪簡含笑應是，扶著她走入涼亭。

丫鬟、婆子機靈地退出涼亭，季夫人望著對面劍眉星目的兒子，輕輕開口。「你覺得你禾表妹如何？」

入了冬，草木凋零，昆蟲都鑽到底下準備過冬，四周一片寂靜，唯有風聲拂過樹梢帶起的沙沙聲。

宋嘉禾如何？

季恪簡承認自己對這個小表妹，有一種超乎尋常的關注。一開始是因為她對他的態度不同尋常，然後自己也變得奇怪，最讓人百思不解的是那個光怪陸離的夢。

他覺得宋嘉禾就像一個謎團，他想解開，卻不得其法，無計可施。

他自然懂母親話裡的含義。娶了她，是不是這個謎團就能迎刃而解？若他點頭，宋家那邊應該也會答應吧！

可季恪簡不敢娶，他怕辜負小姑娘的一片真心。真心值得用真心回報，他怕自己給不起。若她不喜歡他，僅是出於利益聯姻，他倒是願意娶她，她應該是一位好妻子、好母親。

「表妹是個好姑娘，不過兒子只當她是可愛的小妹妹。」

季夫人以目光審視自家兒子，季恪簡也坦然回視。

他想，那個夢，只是一場美好的春夢罷了，畢竟他年紀也著實不小，他那群朋友的孩子都能下地跑了。之所以會產生宋嘉禾是那個女孩的理想，只怪時機太巧，正好在那一晚看見她，她穿著一件純白的狐裘，和夢裡那女子一樣。只不過夢裡那面容模糊的女孩，明顯比宋嘉禾更高䠷一些。

季夫人說不上是失望還是慶幸，失望於兒子還是沒遇上他想娶的姑娘，也有那麼點慶幸兒子並沒看上宋嘉禾。這外甥女瞧著確實不錯，但年紀著實有些小，成親起碼要等兩年；至於生孩子，為了母子安全考慮，更得等上三年五載。

「你年齡也不小了，到底是個什麼想法？」季夫人語重心長地看著季恪簡。

她也想做祖母啊！季家幾代單傳，到了丈夫這一代，老天開眼，生了兩個兒子，可嫡長子遇刺身亡，到頭來還是一脈單傳。

望著母親眼角的細紋，季恪簡輕聲道：「兒子覺得覃氏那樣的姑娘挺好的。」

覃氏，是季恪簡亡故的未婚妻，端莊守禮。

季夫人望著兒子。覃氏不是當時那幾個人選裡家世最好的，也不是最美的，更不是最有才的，但她是唯一一個見了兒子不會臉紅心跳的人。

季夫人輕輕一嘆。「當年的事，你還是放不下嗎？」

七年前，長媳董氏的妹妹愛慕季恪簡，非君不嫁，但哪有姊妹嫁給一家兄弟的道理？那會兒，十三歲的小姑娘也不知怎麼想的，尋死覓活鬧了好幾次，一不小心，真給吊死了。

長子與兒媳回董家奔喪，不想半路遇刺，雙雙殞命，兒媳腹中還懷著四個月的孩子。

家裡老太太受不得打擊，一病不起，沒幾個月就去了。經此一事，本有些紈袴浪蕩的小兒子性情大變，迅速成熟穩重。這些年，人人羨慕她有個好兒子，可誰知道季夫人的心疼。

承禮，這個字是季恪簡自己要求的，長子名恪禮，他想承擔起兄長的擔子來。

「阿簡，那些事與你無關。」季夫人鄭重道。

季恪簡笑容溫和。「母親，我知道。」

他只是覺得，當年的自己若是成熟一點，那些悲劇都不會發生。

季夫人忍著酸楚道：「夜深了，回去吧！」

季恪簡起身，扶著季夫人回房。

初到京城，少不得要四處拜訪聯絡感情，整個十月在作客和請客中悄然溜走，一直忙到十一月初才算緩一口氣，能在家安安靜靜歇上幾日。

一閒下來，宋老夫人就開始惦記去寺廟聽經。她老人家信佛，以前在武都是每個月都要去瓏月庵聽好幾次經。

打聽一番後，宋老夫人拍案決定去聲名遠播的皇覺寺。

到了約定的日子，宋家女眷浩浩蕩蕩地出門，到了山腳下一看，密密麻麻的車馬，其中還有梁王府的。

「肯定是你們姑祖母來了。」宋老夫人笑呵呵道：「想不到她來得這麼早。」

進了寺廟，兩邊人馬在大雄寶殿遇上，便是一番廝見。拜過佛祖後，兩位老人家相約去聽經，有興趣的人跟著去了，沒興趣的人則四下散開，各尋樂子。

宋嘉禾等人與魏歆瑤一行人打過招呼，也各自分散。

宋嘉晨和宋嘉淇頭一次來皇覺寺，看哪兒都感到好奇，興致勃勃地想到處看看。

宋嘉禾重生前，倒是來過無數次，她也沒有掃兩個妹妹的興致，陪著她們逛起寺廟來。

且說離開的魏歆瑤，打發走燕婉和姊妹，便帶著兩個丫鬟去尋高僧淨空。她打聽過，淨空大師與季恪簡是莫逆之交，季恪簡每月都來找淨空論經，這個月就是今日。

出家人五蘊皆空，不過安樂郡主親自到訪，且這位郡主這陣子可沒少捐香油錢，高僧如淨空少不得也要鄭重接待。

好一會兒，魏歆瑤客客氣氣地告辭，淚盈眉睫。「多謝大師提點，跟您說完後，我心裡好受多了。」

淨空大師雙手合十，道：「阿彌陀佛，知錯能改，善莫大焉。」

魏歆瑤還了個稽首禮，隨即起身離開。

剛出廂房，就見季恪簡迎面而來。魏歆瑤捏了捏手心，讓自己冷靜下來。

「安樂郡主。」

「季世子。」魏歆瑤福了福身，又不好意思地擦擦眼淚，似乎不想讓季恪簡發現。

而季恪簡目光平靜，像是根本沒察覺到她的動作一般。

擦了又擦，都沒等來他的詢問，魏歆瑤暗叫失策。以季恪簡君子之風，他為了不讓自己難堪，怕是不會多嘴一問，這可如何是好？

她那麼費盡心思地安排這一齣，就是想讓季恪簡知道，她對那場致使柯玉潔身亡的意外滿心悔恨。若不拔掉那根刺，何談讓季恪簡喜歡上她？

「郡主自便，在下約了淨空大師論經，先行一步。」季恪簡客氣地抬手一拱，繞過魏歆瑤要走。

等魏歆瑤反應過來，季恪簡已經走出幾步外。她張了張口，想留下他，可一思及留下他又能如何，他不過問，自己還能主動提及柯玉潔那事不成，豈不太過刻意？但願淨空大師能與他說一說。

怔怔望著他清俊挺拔的背影，魏歆瑤一顆心又酸又甜還帶著苦澀，更是後悔當年莽撞，那會兒也不知怎的腦子一熱，馬鞭就揮過去，哪想柯玉潔會這麼蠢，把脖子給摔斷，以至於她今日落到這尷尬地步。

若沒這件事，再加上父王一直想拉攏季家，因緣俱足的狀況下，也許他們早就訂親了。

相較於魏歆瑤的愁腸百結，宋嘉禾姊妹那裡則是歡聲笑語不絕。

這時節山上的臘梅開得正盛，勢若花海，漫山遍野，飄香數里。

由於不少香客都聚集在這兒玩耍，宋嘉淇覺得人多嘈雜，遂往裡頭跑了一段。

「這兒的臘梅比家裡的更好看、更香！」宋嘉淇享受地深呼吸一口，下一句暴露了本性。「好香啊！做成梅花糕肯定特別好吃！」

宋嘉禾嗤笑。「妳就能不能出息點？整天惦記著吃。」

宋嘉淇正要還嘴，就見宋嘉禾臉色大變地道：「嘉淇，回來！」

宋嘉淇一驚，想也不想，撒腿就往她那邊跑。

在她身後，一群不知打哪兒冒出來的人，正飛速奔來，來者十來人。他們模樣狼狽猶如亡命之徒，動作很矯捷，幾步就能竄出一大截，可見都是好手。

這群不速之客引得林子裡的嬌客驚慌失措，尖叫四起。

見宋嘉淇安全歸來，護衛們不敢耽擱，忙護著宋嘉禾姊妹幾個避開。情況不明，他們也不敢冒然插手，萬事以幾位小主子的安全為上。

「我好像聽到二姊的聲音了！」跑出去幾步的宋嘉淇突然道。

不只她，宋嘉禾也聽到了，回頭一看，就見遠處那群人裡，一個彪形大漢肩上扛著一個綠衣女子。

宋嘉禾心生不妙。宋嘉卉今日穿的就是綠衣，再聽那女子的尖叫掙扎聲，更是確認無疑。

宋嘉卉怎麼會被抓住的？

宋嘉卉也是倒楣，她和宋嘉禾三個從來都玩不到一塊兒，遂一出大殿就和她們分道揚鑣。她就在山上瞎蹓躂，不知不覺就走到冷清的地方，正想回去，就遇上這群正被官兵追捕的歹人。

護衛帶著她就想跑，可晚了，護衛等人被重傷，宋嘉卉也被挾持為人質。

宋嘉卉驚駭中地喊出自己的身分，讓他們不要傷害她。這群亡命之徒可高興壞了，沒承想隨手一抓就抓到個護身符，逼退官兵後，就帶著宋嘉卉開始逃命。

見宋嘉卉被挾持，宋家那些護衛豈能袖手旁觀？護衛長命幾人護送宋嘉禾等離開，自己帶著剩下的人往回走。

宋嘉禾猶豫了一下，派人去向旁人家借一些護衛過去幫忙，畢竟人多勢眾，接下來就看宋嘉卉自己命大不大了。

「滾開！」狼狽逃竄的眾人見出現攔路虎，怒喝道。

穿過這片梅花林就是黑竹溝，那兒地勢險要，道路四通八達，官兵休想再追到他們。他很清楚朝廷鷹犬並沒放棄，只不過顧忌人質才遠遠尾隨。

「放下我家姑娘，我們絕不阻攔各位。」護衛長沈聲道。

聞言，宋嘉卉激動，她歇斯底里地叫起來。「只要你們放了我，我保證、我保證官府不會追拿你們，我可以保證。我爹是齊國公，我祖父是尚書令，梁太妃是我姑祖母，梁王是我表伯。只要你們不傷害我，他們一定會放你們走的；可我要是死了，就是追到天涯海角，我爹也不會放過你們，我爹最疼我，我爹最疼我了！」

「閉嘴！」站在宋嘉卉身後那人受不了她的聒噪，一巴掌狠狠甩到她臉上。

齊國公宋銘？要不是他，京城怎麼會失陷得那麼快，他們這些前朝舊人也不至於落到這地步！

這一巴掌帶著憤恨，宋嘉卉的臉一下子就紅腫起來，嘴角都出現血絲。可她緊緊抿著雙唇不敢哭，她怕哭出來，這些人再打她。

護衛長臉色一沈，壓著怒火道：「再往前兩里地就是黑竹溝，諸位放下我家姑娘趕過去還來得及，再晚一些，朝廷來人後，各位恐怕沒這機會了。」

打頭者滿臉陰鷙，一把將宋嘉卉從那彪形大漢的肩上扯下來，用劍抵著她的臉。「廢話什麼，給我閃開，否則我先給你家姑娘臉上來一刀。」

冰冷的刀鋒在臉上游移，如同毒蛇吐芯子，宋嘉卉不由自主地驚叫起來。「滾開，快滾！啊！」

掙扎間，宋嘉卉感覺到臉上一股刺痛，她嚇得三魂七魄都飛出去一半，想也不想地用手去摸臉，雙手直直撞在劍刃上，霎時飛濺出血花。

瞪著滿手血色，宋嘉卉又驚又懼，終於控制不住自己的恐懼，崩潰大叫，聲音尖利，直刺耳際。

拿劍的人也不想她會這麼蠢，竟然自己搖頭晃腦把臉往劍上撞，還能主動割傷自己的手，便不自覺把劍收回來，免得這枚護身符把脖子撞上去；接著又因她魔音傳腦，忍不住往旁邊側身。

此時，一道尖銳的破空聲驟然響起，抓著宋嘉卉那人只覺得脖頸一涼，不自覺伸手想摸，可手剛抬到一半，他整個人猶如離了筷子的麵條，癱軟倒地。

「少主！」一干下屬大驚失色，駭然望著他脖頸上那道血痕。

幾個反應快的立刻去抓宋嘉卉。

說時遲那時快，一條從天而降的軟鞭纏住宋嘉卉的左臂，舉重若輕一般將人凌空提起。幾人揮刀就砍，那架勢是寧可劈下半截身子，也不便宜了別人。

咻咻咻！幾枝飛箭裹挾著凌厲之風飛來，那幾人不想死，只能揮擋箭，眼睜睜看著宋嘉卉被鞭子帶走。

如此一來，隱藏在暗處的神策軍一躍而出。沒了玉瓶，老鼠自然是想怎麼打就怎麼打。都不必魏闕親自出馬，轉瞬之間，那十幾人或死或傷，都躺下了。

身纏鞭子如同一個繭般被魏闕提在手裡的宋嘉卉仰頭看著他，又驚又喜，喜極而泣。「表哥！」淚水順著她滿是血污的臉頰滾滾而下，這情景著實說不上賞心悅目。

在這一刻，可以說魏闕救她這件事，比她死裡逃生更讓她振奮喜悅。宋嘉卉嘴唇顫抖，似乎有千言萬語要訴說，一雙眼裡更是情愫澎湃。

魏闕面無表情地將宋嘉卉連同手上的軟鞭，一同甩給立在一旁的宋家護衛。護衛手忙腳亂地接住宋嘉卉，忙將她放在地上，飛快解開她身上的鞭子。

宋嘉卉遍體發寒，只覺得一陣冷風颼颼地吹在心上。從頭到尾，他不曾碰到她的一片衣角，甚至都不多看一眼；被他扔出去那一刻，她甚至覺得，自己在他眼裡就是一團垃圾。

猛然間，宋嘉卉想起他救下宋嘉禾那一幕，強烈的對比讓她整個人如墜冰窖，冷得她連臉上、手上的傷都察覺不到了。

再說離開的宋嘉禾，聽見後面動靜古怪，回頭一看，雖然隔得遠，但是架不住她眼睛好啊！

瞇著眼再三確定，宋嘉禾喜形於色。「不用跑了。」

「為什麼啊？」宋嘉淇一邊問，一邊回頭看，只見一群人散亂而立。

這是戰鬥結束，誰贏了？

只見護衛長恭敬地將解下來的軟鞭，雙手捧著奉還給魏闕，感激涕零。「多謝魏將軍仗義出手。」

魏闕笑了笑，忽然他臉上笑意加深幾分。

護衛長抬眼一看，就見幾位姑娘去而復返。

「三表哥。」宋嘉禾幾個喚了人，草草行過禮，都去看宋嘉卉。

宋嘉卉木著雙眼，配上她滿臉血污，模樣有些瘆人，尤其是在她們走過去時，她眼珠子轉了轉，定在中間的宋嘉禾身上。

那感覺就像是被毒蛇盯上般，宋嘉禾心下一沈，莫名其妙之餘又覺得對方不可理喻。這都能遷怒到她身上？剛剛生出的那麼點同情，瞬間蕩然無存。

宋嘉禾例行公事地詢問：「二姊，妳哪裡不舒服？」

宋嘉卉垂下眼，嗓音喑啞。「還好。」

宋嘉禾看看她，讓丫鬟上前扶起她。「那我們先回去處理妳的傷口。」

魏闕眉頭輕輕一擰，在宋嘉禾看過來時又展開。

「三表哥，今日多謝你救了我二姊。」宋嘉禾覺得在這點上，她和宋嘉卉不愧是姊妹，幾次三番麻煩魏闕。

魏闕淡笑。「表妹不必客氣，這都是我該做的，卉表妹受了傷，妳們盡快回去替她處理為好。」

聽著他們的對話，宋嘉卉咬緊後槽牙，暗忖：假惺惺！

魏闕不著痕跡掃她一眼。

這時候追在後頭的官兵姍姍來遲，幸而神策軍駐紮在附近，他及時派人去求援，要不宋嘉卉出個好歹，他們怎麼跟宋家交代？想到這裡，來人抹了一把額上冷汗，對魏闕千恩萬謝。

魏闕讓屬下將歹徒交給對方。「好好查一下有沒有餘孽？」

來人忙不迭應是。

魏闕便讓他帶人離開，轉身對宋嘉禾道：「我去向祖母請個安。」

半路遇上了聞訊趕來的林氏和宜安縣主，林氏見了狼狽不堪的宋嘉卉，自然又是一番噓天喊地。

宜安縣主便問宋嘉禾怎麼回事？宋嘉禾簡單說了一下來龍去脈。

望一眼哭得要背過氣去的宋嘉卉，宜安縣主覺得這姪女也是倒大楣，又看林氏只顧著哭，不得不開口。「二嫂，眼下最要緊的是讓人處理二丫頭臉上的傷。」這姪女對容貌本就有心結，再落個疤什麼的，那還了得？

「嘉卉也別哭了，傷口沾了眼淚，要是瘡瘍留疤就麻煩了。」

這句話比什麼安慰都有效，哭嚎不休的宋嘉卉霎時噤聲，一滴眼淚都不敢往下流。

「對、對。」六神無主的林氏連忙讓人把宋嘉卉抬上軟轎。

由始至終被林氏忽視得徹底的宋嘉禾抬腳要跟上，若有所覺地抬眸，就見魏闕看著她，眸色有些深沈。

宋嘉禾怔了下，彎了彎眉眼，嘴角浮起一個清淺的弧度。

魏闕在她眼裡沒有看到任何難過黯然之色。這樣的淡然，只有在一次又一次的失望下才能練成，無欲則剛。

魏闕的心尖微微一刺，莫名想揉揉她的腦袋，不過只能想想，他要是動手，這丫頭肯定得炸毛。

第二十七章

到了皇覺寺，又是一番紛擾。

宋嘉卉在廂房裡慘叫連連，上藥弄得猶如上刑似的。傷在兒身，痛在娘心，林氏跟著淌眼淚。

「大師，我孫女臉上的傷如何？」宋老夫人關切。「會不會留疤？」容貌尋常和毀容，那完全是兩個情況。

生得寶相莊嚴的僧人雙手合十，道：「女施主傷口較淺，且治療及時，養傷期間注意飲食和換藥，很大可能不會留疤。」

一聽聞還是有可能會留疤，宋嘉卉的眼淚溢了出來，又怕打濕藥，硬生生憋回去，她驚慌失措地拉著林氏的手臂。「娘、娘，我不要留疤，我不要，我不要！」

林氏滿口應下。「回去後娘就讓妳爹請御醫、請名醫，一定不會讓妳留疤的，卉兒妳放心，妳放心。」

宋老夫人皺眉，歉然看淨悟大師一眼。當著人的面說這話，讓人怎麼想？幸好出家人心胸寬廣。

宋老夫人心下一嘆。罷了，女兒傷成這樣，當娘的難免失了分寸。

宋老夫人讓人送淨悟大師出去，隨後對林氏道：「妳先陪嘉卉回府，我去見見妳姑母他們。」

消息傳過來時，梁太妃正在邊上，聽聞姪孫女出事，梁太妃這個做姑祖母的自然要來看看情況。

等消息的不只有梁太妃一行人，季恪簡也在，他亦是聞訊趕來，男女有別，遂在外頭等候，與魏闕站在一塊兒，低聲詢問前因後果。

魏歆瑤一眼又一眼看不夠似地偷看他。以前她覺得天下男人都是庸碌凡俗之輩，比不得兩位兄長，如今卻覺得，季恪簡站在三哥身旁也毫不遜色，清雅如月的季恪簡，反倒比三哥更多了一絲不食煙火之氣。

梁太妃見狀，心下無奈。可真是冤家！

正頭疼著，見宋老夫人進來，梁太妃就問：「卉丫頭傷勢如何？」

送過來時她看了一眼，血糊糊一張臉，然後宋嘉卉就被送進禪房，她便在外面等消息。

宋老夫人把淨悟大師的意思說了一遍。

梁太妃唸了一聲佛。「如此就好。」

「這回又要多謝阿闕了，要不是他出手，嘉卉這次沒這麼容易脫險。」先是宋嘉禾，再是宋嘉卉，接二連三欠魏闕人情，宋老夫人也不知該如何評斷這緣分了。

「他做表哥的，見了妹妹落難，出手那是應該的。」梁太妃也覺得巧了，說話間忽然變了語調。「那些賊人著實無法無天，竟然敢在光天化日下為非作歹，阿闕，你萬不能輕饒他們，連同他們的黨羽，一個都不能放過！」

站在一旁的魏闕走出幾步，恭聲應是。

「回去吧。」出了這檔事，梁太妃也沒了留下的興致，對宋老夫人道：「缺什麼藥，只管派人來說。」

宋老夫人道：「大姊放心，跟誰客氣，都不會跟妳客氣的。」

梁太妃就愛聽這話，她不喜歡娘家跟她生分。

兩家人便一塊兒下山，結伴而歸。季恪簡則尋了個藉口離開，無視魏歆瑤眷戀不捨的目光。

宋嘉禾坐在馬車裡回想今日發生之種種。又是一樁出乎意料的事，這一年多來，類似的事越來越多，有時候她都覺得所謂的上輩子，只是她作的一個夢，夢哪能當準啊！

「六姊，」宋嘉淇推了推發呆的宋嘉禾，壓低聲音，神秘兮兮道：「郡主喜歡季表哥？」

饒是宋嘉晨也滿臉好奇地看過來。

魏歆瑤表現得都這麼明顯了嗎？

宋嘉禾還以為自己因先入為主，所以覺得她露骨呢，感情遲鈍如宋嘉淇都知道了，可見發現的人定然不少。

「可能吧。」宋嘉禾隨口道。

見她懨懨的，宋嘉淇納悶。「六姊怎麼了，無精打采的？」

「我懷疑自己作了一個夢。」

「啊？」宋嘉淇莫名其妙地看著她，眨巴兩下眼睛。「妳是說今日的事像夢一樣？說來還真是跟作夢似的，還好二姊沒事。」

雖然她不喜歡宋嘉卉，可到底姊妹一場，哪有盼著她出事的？

宋嘉禾忍俊不禁，心情莫名好轉，輕輕拍了下宋嘉淇的臉。「疼嗎？疼的話，就不是夢了！」

宋嘉淇凶巴巴地瞪她一眼，拍掉她的手，言歸正傳，心有戚戚道：「那季表哥真可憐！」

居然被魏歆瑤看上，縱然魏歆瑤家世顯赫，長得明豔萬端，才情斐然，可宋嘉淇覺得她這個人氣量太狹小，跟她過日子得小心翼翼。

「這話，八妹萬萬不要說了。」宋嘉晨不贊同地看著宋嘉淇，傳出去就是一樁是非。

宋嘉淇吐了吐舌頭。「我又不傻，也就在姊姊們面前說一說。」

宋嘉禾板著臉嚴肅道：「就怕妳說習慣，在外頭順口說出來。」

宋嘉淇撓了撓臉，保證再不敢胡說八道，可還有點不服氣。

宋嘉禾無奈。「季表哥又不是酒囊飯袋，季家也不是等閒之輩，誰還能勉強他們？妳就別瞎操心了。」

季家地位超然，他們帶著整個冀州歸順梁王，給梁王省了多少麻煩，帶來的好處更是說不盡。季恪簡若不願意，梁王絕不可能為了成全魏歆瑤的小兒女心思，就去寒季家的心。

當年她和季恪簡訂婚後，魏歆瑤三番兩次搗亂也都是暗地進行，明面上她不敢踰矩。因為魏歆瑤也清楚，宋家為魏家江山立下汗馬功勞，她若是過分，為了不寒功臣的心，梁王不會包庇她。

狀似不經意經過馬車的魏闕略略揚眉，心想，她對季恪簡倒是挺有信心。

坐在馬車裡的宋嘉禾突然打了個噴嚏。她揉揉鼻尖，忽然撩起窗簾，正對上魏闕冷然的眉眼。

宋嘉禾眼角抽了抽。那麼小的聲音，他應該沒聽見吧？

可想起他的本事，宋嘉禾心虛起來。議論魏歆瑤的話被他這個做哥哥的聽到，這就有點不妥了。

同樣發現魏闕的宋嘉淇，和宋嘉禾想到一塊兒，她很沒出息地往後一縮，假裝自己什麼都沒說過，讓宋嘉禾一個人暴露在魏闕的視線中。她覺得三表哥對他六姊還是挺友好的，畢竟有那麼多次救命之恩擺在那兒，對吧！

宋嘉禾乾巴巴一笑，笑得要有多僵硬就有多僵硬。「三表哥好。」

如何化解這樣的尷尬，說真的，宋嘉禾也不知道，她沒這方面的經驗啊！只能將罪魁禍首宋嘉淇在心裡臭罵一頓。

欣賞了一番她的手足無措，魏闕神色如常地對她略略點頭，驅馬離開。

宋嘉淇小心翼翼地問：「三表哥沒聽見吧？」

宋嘉禾回憶了下，對方好像沒有不高興，猶豫道：「應該沒聽見吧。」

「肯定沒聽見！」宋嘉淇點頭。

宋嘉禾吐出一口氣來。「果然人前不該說的話，背後也別說。」

宋嘉淇心有餘悸地點點頭。

在轔轔車行聲中，終於回到宋府。一回到家裡，宋老夫人就命人準備厚禮送給魏闕，又令人安撫受傷的下人。

這場騷動，不只宋嘉卉受傷，跟著宋嘉卉出去的下人裡，四個護衛、兩個丫鬟和一個婆子護主而亡，輕傷、重傷加起來十五人，其中還包括謝嬤嬤。

宋老夫人令人厚葬死者，又讓小顧氏前去慰問一番，並發下豐厚的撫恤金。人沒了，總要保證活著的人能好好活下去。

至於謝嬤嬤那兒，宋老夫人親自去了一趟。謝嬤嬤身分不同，她算得上是家裡請來的女先生，而非普通下人。

謝嬤嬤摔斷右小腿，年輕力壯的人傷筋動骨都得養上一百天，何況她這把年紀，委實受了不輕的罪。

宋老夫人安慰她。「妳只管好生養著。」

謝嬤嬤謝過宋老夫人的體恤後，便是請辭，道自己年事已高，力有不逮，想回鄉養老。

宋老夫人再三挽留，但無論怎麼勸，謝嬤嬤都不改其意。宋老夫人無法，只得應了，想著她在鬼門關前走了一遭，就此想回去頤養天年也是人之常情。

「待妳養好傷，我再命人送妳回去，也不差這幾天。」哪能帶著傷就把人送走，傳出去，宋家也得留個刻薄寡恩的名頭。

謝嬤嬤又是一番道謝。其實宋家是個好東家，在教導宋嘉卉上，哪怕她下手重一些，宋家人也沒指責她，給了她最大權力；衣食住行更是樣樣體貼周到，束脩也豐厚。要不是出了這檔事，謝嬤嬤也想多做幾年攢點積蓄，誰還嫌錢燒手不成？

可這一次，謝嬤嬤是著實傷到心了。她之所以會摔下斜坡，是被宋嘉卉推的。剛要被賊人抓到之際，宋嘉卉推了她一把，把她推向那賊人的刀口上，幸好她命大，腳一扭，摔下斜坡，要不連命都要沒了。

躺在山坡下時，謝嬤嬤整顆心是涼的。朝夕相處近兩年，謝嬤嬤以為彼此也有幾分情，她雖然罰了宋嘉卉，可哪一次不是為宋嘉卉好？宋嘉卉那性子根本聽不進勸，只能打怕了才肯聽進去。事實也證明，這麼教著，宋嘉卉的確有所長進，起碼不會不顧場合發脾氣，小性子收斂了些。

雖然離謝嬤嬤的目標還差了不少，按她的標準，宋嘉卉是不可能這麼早從別莊出來的。不過她到底想著宋嘉卉年歲不小，若是錯過了花期可惜，所以一時心軟，報她長進不少，宋家長輩才把宋嘉卉接回去。

謝嬤嬤原是想著，宋嘉卉已經有了敬畏之心，出來後慢慢再教也是可以，眼下看來，是她自食惡果了！

猶豫再三，謝嬤嬤將這事吞下去。疏不間親，說出來宋家未必肯信自家姑娘這麼歹毒，鬧得難看了，也得不償失。

只不過謝嬤嬤說什麼都不肯再教宋嘉卉了，將來是好是歹，由著她去吧，日後吃的苦都是現在種的因。

再說宋嘉卉，沒等來長輩問責，反而等來謝嬤嬤告老的消息。宋嘉卉如釋重負，復又高興起來。這老虔婆可算是要走了。

礙著林氏的嘮叨，宋嘉卉忍著心虛看望謝嬤嬤一回，見謝嬤嬤神色如常，她不禁放了心。

她本來就不是故意的嘛！

今年冬天的第一場大雪在一個漆黑的夜晚來臨，斷斷續續下了三天，雪才算停。路上積的雪足夠埋過人的腳踝，放眼過去，天地之間白茫茫一片。

天一放晴，惦念著下過雪就抓麻雀的宋子諺，便跑到降舒院——由於宋嘉禾偷懶，京裡的新院落不肯重新取名字，所以還是以原名命之。

宋嘉禾剛起來，還在梳妝打扮，就見宋子諺風風火火地衝進來。「幹麼呢，有狗在後頭攆你不成？」

丫鬟趕緊關上門，防止外頭的冷風灌進來。

宋子諺眨巴著眼睛，一瞬不瞬地看著一身水藍色長裙、披散著頭髮的宋嘉禾。「六姊，妳真好看！」

宋嘉禾笑彎了眉眼。「一大早嘴這麼甜。」

宋子諺跑過去，小心翼翼摸了一把絲綢般的長髮，越摸越好玩，冷不防被人打了下腦袋。

「要玩，你自個兒去。」宋嘉禾瞋他一眼，把自己的頭髮解救回來。「說吧，這一大早跑過來，幹麼呢？」

宋子諺終於想起正事，興奮道：「六姊，雪停了，我們去抓麻雀吧！」

「可以啊，不過得等你下學之後。」

聽宋子諺慘叫一聲，宋嘉禾戳了戳他腦袋。「啊什麼啊，再啊，下學了也不帶你玩。」

宋子諺趕緊搗住嘴。

宋嘉禾忍俊不禁，拿了一支血紅桔梗花簪子和一支碧玉菱花雙合長簪給他看。「你覺得哪支好看？」

宋子諺想也不想地指著血紅桔梗花簪子。「這個好看！」

宋嘉禾便把血紅桔梗花簪子遞給青畫。

隨後捉麻雀這件事就被宋子諺拋到腦後，他興致勃勃地開始替宋嘉禾挑起首飾來。宋嘉禾發現，宋子諺特別喜歡紅色，越紅越好，恨不得把所有紅色的首飾戴在她頭上。

「六姊，我看有些姊姊額頭上畫了一朵紅梅，真好看！」宋子諺雙眼放光，期待地看著宋嘉禾。

宋嘉禾瞬間明瞭，看向青畫。她倒想看看這小子，能不能替她打扮出個人樣來？

結果煞是喜人，雖然豔麗了些，不過宋嘉禾完全撐得住，走在雪地裡，猶如一朵怒放的紅梅，好不耀眼。

宋子諺拉著宋嘉禾的手，別提多驕傲，見了人就要炫耀一句，這都是他的傑作。

連為了宋嘉卉之事而鬱鬱寡歡的林氏，見了得意洋洋的小兒子，心情也不由好轉幾分。再看顏色傾城的小女兒，林氏就想不明白，季恪簡怎麼就看不上小女兒呢？

這幾日宋嘉卉又鬧起來，鬧著讓她趕緊把宋嘉禾嫁出去，林氏很心力交瘁。

請過安後，上衙門的上衙門，去學堂的去學堂，宋家人各自忙活去。

京城和武都最大的區別是，到了京城就要上早朝，卯時不到就要起，所以除非休沐日，其他人早上是見不到宋老太爺、宋銘和七老爺宋鑠，三人早就苦哈哈上朝去了。

下了學，宋子諺立刻飛奔去找宋嘉禾，還帶著一群兄弟。幸好宋嘉禾早有準備，備下足夠數量的工具。

這抓麻雀的方法十分簡單，拿一竹簍倒支在雪地裡，撒一把糧食即可，待麻雀進去吃東西，扯掉繫著繩子的木條，麻雀就會被關在竹簍裡，只要眼明手快，總能有所收穫。

幾個小的聽了滿臉躍躍欲試，宋嘉禾讓他們各自去尋地方，強調隔遠一點後，她自己也湊熱鬧找了塊空地躲起來，她也有兩年沒玩過了。怕自己衣裳太扎眼，宋嘉禾還特意找了件白狐裘披風。

不一會兒，就有一隻小麻雀傻乎乎地飛過來，等牠吃了兩口，宋嘉禾才拉繩。不想這小東西機靈得很，在竹簍扣下之際，沿著縫隙飛出去。

宋嘉禾還來不及懊惱，就見那小東西一頭栽在雪地裡，一動不動了。

驚訝不已的宋嘉禾若有所覺地扭頭一看，就見魏闕站在不遠處臘梅樹下，身旁還站著神色古怪的宋子諫。霎時，宋嘉禾就想起之前他救宋嘉卉的那回，她雖沒有親眼目睹，可事後聽自己的護衛說了來龍去脈。

那護衛雙眼放光，一臉欽佩，恨不得能拜師學藝的模樣，宋嘉禾十分能夠感同身受。

宋嘉禾走過去見禮。「二哥、三表哥好。」

宋子諫和魏闕還禮。

魏闕看了看她披風上的雪花，就連頭髮上都沾著一些。他過來時就見她躲在一片灌木叢後，聚精會神盯著前面的竹簍。

「在抓麻雀。」宋嘉禾不好意思地笑了笑。「阿諺一定要玩，我就陪他玩一下。」

她這麼大個人，玩這個好像挺丟人的，因此她擺出一副「我也是沒辦法，可作為一個好姊姊不得不紆尊降貴」的模樣。

魏闕笑了笑。「收穫如何？」

「才剛開始玩。」言下之意自然是沒有收穫，剛才那隻怎麼能算她的。

這會兒青畫已經捧著那隻鳥回來，原以為死去的小鳥在她手心裡撲騰，活力四射，似乎不甘自己差點就能虎口逃生。

宋嘉禾的眼睛微微睜大，接過來看了看，還真是一點傷都沒有，好像連羽毛都沒少。

她以為這小東西被打死，居然還能活著？

饒是宋子諫都驚了。打死一隻鳥不難，可毫髮無傷地打暈，這技法讓人望塵莫及。

「三表哥用什麼打的？」宋嘉禾好奇地看著他。

魏闕看了看她，目光忍不住在她眉心的花鈿上停留幾息，隨手從旁邊臘梅樹上摘了幾顆圓圓的小花苞。

宋嘉禾不敢置信地盯著他的手心，又留意到他手心裡的那道疤，她忍不住多看一眼，想也沒想地拿一顆花苞把玩。

宋子諫的眼角抽了抽，又看她一臉無知無覺，不禁去看魏闕。

魏闕眉眼溫和，也沒發現宋嘉禾的行為有什麼不妥，以至於宋子諫覺得自己是不是想太多了？

宋嘉禾捏著那比花生米大不了多少的小花苞，彈了一下，正中宋子諫臉頰。

宋子諫。「……」

宋嘉禾訕訕地抓臉，賠笑道：「二哥……」尾音拖長。她真不是故意的，二哥臉色不用這麼僵吧！

宋子諫無奈地搖搖頭。「去玩吧，我和三表哥還要去見祖父。」

宋嘉禾乖巧一笑。「二哥和三表哥慢走。」

走出一段，宋子諫欲言又止地看著魏闕，可又不知道該如何開口的為難模樣。他隱隱覺得魏闕對小妹有些不同，又不敢確定。算了，到時候和父親說一下。

宋老太爺見了魏闕頗為高興，拉著他天南地北地聊。朝堂政事、民間趣談，想到哪兒說到哪兒，其樂融融。

稍晚，宋老太爺留了魏闕用膳。因家裡其他男人都有事不回來用膳，席間便只有宋子諫作陪。

人雖少，但氣氛不錯，從始至終都沒有冷場。

宋子諫看著把老爺子伺候得眉開眼笑的魏闕，越看越覺得他不懷好意。縱然老爺子是個手握實權的長輩，但以魏闕的身分地位，哪裡需要這樣獻殷勤。

宋子諫覺得可能不是自己多想，而是想太少了！

臘七這天，林家設宴招待兩個出嫁女。大抵是之前分開太久，林老夫人想好好彌補一下缺失的天倫之樂，遂找到機會就想把女兒請回來聚聚。

不過三家都是大忙人，這機會也就是一個月頂多兩次罷了。

宋、季兩家正好在門口遇上，熱熱鬧鬧一番見禮。

宋嘉卉看見玉樹臨風的季恪簡，就想起他拒絕了宋嘉禾，越看越覺得他順眼，只覺得這個表哥目光如炬，沒被宋嘉禾那具皮囊欺騙了去。不像那些眼皮子淺的，一看宋嘉禾那張臉就色授魂與，找不著東南西北，英明如魏闕也著了她的道！

只不過季恪簡拒絕了宋嘉禾，就離把宋嘉禾嫁出去的目標更遠了。以祖母對宋嘉禾的疼愛，豈肯把她隨隨便便嫁了。在祖母看來，宋嘉禾那就是金子做的寶貝，誰也配不上。

宋嘉禾一日不嫁，她這心一日不安，她已經好幾次夢見宋嘉禾穿著一件大紅色嫁衣，被穿著喜袍的魏闕迎走的情形，每一次都活生生嚇醒，然後輾轉至天明。

「季表哥。」宋嘉禾隨著兄弟一塊兒見過季恪簡。見過禮，便規規矩矩微垂著頭站在一旁。

前幾日她在梅園巧遇遊園的宋嘉卉，宋嘉卉「無意」中說漏嘴，季家再次拒絕了宋嘉禾。

林氏竟然會主動操心她的婚事，可真是太陽打西邊出來了。以她這麼些年的經驗來看，其中必然有宋嘉卉的功勞。

略一思索，宋嘉禾便懷疑宋嘉卉是怕她搶走魏闕。之前魏闕在吊橋上救了她一回，宋嘉卉可是吃了一缸醋。

還真是辛苦林氏，居然能厚著臉皮被拒絕一次後，又毫不氣餒地再提一次，眼下，季家不知要如何想她這個人了。

宋嘉禾想想都覺得自己夠「死纏爛打」。幸好，季恪簡有風度，沒宣揚出去，否則，她料想自己肯定是今年最大的那個笑話。

頷首微笑的季恪簡發現宋嘉禾的冷淡，並不往心裡去，如常與宋子諫說話。

「姊夫、妹夫。」林大老爺親自出來迎接幾人，跟在他身後的還有幾個子姪。

之前摔傷腰剛痊癒的林潤彬也在其中，他目不轉睛地看著宋嘉禾。巴掌大的臉掩映在雪白的狐裘領子上，顯得格外柔軟嬌俏，眉如遠山，目若秋水，朱唇不點而赤。一陣子不見，這小表妹似乎更好看了些。

宋嘉禾眉心微蹙。看來之前那一跤摔得還不夠狠。

宋嘉卉嘴角扯出一個譏諷的笑意。宋嘉禾也就配林潤彬這等膚淺之人，可娘竟然說不適合，哪兒不適合了，二房嫡次女配個二房嫡次子，不是正好？與林大老爺說著話的宋銘，不悅地掃林潤彬一眼。

林潤知扯了扯林潤彬，示意他安分點，小姑夫不高興了。

「外頭冷，咱們這些老爺們不怕凍，凍著女眷就不好了，有什麼話，進去再說也不遲。」寧國公笑咪咪地打岔道。

林大老爺忙應和，抬手一引，不著痕跡地瞪林潤彬一眼。林潤彬縮了縮脖子，不敢繼續亂看。

入了內，林家人都在，又是一番見禮。

這是宋嘉卉受傷後第一次出門，林老夫人少不得拉著宋嘉卉噓寒問暖一番，見她臉上的傷口不細看便發現不了，就放了心。「之後還是得當心點，再養兩個月就瞧不出來，到底年輕，恢復得好。」

宋嘉卉乖巧地點頭。

問過宋嘉卉，林老夫人也沒冷落宋嘉禾，笑咪咪問她。「聽說妳們幾個姑娘結了一個詩社？」

宋嘉禾不好意思道：「就是閒著沒事，鬧著玩。」

「就算鬧著玩也是好的，女兒家多讀點書總是好事。」

林老爺子也在一旁道：「日後作了什麼詩，也可以拿來給外祖父瞧瞧，老頭子給妳評一評。」

宋嘉禾喜不自勝。林老爺子的詩詞在杏壇中十分有名，當下團團作揖。「這話我可記著了，到時候外祖父可不許嫌我麻煩。」

林老爺子笑指她。「不嫌麻煩，只不過要是寫不好，我可是要罰的。」

宋嘉禾苦了臉。「那我現在反悔還來得及嗎？」

逗得一群人笑起來。

說笑間，很快就到了晚膳時分，兩家本就是下了衙再過來，一眾人便簇擁兩位老人家去大廳。

都是至親骨肉，倒不用十分講究，中間擺了幾張隔扇，男女分開而坐。

林潤彬吃得心不在焉，抬眼側目間不止一次偷看宋嘉禾。她喝了一些果酒，更襯得她人面桃花，一顰一笑，萬般動人。

林潤彬仰頭灌了一口酒，酒不醉人人自醉。養病期間，他壯著膽子和他娘說過，可一開口就被林二夫人兜頭潑了一盆冷水，讓他歇了這心思，他們是不可能的。

宋嘉禾有個做尚書令的祖父、戰功彪炳的國公爹，本人也才色兼備，為人處事上看著也明白，將來夫婿身分絕對低不了；而他們林家和宋家相比，門第上到底差了一籌。高門嫁女，只憑著親戚情分就要求人家女兒低嫁，只會鬧得連親戚都沒得做了。

林潤彬嘴裡發苦，覺得剛剛嚥下去的酒都變成了黃連水。

女眷那邊散得比較早，散場之後，擁著林老夫人回正堂繼續談天說地。林五娘突發興致，提議月下賞梅。

林老夫人不同意。「天寒地凍的，莫要受寒。」

可對於十幾歲的小姑娘來說，這點冷和詩情畫意的浪漫一比，又算得了什麼？

林老夫人拗不過，只得讓她們穿上披風，又令人去熬了薑湯等她們回來吃，連聲叮囑。

「早點回來！莫要貪玩。」

一眾女孩笑吟吟地應了。

冷月高懸，月光灑在寒雪上，有一種別樣的清冷。

「月色下的梅花果然比白天的好看。」林五娘感慨道。

「妳那是久看無風景。」林四娘嗔她。

林五娘想了想，也是這麼個理。「我們去──啊！」

一團雪在林五娘衣服上炸開，嚇了林五娘一大跳，她瞪著不遠處笑嘻嘻一臉得逞的宋嘉禾，佯怒道：「禾表妹，妳好奸詐！」

林五娘抓了一把雪，立刻反擊。好好的月下賞梅登時變成打雪仗，到後來已經是無差別襲擊，逮著誰就扔誰。

宋嘉卉瞪一眼在遠處玩得不亦樂乎的宋嘉禾，見她居然能和林家姊妹打成一團，心裡冒火。

忽聞宋嘉禾的驚叫聲，只見宋嘉禾身旁那棵梅花樹劇烈顫動著，顯見被人惡作劇用力搖晃一回，一樹雪花混雜著花瓣紛紛揚揚灑下來，落得宋嘉禾滿頭滿臉。

幾步外的林五娘，指著滿頭雪花的宋嘉禾，笑得前俯後仰。

林四娘聞聲過來，忍著笑意道：「禾表妹去收拾下，別受了寒。」

宋嘉禾朝林五娘示威般地揮了揮拳頭；林五娘壓根兒不怕她，還俏皮地吐舌頭。

宋嘉卉抿抿唇。因為幼時交情在，明明她和林五娘關係更好，可不知宋嘉禾使了什麼手段，把林五娘拉攏過去。宋嘉禾就是隻狐狸精，不只勾引男人，連女人都不放過。

宋嘉卉跺了跺腳，負氣離去。她們不喜歡她，她還不稀罕她們呢！

半途中，宋嘉卉遇上了臉色醺紅的林潤彬。

林潤彬大著舌頭，問宋嘉卉。「卉表姊，禾表妹呢？我有事找她。」

聞到他嘴裡噴出來的酒氣，宋嘉卉厭惡地往後退一步，理也不理他，繞過他就要走。

剛走出三步，宋嘉卉腳步一頓，拐了回來，打量著眼前醉眼迷離的林潤彬，他一個下人都不帶。她心念電轉，朝兩個丫鬟使個眼色，讓她們退下。

被宋嘉卉瞪了一眼，兩人也不敢多說，只得退到一旁，滿心擔憂林潤彬醉醺醺的，會不會做出什麼踰矩的事來。

「禾表妹在哪兒？」林潤彬又問一句，帶著濃濃的酒意。

「六妹剛剛濕了衣裳，她應該在清樺園那裡換衣服。」

林潤彬臉紅了下，不知想到什麼？

宋嘉卉睇他一眼後離開，之後會發生什麼事，就看林潤彬爭不爭氣了。他要是再爭氣點，保不定就能抱得美人歸。

清樺園內，宋嘉禾正在收拾頭髮，身上倒好，有披風兜著，主要是頭髮上雪粒子多，進了溫暖的室內，頓時化作水滴，濕漉漉的。

青畫小心翼翼用棉帕輕輕擦拭。

屋外，藏身在梅花林的林潤彬，緊緊盯著守在門口的青書，腦中正在天人交戰。他想起前幾日和朋友喝酒，席間有人說到宋嘉禾，羨慕他有這麼一個國色天香的小表妹，可以近水樓臺先得月；有人則說風涼話，再近也白搭，他想娶宋嘉禾那是白日作夢。

友人搭著他的肩膀，吊兒郎當道：「誰說白日作夢，魏家九爺有婚約在身，不照樣退婚娶了他表妹？找機會直接把人辦了，不嫁你還能嫁給誰！」

颼颼的寒風裹著小雪吹在林潤彬臉上，吹得他心裡那團火越來越旺。他再也控制不住心裡那團邪火，自樹蔭處衝出去。

青書聽到動靜，轉身就見一個黑影撲過來，霎時一驚。「你要幹麼」話音未落，她便覺脖頸一疼，眼前一黑，人暈了過去。

屋內的宋嘉禾和青畫聽著不對勁，青畫正要過去，恰在此時，砰一聲，房門被撞開，林潤彬跌跌撞撞闖進來。

宋嘉禾站起來，看著面色酡紅的林潤彬，眸光漸冷。

林潤彬癡癡地望著梳妝檯前的宋嘉禾。燈下看美人，越看越美，他覺得腹中酒液都在燃燒，燒得渾身血液都沸騰起來。

「表妹，表妹……」酒氣壯人膽，林潤彬藉著酒勁撲過去。

林潤彬以為宋嘉禾會驚慌失措地閃躲，不承想宋嘉禾面無表情地站在原地，冷眼看著他，那種眼神，讓林潤彬不由自主打了個寒噤，生出一股難以名狀的怯意。然而開弓沒有回頭箭，望著宋嘉禾那張燈火下格外精緻昳麗的臉龐，那絲怯意被他硬生生壓下去。

一動不動的宋嘉禾突然抬腳踹過去，早有防備的林潤彬想躲，不承想她這腳的勢頭來得如此凌厲，尤其腳上力道，完全不符合她嬌滴滴的形象。

被一腳踹飛、撞在靠椅上的林潤彬，不敢置信地抱著肚子在地上打滾。

青畫萬分解氣地握了握拳頭。一個繡花枕頭也敢對她家姑娘用強，這是老壽星吃砒霜——活得不耐煩了！

林潤彬疼得眼冒金星，連喊都喊不出來，只覺得五臟六腑被人胡亂攪和一通，疼得冷汗如瀑。錯眼間，見宋嘉禾大步邁過來，林潤彬不自覺一抖，要往後躲，可他完好健全的時候都不是宋嘉禾的對手，更何況這半殘的情況。

宋嘉禾上來就是一通踹，她那力道等閒大漢都比不得，林潤彬的痛苦可想而知。

「青畫，去請父親過來！」

不讓林潤彬脫一層皮，她就不姓宋！混帳玩意兒，竟然想對她用強？

宋嘉禾生平最恨這種骯髒手段，想起上輩子她喝多了酒，宿在林家，林潤彬這個混蛋竟然半夜摸進來，虧得青畫幾個機靈，要不後果不堪設想。好好的大家公子，淨學些雞鳴狗盜的手段，簡直丟人現眼！

思及此，宋嘉禾下腳更重，踢得林潤彬蜷縮成蝦，哀叫連連。

「五弟！」聞聲趕來的林五娘見此情此景，驚得瞪大雙眼，愣了下才衝過來，顫著聲。

「禾表妹，這是怎麼了？」

見林五娘過來，宋嘉禾便止住腳，到底給了她面子。宋嘉禾壓著火，指了指地上鼻青臉腫、爛泥一般的林潤彬。「我在裡頭收拾，他打暈我的丫鬟，衝進來直撲我，五表姊覺得這是怎麼一回事？」

林五娘難以置信地瞪大雙眼，驚疑不定地看著慘不忍睹的胞弟。落後一步的林四娘眼皮亂跳，急忙去看宋嘉禾，見她衣衫完整，再看林潤彬那淒慘樣，顯然林潤彬沒得逞，她鬆了一口氣。

這樣就好！起碼事情沒落到最壞地步。

另一廂，小廝走進來在宋銘耳邊說了幾句話，在座眾人就見宋銘神情驟然陰沈下來，如同黑雲壓頂。

宋銘對主座的林老爺子道：「有勞岳父隨我出來一趟，可好？」

林老爺子心下一沈，對在座其他人點點頭，隨即站起來，宋銘上前攙扶他。

留意到他眼角的緊繃，林老爺子心裡湧上不祥的預感，不過到底是在官場沈浮多年的老人，面上依舊平靜如鏡。

二人一走，被留下的幾人面面相覷。林二老爺摸了摸鬍子，想起臨走時，宋銘看他的那一眼，陰沈沈的。

林大老爺連忙緩和氣氛，寧國公也配合地說笑起來，只當這個小插曲沒有發生，心裡怎麼想就只有他們自己知道。

疾步趕來清樺園的宋銘，入內第一眼就是上下打量宋嘉禾，見女兒毫髮無傷，登時一顆懸著的心才安穩下來。

之前還冷若冰霜，震得林五娘不敢上前處理胞弟傷勢的宋嘉禾，一見宋銘，頓時紅了眼眶，眼淚撲簌簌地往下淌，哽咽道：「爹！」

宋銘身形一震。這麼多年了，宋嘉禾喚的從來都是父親，尊敬中帶著距離，這是她第一次喊他爹。宋銘心頭驀地發軟發澀。這孩子必是受驚、受委屈了，於是他看向地上林潤彬的目光不由更陰鷙幾分。

林老爺子心裡咯噔一響，隨手抄起茶几上的茶壺，也不管裡面裝著水，砸了過去。「混帳玩意兒！我打死你這混帳東西！」

茶壺砸到林潤彬的脊背上，砰一聲炸裂，林潤彬整個人彈了彈。一抬眼，正對上宋銘陰森晦暗的雙眼，正用一種抽筋剝骨般的目光盯著他。

如同被猛獸盯著的恐懼，順著脊梁骨爬上心頭，求生的本能使得林潤彬尖叫起來，也不知哪來的力氣，拚命往林老爺子那邊爬。「祖父，救我！」

屋中眾人就見宋銘三步併作兩步奔過去，行走之間帶起一陣風，抬腳重重踩在林潤彬的膝蓋上。還不等他們有所反應，耳邊響起一聲讓人頭皮發麻、骨寒毛立的哢嚓聲。

「啊！」林潤彬失聲尖叫，一張臉青筋畢露，冷汗淋漓，他駭然扭頭看著自己扭曲的右腿，慢了一拍傳來的劇痛讓他撕心裂肺地慘叫起來。

林老爺子晃了晃身子，若不是下人攙扶著，怕是要栽倒。

臉色鐵青的宋銘扭頭看向林老爺子。「岳父，若非看在您面上，我要的不只是他一條腿！」

林老爺子閉了閉眼，再睜開時，已經壓下那些多餘情緒，悲聲道：「是我管教無方，養下此等孽障！」

以宋銘的脾氣，只要林潤彬一條腿，還真是看在親戚分上了。

看一眼渾身抽搐、氣若游絲的林潤彬，林老爺子既恨他不爭氣，又為他的遭遇哀傷。作孽啊作孽，養出這麼個不肖子！

一旁的宋嘉禾都怔住了。她想讓宋銘給她撐腰，但是萬沒想到宋銘會當著外祖父的面，這麼簡單粗暴地廢了林潤彬一條腿。上輩子出事那會兒，她把林潤彬打了個半死，養好一些後，他又被林家動了家法，隨後被送去老宅，途中「不幸」遇到流寇，傷了命根子。這是季恪簡派人做的，至於宋銘，當時他出征在外，並不知道這回事。

宋嘉禾心裡有些酸又有些漲。倘若上輩子如果季恪簡沒出手，事後父親也會替她教訓林潤彬嗎？

宋嘉禾吸了吸鼻子，擦了擦眼睛，覺得眼淚有點不受控制的徵兆。她明明有收放自如的本事，眼淚卻是越擦越多，猶如斷了線的珠子，接連不斷。

正哭得不能自抑，淚眼曚曨中，宋嘉禾看見宋銘走過來，她抽噎了下，含淚道：「爹，林潤彬他是怎麼找過來的？」

若是巧合，那是她倒楣；若有人推波助瀾……

宋嘉禾咬咬牙。她不由得懷疑這主使者是宋嘉卉，因為她剛離開，林潤彬就到了。

宋銘眸色一深。

「禾丫頭，妳放心，外祖父一定會把這事查清楚的。」林老爺子強撐著精神。林潤彬傷成那樣，一時半會兒怕是問不出話來，遂命人帶他下去處理傷勢。

望著鬢角銀白的林老爺子，宋嘉禾心下酸楚。她知道這事一出，兩家情分到底傷了，可要她嚥下這口氣，她是萬萬做不到的。

第二十八章

這時候，凌亂的腳步聲由遠及近，林老夫人、林二夫人以及林氏陸續到了，她們是被林四娘派去的丫鬟請過來的。

一見鼻青臉腫、狼狽不堪的兒子，林二夫人目眥盡裂，一個箭步衝過去。「彬兒！」

林二夫人抖著手想摸兒子，可看兒子渾身上下沒一塊好肉，竟不敢去碰，唯恐傷到他。

林二夫人淚如雨下，一迭連聲追問：「這怎麼了？這怎麼了？」

來報信的丫鬟，話說得糊裡糊塗，只說林潤彬闖禍。

再看連林氏都叫上了，林二夫人當即眼皮一跳，猜測兒子可能冒犯了宋嘉禾。

兒子自從見了宋嘉禾後就魂牽夢縈，茶不思、飯不想，她看在眼裡，疼在心頭。這當娘的，誰不想孩子順心如意，可這事上她真是無能為力。

林二夫人還或軟或硬地再三警告過林潤彬，別去招惹宋嘉禾，就是怕這小子鬼迷心竅，幹出荒唐事來，想不到他還是犯了糊塗。

可兒子到底做了什麼，要被這樣慘無人道地對待？

林二夫人看著傷痕累累的兒子，又心疼，又憤恨。「父親，彬兒做了什麼，要被這樣……這樣對待？」

「這小子借酒行凶，若非暖暖會些防身術，現在！」宋銘指了指爛泥一樣的林潤彬，冷肅的面龐上布滿寒霜。「他日後要是再敢不規矩，廢的絕不止一條腿。」
林二夫人只覺得被雷打到般，霎時頭暈目眩。她咬了咬舌尖，慌忙去摸兒子的腿。
林潤彬倒抽一口涼氣，痛苦地呻吟一聲。
林二夫人聽得心如刀絞，可思及宋銘的話，心疼中又恨鐵不成鋼。借酒行凶？他怎麼敢，他怎麼敢！
林老夫人踉蹌兩步，悲從中來。這個孽畜，竟敢如此膽大包天！
林氏整個人都傻眼，望著震驚狂怒到極點的丈夫，如墜冰窖。
林二夫人連哭帶泣地將兒子挪到隔間處理傷勢。若再不處理，她怕兒子要挺不過去。
吃了藥，林潤彬略微緩過氣來，林二夫人聲淚俱下地怒罵，怎麼就豬油蒙了心？
林潤彬的酒意早就被一連串痛苦和驚懼，折騰得煙消雲散，眼下緩過神來，他一把鼻涕、一把眼淚地控訴道：「祖母、母親，是卉表姊，卉表姊害我！」
林老夫人和林二夫人大驚失色。
林潤彬心念電轉。酒醒了，也知道自己闖下彌天大禍，只想著能逃脫一點責任。「兒子喝得稀裡糊塗，遇見了卉表姊，卉表姊告訴兒子，禾表妹在清樺園更衣，兒子才會過去，要不，哪能那麼巧知道禾表妹在屋裡！」
林二夫人瞳孔一縮，震驚地看向林老夫人，後者滿臉不敢置信。
林潤彬對宋嘉禾那點心思，有眼睛的人都看得出來，宋嘉卉卻告訴醉酒的林潤彬，宋嘉禾在更衣，她安的是什麼心思？

兩個月的時日，足夠叫人發現宋家姊妹倆關係冷淡，宋嘉卉這分明是不懷好意，想借刀殺人！

林二夫人怒不可遏，對林老夫人痛哭道：「母親，彬兒誠然有錯，可外甥女也太過分了！」

若自己兒子難逃責罰，林二夫人也不想讓宋嘉卉逃了。一來恨她利用兒子，二來自是想減輕兒子的懲罰。

林老夫人身子晃了晃，險些栽倒。當初就說過讓林氏好好教導長女，自己一直以為宋嘉卉只是任性、有些被寵壞，萬不想她心術如此不正。

宋嘉卉坐立不安地留在正屋裡。

剛才來了個丫鬟，把外祖母、母親還有二舅母都喊走，是出事了吧？想不到林潤彬真有這膽量，就是不知道事情到了何種地步？

要是宋嘉禾真讓林潤彬占到便宜，應該牽連不到自己吧？她只不過和林潤彬說了一句話，況且林潤彬醉醺醺的，哪裡還記得遇見過她？就算記得，也肯定忘了她說什麼。再說了，那會兒又沒別人，她一口咬定自己沒說不就成了？

宋嘉卉心下稍安，緊緊抱著手爐取暖。

「表姑娘，老夫人請您出來一趟。」

宋嘉卉嚇一跳，一驚之下，手爐掉在地上，滾在地上發出沈悶的聲音。

一旁的季夫人看著藏不住驚慌之色的宋嘉卉。

宋嘉卉面色僵硬地低了低頭。「外祖母叫我幹麼？」

「奴婢不知。」傳話的丫鬟恭聲道。

宋嘉卉懷裡猶如揣了一隻兔子，亂跳個不停，無名的恐懼將她牢牢籠罩。她努力先讓自己冷靜下來，可她發現怎麼樣都做不到。

不知什麼時候起，風突然變大，颳在臉上跟刀子似的，宋嘉卉沒來由膽怯起來，幾欲落荒而逃。

清樺園另一間屋裡，林氏看著面容平靜的宋嘉禾，乾巴巴地安慰著。「幸好沒出事、幸好沒出事……」

不幸中的萬幸，事情沒到最壞的地步。

宋嘉禾垂著眼，一言不發。

林氏絞著手裡的帕子，小心翼翼道：「這次妳五表哥委實該打，不過他並非有心，這都是喝多酒，上了頭，腦子發昏才……」

林氏的聲音戛然而止，她半張著嘴，愣愣地看著臉色驟然陰沈下來的宋嘉禾。

宋嘉禾目光又利又亮，嘴角浮起譏誚的弧度。

對上她冷冰冰的視線，林氏心頭一悸，猶如被人當頭澆了一盆冰水。

「並非有心？這話說出來您就不虧心嗎？真要喝酒喝傻，林潤彬還能悄無聲息摸過來，又準確無誤地打量我的丫鬟？連外祖父、外祖母、二舅母他們都知道，林潤彬是借酒行凶，您這當我親娘的倒替他開脫起來，不知道的還以為林潤彬才是您兒子！」宋嘉禾譏諷地盯著林氏。

林氏挨不住這樣的指責，眼底浮現水光。「暖暖，暖暖，我……」

「您不用解釋，您不就是不想和外祖家鬧得太難看，所以想讓我息事寧人嘛，反正林潤彬已經得到教訓，我也沒吃虧。」宋嘉禾冷笑一聲。「可要是今日差點被非禮的人是宋嘉卉，這話您還說得出口？要是宋嘉卉，您早抱著她哭得天崩地裂，宋嘉卉肯定指天畫地要教訓林潤彬，您敢跟她說這些話嗎？您敢嗎？不對，我該問，您捨得嗎？」

一連串的問題堵得林氏啞口無言，眼淚就這麼掉下來。

宋嘉禾定定看著她，神情中嘲諷之色更濃，猶如尖刺一根又一根地扎在林氏心上。

林氏受不住她的目光，不自覺別過眼。

「不是早就說好，但凡牽扯到我的事，母親都別插手。反正就算您說了，我也是不會聽，那麼何必說出來給彼此添堵？」宋嘉禾掃她一眼，想起自己的婚事。「哪怕是我的婚事，也不勞母親操心，為了宋嘉卉那點小心思，就硬要把我塞進季家。母親對二姊還真是一片慈母心腸！」

「不是這樣子的……」頭皮發麻的林氏豈會承認，急忙解釋。「承禮是個好孩子，家世、人品、才幹樣樣出色。」她是真的覺得季恪簡好，要不，也不會想撮合兩人。

宋嘉禾要笑不笑地看著心亂如麻的林氏，不緊不慢道：「母親管好二姊就成，我的事真不用您操心，自有祖母為我操持。就算把我嫁出去，二姊也是嫁不了三表哥，三表哥又不傻！」

又蠢又毒又醜，魏闕瞎了眼才會娶宋嘉卉。就算門當戶對的子弟，只要家裡長輩耳聰目明一些，都看不上宋嘉卉，也就林氏把這榆木疙瘩當寶貝！

這話著實刺耳，林氏不自覺皺起眉頭。恰在此刻，林氏耳尖動了動，驚疑不定地看向門口。她好像聽見卉兒的聲音。

凝神一聽，林氏臉色驟變，真的是卉兒在哭。

林氏霍然站起來，小跑向門口。宋嘉禾長長的睫毛輕輕一顫，提腳跟上。

宋嘉卉被叫過來後，就被那個陣仗嚇住了，外祖父、外祖母、父親、二舅、二舅母都在，個個臉色凝重，唯獨不見母親。

待林二夫人說是她故意把林潤彬往清樺園引時，宋嘉卉斷然否認，哭喊是林潤彬想推卸責任。

「表弟問我六妹在哪兒，我隨口告訴他，六妹在清樺園和姊妹們玩，我哪知道他會這麼下作！」宋嘉卉滿臉悲憤。

「那妳為何要屏退丫鬟？」林二夫人質問。

她是氣得狠了，怎麼會有這麼歹毒的丫頭，這才多大，就想利用表弟玷污親妹妹的清白，殺人不沾血啊！

宋嘉卉瑟縮了下。「我……我勸表弟死了心，別惦記六妹了，六妹眼光高著呢，家裡當金疙瘩養的，他和六妹不可能。一些話有些不中聽，我就讓丫鬟們退下了。」

聽她信口雌黃，林二夫人氣得胸膛劇烈起伏。「胡說八道！分明是妳嫉恨禾丫頭比妳生得好、才情比妳好，人緣也比妳好，所以妳故意和彬兒說了魏家九爺和燕姑娘的事，還跟他說只要成了事，家醜不可外揚，你們宋家肯定會捏著鼻子認了，妳也會幫他勸一勸長輩。這都是彬兒親口說的，妳怎能這麼黑心腸！」

宋嘉卉愣住了，隨即怒火中燒。「一派胡言！我根本沒和他說這些，我就說了句六妹在換衣裳，是他自己下流無恥，關我什麼事！」

「妳承認了！」林二夫人定定地看著她。

察覺到自己說了什麼後，宋嘉卉腦門上盡是汗，臉上更是一點血色都沒有。

宋嘉卉顫巍巍地抬眼看宋銘，就見他鐵色鐵青，嚇得她語無倫次地解釋。「我就說了句六妹在換衣裳，我哪知道表弟會做什麼？我就說了句換衣裳而已！」

宋嘉卉的聲音越來越低，她扛不住來自長輩的目光，尤其是宋銘的，就像暴風雨來臨時的那片烏雲，醞釀著無人知道的風暴。

宋銘用力捏著手裡的茶杯，骨節咯咯作響。之前再怎麼鬧騰都是小打小鬧，便是推得林氏小產那次，說到底也非故意害人。可這一次，她是真正存了害人之心，宋嘉卉今年十六，不是六歲，說她是無心之失，宋銘不信。

被宋銘那冰涼視線鎖著的宋嘉卉，寒毛都立起來，她覺得喘不過氣，父親從來沒這麼看過她。

宋嘉卉害怕起來，抽噎道：「我不是故意的，我無心的……爹，我真不是故意的。」

「見笑了！」宋銘站起來，對林家人抬手一拱。「告辭！」

覷著面無表情的宋銘，宋嘉卉方寸大亂。她跑到林老夫人身邊，抱著老夫人的大腿淚流滿面地求救。「外祖母、外祖母救我，我爹回去會打死我的。」

宋嘉卉想起去年的家法，還有在別莊那暗無天日的一年多，她不想再過那樣的日子。這一刻，她真的後悔，早知道她就不理林潤彬了。

林老夫人望著涕泗橫流、恐懼至極的宋嘉卉，滿心悲哀。這孩子心思怎麼歪成這樣，利用表弟陷害親妹，還能滿口謊言。

「卉兒，這次妳實在是過分了！」林老夫人狠下心，一點一點掰開宋嘉卉的雙手。「望妳回去好生反省！知錯能改，善莫大焉！」

宋嘉卉眼底的希望一點一點熄滅，取而代之的是徹骨的失望和恐懼。

林老夫人垂下眼不再看她，免得自己不忍心。現在幫她那是在害她，這孩子再不管教，就真廢了！

「卉兒，卉兒……」林氏心急如焚的聲音傳進來。

宋嘉卉的眼神驟然亮起來，就像被重新注入活力，一個箭步衝向門口。「娘，救我！」

推門而入的林氏一把抱住撲過來的宋嘉卉，見她淚流滿面，登時心下一抽。

站在門外的宋嘉禾，看著母女二人又開始呼天搶地，心想，宋嘉卉哭得那麼慘，十有八九林潤彬那事跟她脫不了關係，還真是一點都不意外。

望著門外面無表情的宋嘉禾，宋銘神色更冷，下令道：「回府！」

宋嘉卉一個哆嗦，躲到林氏身後連連搖頭。「我不回去，娘，我不回去！」父親絕對不會輕饒她的。

宋銘臉色倏地一沈，冷聲道：「那妳就永遠都別回來了！」

「公爺！」林氏駭然，驚疑不定地看著陰沈的宋銘，無名的恐懼緊緊揪著她的心，她顫聲問道：「這是怎麼了？」

女兒又闖什麼禍了？想起剛剛發生那樁事，林氏心裡蒙上一片陰霾。

宋銘盯著宋嘉卉，宋嘉卉一個勁兒往林氏背後縮，恨不能貼著林氏的背。

「這不肖女故意告訴林潤彬，暖暖在更衣，引他過去。」

「我不是故意的，我無心的，我真的無心的！」宋嘉卉小聲哭道，一邊哭，一邊緊緊抓著林氏的胳膊。

「不可能！」這話恍若一記重錘，狠狠砸在林氏心上，砸得她三魂七魄都顫抖起來，她搖頭乾巴巴道：「卉兒肯定不是故意的。」

宋嘉卉用力點頭，痛哭流涕。「娘，我不是故意的，我真的不是故意的！」

宋銘冷笑一聲，深深看一眼臉色蒼白的林氏，甩下一句。「妳就繼續自欺欺人吧！」說罷，起身大步邁向宋嘉禾。「暖暖，咱們走！」

迎著丈夫陰沈晦暗的視線，林氏顫著聲音喚了一聲。「公爺！」

宋銘置若罔聞，大步離開。行走之間帶起的風拂在林氏臉上，吹得她打了一個寒噤，讓她遍體生寒，難以置信地望著決然離去的宋銘。

林老夫人駭然。女婿這是怒到極致，連林氏都怪上了。早前她就看出來，小女兒夫妻倆似乎沒之前和睦，她想著到底林氏年紀大了，夫妻平淡下來也正常。不管怎麼樣，宋銘也沒去找十八歲的小姑娘，已經是難得一見的好丈夫。

可看林氏到了這般地步，還在無原則地袒護宋嘉卉，林老夫人覺得，之前大概是她想岔了，癥結出在這兒。

「糊塗！」林老夫人突然掄起柺杖重重打在林氏身上。

林氏被打懵了，泥塑木雕一般愣在原地，連躲都不會躲。

藏在林氏身後的宋嘉卉愣了下，拉著林氏往後躲，尖叫。「別打我娘！外祖母，別打了！」

結果林老夫人連著宋嘉卉一塊兒打了。林老夫人雖然年近六十的人，但身子骨硬朗得很，龍頭柺杖掄得虎虎生風，每打一下都會發出沈悶的聲音，可見是著著實實落在肉上。

林老夫人一邊打，一邊罵。「妳個糊塗的東西！當年我是怎麼教養妳的，妳現在就是這麼養女兒？孩子做錯了不可怕，怕的是她自己都不知道自己錯了！妳這個當娘的不將她引回正途，還不分青紅皂白地袒護，妳是不是覺得自己很疼孩子？妳這哪是疼，妳這是害孩子啊！捧殺也是殺！」

林老夫人越罵越是悲從中來。「枉妳一大把年紀，竟是連這一點都不明白！妳這年紀都活到狗肚子裡去了不成？我對不起親家啊，居然養了這麼個糊塗女兒！」

林氏面色一會兒紅，一會兒白，站在原地不敢躲，任柺杖雨點似地落在身上。

宋嘉卉起先還拉，發現拉不動，連帶著自己還挨了不少下，就有些怕了，本能地往旁邊溜了點。

這小動作落在林老夫人眼裡，登時怒上心頭。林氏糊塗，可宋嘉卉就是品行有問題了。

「小小年紀，心思卻不用在正途上，妳娘不會教，老太婆今日就越俎代庖一回。」林老夫人一改方向，開始打宋嘉卉。

宋嘉卉尖叫著躲開，撲了個空的林老夫人一個趔趄，差點栽倒。虧得宋銘眼明手快，搶步過去扶住林老夫人。

宋嘉禾鬆了一口氣。外祖母這年紀摔一跤可不是小事。

林老爺子和林二老爺臉色都有些難看。小受大走，何況宋嘉卉有錯在先，挨打那是她該的。

林老夫人拉著宋銘的胳膊，泣聲道：「老婆子對不起你，歸根究柢是我教女無方，沒教好你媳婦！今兒你把卉兒帶走，該怎麼罰怎麼罰，阿筠留下，我好好跟她說道說道。」

林老夫人哪敢讓林氏跟著宋銘回去，讓她回去繼續為宋嘉卉求情，然後激怒宋銘？夫妻情分哪裡禁得起這麼消耗。

宋嘉卉悚然一驚，哀叫道：「娘！」

「妳給我閉嘴！」林老夫人怒指宋嘉卉，掩不住的失望。

這孩子怎能這麼自私，只顧著自己，丁點兒不顧及她娘的處境。

宋嘉卉心頭一涼，忍不住哆嗦了下，可憐兮兮地看著林氏。

林氏嘴角一動，還沒開口就被林老夫人喝住。「妳敢再替她求情，我就當沒妳這個女兒！」

這一刻林老夫人切身體會到宋銘的無奈和疲憊。油鹽不進，刀槍不入，跟她說什麼都沒用，她只認自己那個理。想想這種情形不止發生過一次，怪不得宋銘出了事竟是一句都不想跟林氏多說，說了除了氣到自己，又有什麼用？

林氏臉色慘白，不敢相信自己的耳朵。

宋嘉禾瞧著，這回林氏是真的被嚇到，但願林老夫人能讓林氏明白點。林氏一大把年紀，還活得稀裡糊塗的，有時候想想也挺可憐。

宋嘉卉還想要求救，林老夫人使了個眼色，一旁丫鬟就把宋嘉卉的嘴堵上。沒了她的叫嚣，這場大戲終於落幕。

宋銘帶著兒女告辭，留下了心亂如麻的林氏。

宋嘉卉被堵了嘴、捆了手腳地扔上馬車，故而這一路倒是平靜。

宋子諄年紀到底不小，隱隱覺得不對勁，母親怎會突然不舒服，要在外祖家留宿一晚？相較之下，宋子諺就沒心沒肺多了。和林家表兄弟玩累，愜意地靠在宋嘉禾懷裡打哈欠。馬車輕輕搖晃，他眼皮子一下又一下地往下掉，可小傢伙還在不屈地和周公鬥爭，斷斷續續說著自己怎麼贏了小表哥。

宋嘉禾有一搭沒一搭地陪他說話，冷不防一道嫵媚婉轉的笑聲飄過來，馬車也隨即停下來。

宋嘉禾覺得這聲音有些耳熟，遂把毯子往上拉了拉，將宋子諺遮得嚴嚴實實後，撩起車簾一角往外看。

一輛華麗的馬車攔住宋家人的前路。

清冷月華下，魏瓊華搖搖晃晃地從馬車上走下來，嬌顏酡紅，豔色淋漓。一名約莫二十，劍眉朗目、高鼻薄唇的英俊男子小心翼翼地半擁著她。

望著緩緩走來的魏瓊華，宋銘眼角微微一挑，看向一旁的魏闕。

魏闕垂了垂眼，翻身下馬。「姑姑，您喝醉了。」

「你才醉了！」魏瓊華不悅地反駁後，仰頭看著馬背上的宋銘，嗤嗤笑道：「這誰啊？長得怪面熟的……」

濃烈的酒氣，便是隔著一段距離都聞到了，宋銘擰眉。「你姑姑醉得不輕，趕緊送回去醒酒。」

也不知哪句話戳了魏瓊華的心，她突然暴跳如雷，毫無預兆地一腳踹向宋銘胯下的寶馬。「你才醉得不輕！就你清醒，就你清醒！」

宋銘勒馬後退，險險避開那一腳，眉頭皺得更緊。

踢空的魏瓊華極為不悅，惱羞成怒，不依不饒還要踢。

宋嘉禾過來時正好撞見這一幕，只能說美人發起酒瘋來也挺美的，如果不是對著她爹的馬發難就更好了。

宋嘉禾的心頭有些惴惴，實在是去年偶然的一個發現，讓她心有餘悸，由衷希望自己是胡思亂想。

鬧騰著的魏瓊華忽覺手腕上襲來一陣痠麻，登時酒醒不少，目光也恢復些許清明，瞪了身旁的魏闕一眼。

魏闕微垂著眉眼，不做反應。

魏瓊華扭頭看向馬背上眉峰褶皺的宋銘，莫名一笑，帶著若有似無的譏諷。

「抱歉啊，喝多了。」魏瓊華懶洋洋開口，瞄宋嘉禾一眼。「表兄這是帶著家眷去作客了？」

「無妨。」宋銘淡淡說了一聲。

宋嘉禾朝她客套一笑，福了福身，道：「表姑姑好、三表哥好。」

「小美人好！」語氣輕佻，十分不正經。

宋嘉禾想，這位表姑姑想來酒還沒醒透。

魏闕對宋嘉禾點點頭，見她沒穿披風，應該是急著跑過來沒顧上，凍得肩膀都不自覺地縮著。

「姑姑，天色不早了，咱們走吧。」

魏瓊華溜他一眼，意味不明地嗤笑一聲，風姿綽約地旋身離開。那青年趕緊跟上，殷勤地扶著她。

「快回車上，別凍著。」宋銘溫聲催促著宋嘉禾。

背對著他們的魏瓊華腳步微不可見地一頓，很快就恢復如初。她握著青年結實有力的肩膀，望著那張年輕俊俏的臉龐，輕輕一笑，上了馬車。

宋嘉禾應了聲，臨走前還對魏闕笑了一下，算是打招呼。

望著小跑回馬車上的宋嘉禾，魏闕眉眼驀然溫和。

兩廂就此分開，宋家人往北回府，魏家姑姪倆卻是去了西邊。

長樂坊，溫柔鄉，銷金窟。此地最大的歌舞坊乃魏瓊華的產業。

外頭月黑風高，寒風凜冽，屋內亮如白晝，溫暖如春。

「今兒什麼風把夫人給吹來了？」說話的女子年約二十七、八，柳眉杏眼，豔若桃李，名喚桃娘。

桃娘扭著楊柳腰款款走來，舉手投足之間風情萬種。

「風急雨雪大，我可不就來妳這兒取暖了。」魏瓊華懶洋洋地調笑道。

「那我可得好好謝謝這風雪，夫人可有好一陣子沒來了，還當您忘了咱們這地方呢！」

桃娘掩嘴嬌笑，說話間，不動聲色地瞟著魏闕。

這經了人事的女子和未經人事的女子，看男人是不同的，譬如桃娘，頭一眼看的是魏闕的下盤。瞧瞧這腰、這胯、這腿，再看這臉、這氣勢……

桃娘暗暗感慨了一回。夫人可真是豔福不淺呢！

魏瓊華橫她一眼。「讓人備些好酒好菜，今兒我要和我姪子好好喝回酒。」

桃娘一驚。幸好自己沒嘴快說些不三不四的話，魏家公子能有這氣勢的，她心裡有了底。

「原來是魏三爺，怪不得如此氣度不凡呢！」桃娘卻是不敢再犯花癡。身處她們這一行，最知道哪些人連想都不能妄想。

魏闕略略勾了勾嘴角，以示招呼。

桃娘殷勤地將人迎到樓上廂房，這間房是魏瓊華專用，只有她來的時候才開放。不一會兒，下人就端了酒水飯菜上來，擺了滿滿一桌子。

魏瓊華拍了拍那青年的手背，青年便十分知趣地起身退出去。

魏瓊華把玩著夜光杯，笑看著魏闕。「說來，咱們姑姪倆還沒坐下來正兒八經地說過話吧。」

魏闕笑了笑，端起酒杯敬魏瓊華。「今日不是有機會了？」

魏瓊華輕輕笑了，慢條斯理地飲完杯中烈酒。「嚐嚐這道龍鬚鳳爪，是這兒的招牌菜。可惜咱們來得遲，佛跳牆已經賣完，現做也來不及，否則倒能叫你嚐嚐這長樂坊主廚的拿手絕活。」

「姑姑如此推崇，必是美味，日後倒要找個機會來嚐嚐。」

魏瓊華溜他一眼，輕輕笑起來。她喜歡「日後」這兩個字，興致頗好地向他介紹這桌上美味。

魏闕饒有興致地聽著她介紹，間或喝一杯酒。

半壺酒下肚，臉又有些發熱的魏瓊華心裡嘖了一聲。她可不能再喝下去，再喝就真要醉了。她本就剛從一場宴會離開，正巧遇上魏闕，便想起了一樁事，遂邀他來長樂坊，這小子倒是好耐心，老神在在地坐在那兒。

魏瓊華打算舀一碗鯽魚豆腐湯，醒醒酒；魏闕見她動作不穩，便拿過碗。

魏瓊華支著臉看著盛湯的姪兒，低笑道：「倒是個會照顧人的，看來日後的姪媳婦是個有福氣的。」

魏闕眉峰不動，將碗遞給她。

魏瓊華接過湯碗，慢條斯理地拿起勺子喝一口。「果然，就是沒有酒好喝！」

「酒有酒的醇，湯有湯的鮮。」

魏闕忽然想起外人對魏瓊華的一句評價：醉生夢死，酒池肉林。

魏瓊華笑了笑，喝了半碗魚湯，壓下那點醉意，開門見山地切入正題。「今兒我尋你，倒是有一樁事要請你幫忙。」

魏闕恭敬道：「姑姑儘管吩咐。」

「最近西北那片不太平，我的商隊被劫了好幾次。」魏瓊華看著魏闕的眼睛，慢慢道：「你在西北人面廣，幫我打個招呼，這過路錢不是問題。」

中原內戰，西北那邊三不管的沙漠地帶，盜匪猖獗，局勢混亂不堪。今日打點了這家，明日就被那家端了，哪裡打點得過來？魏家的名頭在那兒不怎麼好使，綠林人士總是對朝廷天生帶著敵意。倒是魏闕師門在西域頗有威望，而魏闕早年在西域待過五、六年。

「我也不白白讓你忙活，事成後，我分你商隊二成的利潤。此外……」魏瓊華晃了晃酒杯，以手指沾了酒水在桌上慢慢畫起地圖來。「我的商隊只能到達大宛，聽說大宛之後還有康居、安息、奄蔡這些地方，富裕豐饒，物產繁多。怎麼樣，有沒有興趣打通這幾條商道，若是成了，咱們平分？」

魏闕挑眉。「姑姑倒是真瞧得起我。」

魏瓊華也挑了挑眉頭，意有所指。「自然是覺得你有這本事，你姑姑我別的本事沒有，做生意從來沒虧過。」

看著笑得別有深意的魏瓊華，魏闕輕輕轉著酒杯。

誠然魏瓊華在西北遇到了麻煩，可他並非魏瓊華唯一和最好的選擇。魏瓊華在西域人脈很廣，與好些西域小國的上層甚至國王都有交情。與其說是一起打通去康居這些國家的商道，更像是給他送銀子，換言之，魏瓊華在向他示好。

魏闕嘴角一揚，倒是稀罕事！

「嫌棄銀子燙手，不敢伸手拿？」魏瓊華睨魏闕一眼。

魏闕微笑。「天降橫財，姪兒還真有些惶恐，恐讓姑姑失望。」

「天與不取，反受其咎。」魏瓊華不緊不慢道。

魏闕點頭。「姑姑說得在理，那姪兒便謝過姑姑慷慨，也代神策軍謝過姑姑支持。」養兵歷來燒錢。

魏瓊華看著他，輕輕笑起來。她喜歡和明白人說話，真金白銀送給魏闕，自然是示好拉攏他，誰叫魏閎惹她不高興了呢！

這半年來，魏閎做了不少收攏人心的事，賑濟災民、安頓殘兵，這些事都是以他個人名義進行，一時之間倒是好評如潮。只不過，這好名聲都是拿白花花的銀子堆出來，魏閎雖身家不少，可哪裡架得住他這麼花錢如流水。

魏閎要真把自己的財產都砸進去，魏瓊華還佩服他三分，可這混球自己只出了點，就來找她出，說得冠冕堂皇。

一開始，魏瓊華還給了他一些，可有一就有二，有二就有三，魏閎已然覺得拿她的錢是理所當然的事。

魏瓊華眼底浮現冷意。出了錢，好處都讓他得了，不給還不高興，真當她的財產已經是他的？

就算將來屬於他這個魏家繼承人，那也得等她死了再說，如今她還活著呢，就想繼承她的產業，誰給他的臉！

這幾個月，魏瓊華都在琢磨這件事。她很清楚，拒絕繼續資助魏閎，已經得罪了他。

眼下當權的是她大哥，她親娘也活得好好的，魏閎自然不敢說什麼。可一旦她這兩座靠山沒了，等魏閎掌權，她還能繼續逍遙快活下去嗎？

這問題，魏瓊華其實很早就在考慮。

答案是，不能！一朝天子一朝臣，兄妹和姑姪豈能一樣？尤其梁王妃一直都覺得她荒淫無度，丟了魏家的臉，教壞她女兒，私下沒少嘮叨她，而魏閎可是個大孝子。

魏瓊華都能想像得到，等這母子倆掌權，梁王妃怕是會義正詞嚴地要求她收斂，別給魏家臉上抹黑。

一想到將來自己得夾著尾巴做人，連養美人都得悄悄來，這日子還有什麼盼頭？魏瓊華自然要給自己鋪後路。她幾年前就有意無意地觀察幾個姪子，魏閎做的事，更讓她堅定了這個想法。既然魏閎靠不住，她當然要投資其他姪兒，來確保自己將來的榮華富貴。

權衡再三，魏瓊華挑中了魏闕。雖然魏闕是梁王妃生的，可他們母子倆之間那點貓膩，她豈會沒察覺？

一樁心事了了，魏瓊華心情鬆快起來，悠哉地啜了一口酒。

「你喜歡宋家的小美人兒？」魏瓊華要笑不笑地斜睨魏闕。

迎著魏瓊華戲謔中夾雜著考量的目光，魏闕坦然地點頭。

魏瓊華輕輕嘖了一聲，臉上笑容更盛。此事對於目前的魏闕而言，是他不能與外人道的秘密，他卻沒有否認，魏瓊華喜歡他這份誠意。既要合作，總要有幾分信任的。

「想娶她可不容易。」魏瓊華同情地搖搖頭。她大哥和她娘，都是喜歡長子嫡孫的，何況魏閎表現還不錯，兩人萬萬沒有換繼承人的念頭。以她對二人的瞭解，魏瓊華肯定他們不會讓魏闕娶宋氏女。

「世上無難事，只怕有心人。」魏闕笑道。

魏瓊華笑容一頓，定定看著魏闕眉宇間的自信。

「到底還是太年輕，這世上並非所有事都是靠努力能做到的。」魏瓊華端起一杯酒，仰頭灌進去，頭頂的八寶宮燈刺得她忍不住瞇了瞇眼。

魏闕笑容不改。「竭盡全力還是做不到，起碼也了無遺憾。」

魏瓊華臉上的笑容驟然凝結，她緩緩低下頭，醉眼矇矓地看著魏闕，目光深遠悠長，彷彿透過他看到不知名的遠方，喃喃了一句。「是啊，沒遺憾就好。」

魏瓊華低頭一笑，再抬頭時已經恢復如常，她緩緩開口。「可需要幫忙？」

「說不準還真要姑姑幫忙。」魏闕也不客氣，他深知魏瓊華在梁太妃和梁王跟前的地位。

「好說好說，」魏瓊華拉長語調道：「我這人最愛看有情人終成眷屬了。」

魏闕抬手一拱。「多謝姑姑成全。」

魏瓊華嗤嗤地笑兩聲。「既然來了長樂坊，豈有不看歌舞的道理？之前聽桃娘說長樂坊排了一支新舞，咱們不妨看一看。」

「姑姑今日飲了不少酒，不妨先歇下，來日方長，改日再看歌舞也不遲。」魏闕緩聲道。

魏瓊華揉了揉額頭。「你不說還好，一說還真覺得有些頭疼，那今日便到此為止。外頭該是宵禁了，你便歇在這兒吧！」

「離宵禁還有一會兒，正可回府。」魏闕謝絕了魏瓊華的提議。

魏瓊華戲謔地看著魏闕。「怎麼，怕傳到小美人耳裡，惹小美人不高興？」

魏闕扯了扯嘴角，不置可否。

「可真是個會心疼人的，好男人就不該讓心愛的姑娘傷心。」魏瓊華嘖嘖感慨一回。
「那我就不留你了。」
魏闕抬手告辭。「姑姑好生歇息，我先走一步。」
啪嗒一聲，門又被關上。
魏瓊華臉上的笑意如同潮水，頃刻間退得一乾二淨。他們魏家人怎麼就都栽在宋家人身上了？

此時此刻的宋府裡，宋嘉卉被關在宋老夫人院內的後罩房。寒風呼嘯，憤怒地拍打在窗戶上，似乎迫不及待地想要衝進來。
臉色慘白的宋嘉卉趴在床上，哭得渾身顫抖，既是害怕又是委屈，更多的是痛苦。
一回到家，她就被父親動了家法，足足打了她三十個板子，宋嘉卉都覺得下半身不是她自己的了。而父親只吩咐一個小丫鬟看著她，轉身就走，把她扔在這簡陋的屋子裡，讓她自生自滅。
宋嘉卉感受到前所未有的絕望。母親留在外祖家，根本幫不了她；父親氣成那副模樣；還有祖父、祖母，他們向來把宋嘉禾當寶貝，肯定不會輕饒她的，現在他們是不是在商量怎麼處罰她？他們會把她怎麼樣？
未知的恐懼猶如巨石壓在宋嘉卉心上，壓得她喘不過氣來。
宋嘉卉又悔又恨。偷雞不著還蝕了一把米，她悔得腸子都青了。要知道會這樣，她就不多嘴，可現在後悔已經晚了。

且說歇下的宋老太爺被人叫起來，聽罷宋銘所說，氣得不輕。

「老二，你怎麼打算？」

小小年紀竟如此心術不正，幸好六丫頭機靈，否則後果不堪設想。

「她既然生了害人的心思，萬不能再讓她和暖暖同住一個屋簷下。」宋銘這個做父親的，也不抱宋嘉卉經此一事能大徹大悟的奢望。這女兒從根本上就壞了。

宋老太爺贊同地點頭。這次能借刀殺人，下次保不定就親自動手，心懷嫉妒的女人根本沒有理智可言。便是宋銘不說，宋老太爺也是不容宋嘉卉威脅宋嘉禾的安全。從感情上來說，宋嘉禾是他眼皮子底下看著長大的，從小就乖巧懂事，甚得他歡心；從利益上而言，他和魏闕已經達成默契，不管從哪個方面看，宋嘉禾都比宋嘉卉重要。

一直未開口的宋老夫人道：「既如此，先對外宣佈她臉上的傷不慎惡化，不便見人，過一陣子再放出她臉傷加重的風聲。女兒家傷了臉避到別莊是常理，外人也不會懷疑。」

宋嘉卉被劫匪劃傷臉的事，人盡皆知，這陣子她也是躲在家裡拒不見人，今日還是頭一次出門，這個理由擺出來，足以取信於人，就算她在別莊待個十年八載都沒人會起疑。

宋老太爺捋鬚同意。「這事便交給妳去辦，讓嘉卉在別莊好生反省。」

至於什麼時候出來，這一點三人都沒說。之前關了一年有餘，出來後反而變本加厲，這次哪敢輕易讓她出來禍害人。

宋老夫人看了看宋銘。「林氏那兒，你怎麼想？」

宋銘沈默半晌後，道：「若是岳母能勸她明白點最好，若是不能，她既然想不明白，就讓她去陪嘉卉吧！」

他真不想再聽見林氏哭哭啼啼替宋嘉卉求情的聲音。犯錯受罰，天經地義，他不明白林氏為什麼連這個道理都不懂？

這會兒宋銘都在慶幸，林氏所有精力都放在宋嘉卉身上，所以其他幾個孩子受她影響甚小。一個宋嘉卉已經讓他焦頭爛額，若幾個孩子都如宋嘉卉，他簡直不敢想。

兒子話裡的冷然讓宋老夫人為之一顫，林氏終究把情分磨到岌岌可危的地步。她搖搖頭，輕輕一嘆。

次日，宋老夫人找機會把宋嘉禾單獨留下來，將有關宋嘉卉的懲罰跟她說了。

宋老夫人輕輕握著宋嘉禾的手。「嘉卉是讓人給養歪了，留在外頭就是個隱患，去了別莊待著也好，左右也短不了她的吃喝，讓她在那兒自己冷靜冷靜吧！」

雖然宋老太爺讓她派幾個嬤嬤過去調教，可謝嬤嬤這樣的能人都束手無策，宋老夫人已經對她不抱指望。江山易改，本性難移！

對於這個結果，宋嘉禾毫不意外。對付宋嘉卉這種人，除了把她關起來免得她興風作浪，再無他法，總不能打殺了。如無意外，宋嘉卉這次被關到別莊，想出來就沒那麼容易了。之前關了她一年多，都沒能讓她有所忌憚，這次三年五載跑不了。

想一想，宋嘉禾還是發自內心地高興。

她的高興，宋老夫人看得出來，但並不覺孫女冷血。宋嘉卉都如此待她了，若宋嘉禾還不計較，替她求情，那宋老夫人才要擔心。做人要善良，但是不能毫無原則的良善。

至於林氏的事，宋老夫人沒和她說，到底是她親娘，還是等她回來再看。

宋老夫人由衷盼著林氏能幡然醒悟。

三日後，林氏回來了，面容憔悴，看得出來這三天她過得很不好。與林氏一道回來的還有一位四十來歲的林嬤嬤，是林老夫人的心腹，林老夫人怕林氏犯渾，特命林嬤嬤來看著林氏。

不問不知道，一問嚇一跳，林老夫人才知道林氏糊塗至此，宋嘉卉那是硬生生被她給養壞，再由她繼續糊塗下去，早晚得叫宋家人都對她失望透頂。所幸林氏除了在宋嘉卉的事情上拎不清，旁的大錯都沒有，只要她別在宋嘉卉身上繼續犯錯，夫妻之間就還有回旋的餘地。林老夫人是真怕宋銘厭倦之下納個二房，以林氏心性，還不得被二房吃得死死的？

大抵是林老夫人的恐嚇出了奇效，林氏回來後，就去向宋銘認錯，一句為宋嘉卉求情的話都沒說，只說自己教女無方，沒教好女兒。

宋銘看著淚流不止認錯的林氏，神色平靜，末了讓她去看看宋嘉卉。

見了林氏，滿腹委屈惶恐的宋嘉卉淚如決堤；林氏也好不到哪兒去，見她一身傷，心如刀絞，母女倆皆哭成了淚人兒。

哭著哭著，宋嘉卉就要求林氏幫她求情。她不想去別莊，她就快要十七，再在別莊待幾年，她就成老姑娘了。

林氏也捨不得女兒，可林老夫人的話言猶在耳，她替宋嘉卉求情，只會適得其反，讓宋銘更生氣，加重懲罰，連帶著她也要遭宋銘厭棄。

半晌都沒等來林氏的應諾，宋嘉卉心都涼了，聲淚俱下。「您不想幫我，您不想管我了是不是？您是我娘啊，您怎能不幫我！」

第二十九章

宋嘉禾逗弄著架子上的鸚鵡。這是前兩天宋銘親自送過來的，雖然父親沒有明說，但是她知道這是給她壓驚的，雖然她一點都沒被驚到。

憶及嚴肅剛冷的宋銘提著一隻色彩斑斕的鸚鵡，怎麼看都不協調。這小東西乖巧得像鵪鶉，縮在架子上一動不動，現在想起來，宋嘉禾都忍不住想笑。

剛剛進來的青畫輕咳兩聲。「姑娘。」

宋嘉禾看向她。「有事？」

青畫福了福身後，小聲道：「二姑娘大罵夫人心狠，不管她的死活，夫人離開時眼睛都哭腫了。」

青畫嘴甜，所以認識的人特別多，其中就有幾個是宋嘉卉院子裡的人。宋嘉卉聲嘶力竭地喊，可不就叫人聽見了。

宋嘉禾把玩著手上的瓜子。

種瓜得瓜，種豆得豆，宋嘉卉的自私自利還不都是林氏自己養出來的，這下子，林氏可要傷心壞了！

林氏是真的傷心狠了，連帶著過年都有些無精打采，不過旁人想著宋嘉卉臉傷加重，可能面臨毀容的危險，也就理解了。

在聲聲爆竹中，正月悄然過了一半，上元節如期而至。

為了安撫民心，今年的上元節格外盛大，滿城燈火，亮如白晝，梁王還邀請文臣武將攜帶家眷一同去西市賞燈。

至於小皇帝，誰還記得？莫說北地百姓，就連京城百姓在潛移默化下，都快忘了還有個小皇帝的存在。百姓的要求向來簡單，吃飽穿暖、住有居所，時不時還能參加節日放鬆放鬆，那就再好也不過。

「六姊，這個面具怎麼樣？」宋嘉淇抓了一個嫦娥面具戴在自己臉上，搖頭晃腦地顯擺。

宋嘉禾認真看了兩眼，拿了一個猙獰的昆侖奴面具遞給她。「我覺得這個更好看！」所有面具中，她最鍾愛的只有昆侖奴。

宋嘉淇瞪她，憤憤不平。「什麼眼光嘛……」她拉著宋嘉晨來評理。「七姊，妳看，六姊眼光是不是有問題？」

宋嘉晨的目光在兩個面具上來回轉了轉，支吾道：「六姊的面具更威風，八妹的面具更柔和一些。」

宋嘉淇呿一聲，不滿宋嘉晨和稀泥的行為。

宋嘉禾見不得老實孩子被為難，轉移話題。「咱們也去瀛水邊放蓮燈吧。」

這是京城特有的習俗，上元節，放蓮燈，祈平安。

宋嘉淇果然很快就被轉移注意，三人便去旁邊的攤子上挑了幾盞燈。

「六姊、六姊……」宋嘉淇突然用力拉扯宋嘉禾的胳膊。

風風火火的，都是大姑娘了，什麼事讓她激動成這樣？

宋嘉禾無奈地順著她的目光看過去，看清之後，目光霎時一凝。

就見季恪簡站在瀛水河畔，身姿挺拔，猶如翠竹，不自覺吸引周遭人的目光。

季恪簡對燈會並無興趣，只是季夫人覺得兒子身上缺了些活泛氣，遂勒令他出來賞燈，還警告不許他找個地方坐下打發時辰。

燈會上，貴女雲集，說不得兒子就遇上可心人，雖然機會渺茫，可總也是個機會。

季恪簡無法違逆母命，便在街頭遊蕩起來，不知不覺走到瀛水河邊。疏疏密密的蓮燈點綴在河面上，遠遠看過來，猶如星河。季恪簡駐足，望著漂蕩在湖面上的蓮燈，漸漸出神。

穿著白狐裘的少女蹲在河邊，提筆神神秘秘地在蓮燈上寫著什麼，一邊寫，一邊說：「你不許過來看，不許過來啊！」

她自言自語，樂在其中。「這盞燈是你的，這盞是我的。咦……漂著漂著，要是分開了怎麼辦？」也不知她從哪兒尋來一根繩子，將兩盞燈綁在一塊兒。「這樣就好了！」

聲音裡是滿滿的雀躍，彷彿完成一件十分了不得的大事。季恪簡忍不住彎了彎嘴角。

兩盞繫在一塊兒的蓮燈被放入河中，順流而下。

「好了，你猜我寫了……」少女一邊說話，一邊轉過頭來。

「季世子！」突如其來的歡喜聲猶如一陣風，吹散眼前的景象。

那少女如同一陣煙，消散在天地之間。

季恪簡握了握拳頭，壓下心中的失望和煩躁。「安樂郡主。」

滿心歡喜的魏歆瑤望著他冰冷的面孔，指尖發涼。她派人盯著季恪簡的一舉一動，一路追尋過來，遠遠就看見他，燈火闌珊中，他的身影顯得格外寂寥，讓她的心猝不及防地疼了一下。

季恪簡垂了垂眼，似乎沒發現她一臉受傷，他拱拱手，意欲離去。

遠處的宋嘉淇趴在宋嘉禾肩膀上，咬耳朵道：「季表哥好不憐香惜玉！」

他向來不給別人幻想餘地，如今她也是這些人之一了。宋嘉禾不知道哪兒出了問題，當初想得那麼美，可現實卻變成這個樣子。因為她不是原來那個她，所以他也不是他了嗎？

過年期間，姨母格外活躍，季家放出選媳的風聲，魏歆瑤坐不住了吧？不過她越是努力，越不可能靠近季恪簡，因為季恪簡最討厭死纏爛打、不知進退的女子。

宋嘉禾輕輕喟嘆一聲，不經意間，在人群中瞄到一張陌生中透著熟悉的面龐。她身體劇烈一顫，雙眼不受控制地睜大。

「六姊？」宋嘉淇被宋嘉禾那一臉見鬼的神情嚇到。

「抓住那個灰衣服的人！」宋嘉禾一指前方。

護衛們順著她指的方向看過去，一臉茫然。

那個人不見了！就這麼一會兒工夫不見了？她剛剛看見那個人——那個害她墜入懸崖

的罪魁禍首！
宋嘉禾面色大變，不甘心地奔向他消失不見的地方。憶及前世她墜落那一瞬間，她看見一個男人立在懸崖邊，驟然一陣強烈山風吹掉他臉上的黑布。那是一張平淡無奇的臉，太平凡了，平凡到在人群裡都不會有人注意。所有事情都發生在電光火石間，以至於那張臉本來在宋嘉禾的記憶中有些模糊不清，可這一刻突然變得無比清晰。
是他，不會錯的！
「六姊！」宋嘉淇大驚失色。她從來沒見過這樣的宋嘉禾，說著也追上去，一旁的宋嘉晨也跟上。
這裡的動靜引起季恪簡的注意，他發現一道逆著人流的白色背影。看了一眼後，他就收回目光，往另一個方向離開，只留下滿心酸楚的魏歆瑤。
人潮湧動中，宋嘉禾艱難地前進著。
「會不會走路？眼睛——」被宋嘉禾撞到的青年不滿地回頭，待看清她容貌那一瞬，聲音陡然降低，變得有如和風細雨。「這位小娘子，有沒有撞疼哪兒？」
「對不住！」宋嘉禾道歉一聲，一邊跑，一邊左顧右盼，想要繼續趕過去。
他不會走遠的，肯定在這附近！在哪兒呢？
被撞的青年搶步攔住宋嘉禾的路，著迷地盯著她的臉，那眼神恨不得當場剝了她的衣裳。他向前跨一步，故作斯文。「小娘子可是遇上麻煩事了？在下願助一臂之力。」

「閃開！」宋嘉禾登時大怒，伸手推開那攔路的男子。

對方見宋嘉禾的手伸過來，不避反迎，還故意張開雙臂。萬不想，預想中的柔若無骨變成大力金剛掌，青年只覺得胸口劇烈一疼，自個兒柔若無骨地飛出去。

「……」

那青年的下屬愣了下後，才一擁而上。

宋嘉禾一腳踹飛兩個，怒不可遏。「滾開！」

若是平時，她不介意教訓一下登徒子，可今日她哪有工夫。

那氣勢把所有人都給唬住，這姑娘長得怎麼那麼欺騙人啊！

這一愣神，宋嘉禾就跑了，恰在此時，護衛們追上來。

「姑娘？」護衛已經追趕上來，驚疑不定地看著神情複雜的宋嘉禾。「那人長什麼樣？」

「灰衣服，中等身材，長臉，眼睛……」宋嘉禾的聲音越來越低，失望布滿她整個臉龐，看了就讓人於心不忍。

那人太普通了，普通到一抓一大把……

護衛長硬著頭皮讓人分頭去找，雖然他知道憑這些特徵根本抓不到人。

宋嘉禾何嘗不知道，她梭巡一圈周圍，起碼有十個人符合這描述。即便如此，她也不甘就此放棄，便隨意找了個方向過去，一直到進了死胡同才停下腳步。

宋嘉禾挫敗地瞪著眼前的牆壁，憤憤地踢了一腳石子，石子擊在牆壁上發出一聲脆響，在寂靜的胡同裡格外響亮。

宋嘉禾鬱悶地用力跺腳。氣死她了！就差一點，就差那麼一點！好不容易有了線索，居然丟了，下一次不知又要等到猴年馬月，難道上輩子她就白死了？

「莫急！」

熟悉的低沈嗓音，讓幾乎要把地面跺穿的宋嘉禾怔了怔。循聲回頭，就見一人戴著昆侖奴面具站在她面前。

宋嘉禾不由自主盯著他的面具看了一會兒，小聲確認。「三表哥？」

魏闕摘下面具，笑了一下，走向宋嘉禾。「跟丟人了。」

宋嘉禾懊惱地點點頭，突然覺得委屈極了。

「我幫妳找。」魏闕淡笑道。

宋嘉禾歪頭打量他。「真的？」

「我什麼時候騙過妳？」魏闕反問。

宋嘉禾的心情陡然好轉，有了一種柳暗花明又一村的驚喜。

三表哥願意幫她的話，是不是很快就能水落石出？不知道為什麼，她就是這麼覺得。

「怎麼找？」宋嘉禾期待地看著他。

魏闕問她。「能不能畫出個大概樣貌？」

宋嘉禾點點頭。之前她可能畫不出來，眼下應該可以，不敢說十成十像，六、七成該是有的。

找人的這一路，她就在想，回府後畫一幅肖像，然後找個藉口，請家裡幫她悄悄找人。雖然靠著一張畫像找人無異於大海撈針，可好歹是個方法。如今三表哥主動幫忙，那就再好不過，畢竟他路子廣，尤其如果那人真是魏家那邊的人，更有可能發現。

「那我帶妳去畫，越早越好。」

宋嘉禾趕緊點頭，隨後就見魏闕敲了敲邊上不起眼的小門。吱呀一聲，小門應聲而開。看著驚訝的宋嘉禾，魏闕聲音帶笑，解釋道：「一個朋友的宅子，我剛才在裡面。」

宋嘉禾撓了撓鼻尖。怪不得他出現得那麼巧。

魏闕帶著她穿過一片精巧的園林，進了屋子，屋裡已經擺好兩套文房四寶。

宋嘉禾納悶地看著魏闕。

「妳邊說邊畫，我也一塊兒畫，看看畫出來的像不像？」

敢這麼說，可見他對自己的畫技頗為自信，可宋嘉禾從來都沒聽過他擅長繪畫。待畫出來後，她才發現魏闕也藏得太深了。

「就是這人，一模一樣！」宋嘉禾差點激動壞了。

魏闕眸色微不可見地沈了沈。「我這就吩咐人繪製幾份，讓人去找。」

宋嘉禾簡直不知道該說什麼感謝才好？她雙手合十，誠心實意道：「三表哥，你真是個大好人！」

魏闕看著她笑了笑，笑容頗深，狀似不經意地詢問：「妳為何要找此人？」

宋嘉禾的笑臉僵了僵。她不想欺騙魏闕，可是也不知道該怎麼解釋？

「若妳不方便，不說也無妨。」魏闕用帕子擦拭雙手，善解人意道。

宋嘉禾更愧疚了，愧疚感幾乎要把她整個人淹沒。她低頭咬唇，猶豫著要怎麼辦，冷不防看見魏闕手上那道淡淡的傷疤。

宋嘉禾眉頭緊皺，忽然靠近，一把抓起書桌上的昆侖奴面具，這是魏闕剛剛戴的那張。

「禾表妹？」魏闕疑惑出聲，眼底帶著無人察覺的期待。

在周圍人震驚的目光下，宋嘉禾將面具扣在魏闕臉上；而魏闕竟然避也不避，隔著面具，含笑看著宋嘉禾，面具下的嘴角漾起濃濃笑意。

看一眼面具，再看一眼他左手那道傷疤，宋嘉禾倒抽一口涼氣，不敢置信地看著魏闕。看清他眼底的笑意，宋嘉禾的眼睛睜得更大，掩藏在深處的記憶瞬間甦醒復活。「當年是你把我從拐子手裡救回來的！」

可算是想起來了，挺不容易的……

魏闕眉眼含笑，靜靜看著眼睛瞪圓的宋嘉禾，她滿臉不敢置信。

他沒有否認，所以真的是他！

宋嘉禾拿開面具，望著魏闕清雋英俊的眉眼，試圖找出些熟悉的痕跡，當然是徒勞無功。當年他戴著面具，而且那會兒他也不過是個半大少年。

宋嘉禾用力眨眨眼，覺得腦子裡都是一團漿糊，不可思議至極，好半晌才反應過來。她心心念念的大恩人，竟然是三表哥！

十年前的上元節，他救了被拐走的她；十年後的上元節，她終於認出他，世事是如此玄妙。

「三表哥為什麼都不告訴我？」說完，宋嘉禾就敲了敲自己的腦袋。看她蠢得都忘了這事，魏闕怎麼會特地說出來，倒顯得他挾恩圖報似的。只怪自己沒用，記不住這麼要緊的事。

魏闕笑而不語。以前是覺得沒必要，於他而言，救宋嘉禾不過是舉手之勞。當年他偶然路過，見兩個鬼鬼祟祟的人抱著一個小丫頭，一看就不懷好意。這種事，不遇則罷，遇見了便沒有視而不見的道理。

魏闕也無比慶幸自己當年的多管閒事。救下後他才發現，自己救的是個小熟人，他在梁王府的宴會上見過宋嘉禾，小姑娘羞赧地塞給他一塊糖，然後躲進她祖母懷裡，還悄悄偷看他。

當時，樂不可支的宋老夫人解釋說：「小丫頭覺得你長得好，她啊，最喜歡長得俊俏的！」

因著那塊甜到倒牙的糖，魏闕親自將她送回宋府，不過得悄悄的。他奉師父之命去豫州辦事，途經武都，魏家並不知道他在武都，他也不想讓魏家知道。

送她回去的路上，小姑娘一個勁兒搗亂，逮著機會就要扯他面具，還喋喋不休地問他姓名。他不肯說，她還抱著他的胳膊不許他走，十分不屈不撓。

當年的他肯定作夢都想不到，有一天他得想方設法提醒被救的小姑娘，世事果然難料。不過，他喜歡這個意外。

魏闕看著尚且處在震驚中的宋嘉禾，嘴角弧度略略上揚。

震驚之後是巨大的歡喜，宋嘉禾感激不已。「三表哥，真是太謝謝你了！要不是你，我都不知道被賣到哪兒去。」

若她被賣了，下場可想而知。

「當年妳已經謝過我了。」

宋嘉禾想了下，俏皮道：「我請你吃棗泥山藥糕答謝你，可你沒吃啊，所以不算。我們家糕點師傅還是原來那一位，現在他的手藝越來越好，改天三表哥有空，我再請你吃？」

這次魏闕沒有拒絕，他含笑點頭，樂意之至。

宋嘉禾心滿意足地笑了笑，隨手把玩著手上的昆侖奴面具。「他們都說這個面具嚇人，可我最喜歡這個面具，覺得看著就踏實。」

自然是因為魏闕當年救她時戴的就是這面具，宋嘉禾還記得他身上淡淡的松香味。想到這兒，她輕輕聞了下，果然是沒有的。

時下貴族不分男女都愛熏香，魏闕偏是其中異類。宋嘉禾不禁想，要是他還熏著松香，自己也許會更早一點想起他來；不過現在認出來也不晚，就是該怎麼感謝他呢？

宋嘉禾犯難了。她突然發現自己實在欠他太多人情，之前的都還沒還清呢，如今又加了一個大恩。

她嘆了一口氣，有種自己可能這輩子都還不完的感覺。算了，債多了不愁，宋嘉禾聊勝於無地自我安慰，順手將面具放在自己臉上。

……尺寸好像不對！

反應過來的宋嘉禾飛快摘下面具，一張臉窘紅。這個面具是魏闕的，不是她的。

這就尷尬了！

望著臉頰微微泛紅如桃花的宋嘉禾，魏闕忽覺得心尖有些微微發癢，像是被什麼東西輕輕撓了下，看著她拽在手裡、想毀屍滅跡，又十分不好意思下手的昆侖奴面具，他眼底笑意更盛。「我的榮幸。」

宋嘉禾不好意思地撓撓臉，此時門外傳來「咚咚咚」的敲門聲，讓她偷偷鬆了一口氣。

「三爺，姑娘讓我送一些水果過來招待客人。」

聽見柔和的女聲，宋嘉禾耳朵豎起來。她記得魏闕之前說過，這是他一個朋友的宅子。宋嘉禾的眼珠轉起來，眼底浮現濃濃的好奇。他口中的朋友就是這位「姑娘」嗎？

好奇心被挑起，她儘量克制地看向魏闕，可她再克制，在魏闕那兒照樣是一覽無遺。他在心底輕輕一嘆。看來還需要努力。

「我給妳引薦一下這裡的主家？」魏闕詢問宋嘉禾。

宋嘉禾求之不得，面上還得裝模作樣地問一下。「方便嗎？」

「方便。」魏闕回道。

於是宋嘉禾便隨魏闕去見那位姑娘。一路上她都忍不住猜測，這位姑娘是不是那位聲名赫赫的大美人？

跟著宋嘉禾而來的護衛，表情是一言難盡。今晚發生的一切都透著匪夷所思，先是他家姑娘莫名其妙追著一個人跑，接著神奇地遇見魏三爺。

似乎他家姑娘遇上麻煩事，總能遇上魏三爺。護衛長覺得，自己好像發現什麼不得了的事，不由去看宋嘉禾。

他家姑娘明明不是個好騙的人啊，怎麼一點防備心都沒有？哪天要是魏三爺把她賣了，搞不好姑娘真會幫著數錢。

宋嘉禾完全不知道自己護衛長的愁腸百結，她現在全副身心都放在馬上就要見到的「姑娘」上，想想還有些小激動呢！

樓上的驪姬聽見腳步聲，緩緩站起來，目光越過走在前面的魏闕，落在他身後的宋嘉禾身上，雲鬢花顏，步搖綴玉，好個冰雪姿、花月貌的絕代佳人。

宋嘉禾也在打量驪姬。果然不出所料，這姑娘就是她所想的那位——讓魏闕心心念念、非卿不娶的驪姬姑娘。

這女子蛾眉淡掃，雙眸似水，神情淡漠，恍若不食人間煙火的仙子。

宋嘉禾有幸見過一回，至此再難相忘，是她平生所見之最仙的一人。

「宋六姑娘。」婁金愉悅的聲音響起來，意味深長地瞥魏闕一眼。

今晚的魏闕一開始就透著古怪，從答應他來找驪姬，到路過小攤時買了一張昆侖奴面具，以及莫名其妙地失蹤，在在都透著不對勁。

宋嘉禾才發現婁金也在，實在是她完全被美人兒的光輝給吸引，根本無暇留意到他。

「婁將軍。」

說完，她隨即看了驪姬一眼，又看向魏闕，意思是「你不給介紹一下」？

「這是驪姬。」魏闕說完，又對驪姬介紹。「我表妹宋嘉禾。」

表妹？情妹妹吧？

百般滋味在驪姬心頭沈浮。他是故意把人帶來給她看的，是不是？怪不得他今日肯過來。

「宋姑娘。」縱然心緒起伏，驪姬淡然出塵的面容依舊波瀾不驚，她款款向宋嘉禾行禮。

宋嘉禾還禮。雖然驪姬身分不高，可因著魏闕，宋嘉禾這一禮行得毫無壓力。

這可是三表哥的心上人，為了她，那麼多年不娶！

說來也是令人唏噓。據聞驪姬本是世家貴女，然而家族在戰亂中湮滅，她便淪落風塵，因書畫精妙，詩詞皆通，加上絕色傾城、氣質出眾而揚名天下。

魏闕留意著宋嘉禾的神情。要不是宋老太爺，他都不知道，自己有個求而不得、非卿不娶的心上人，更荒謬的是，消息來源是宋嘉禾！

宋嘉禾說，她無意中親耳聽見無塵師叔教訓他，此事絕對是無稽之談。師叔根本不知道驪姬這個人，可見她在撒謊，而這謊撒得還有些蹊蹺。

她怎麼知道驪姬？她又為什麼要說這種謊？

可眼下魏闕發現，宋嘉禾並非故意撒謊，她的神情告訴他，她是真的覺得他和驪姬之間有私情。

那麼她這想法是從哪兒來的？不過這都不是當務之急，目下最重要的是澄清這個誤會。

魏闕掃婁金一眼，領著宋嘉禾入座，給她倒了一杯溫酒。「這是果酒，有些甜，妳喝一點無妨。」

宋嘉禾不自覺燦然一笑，想要道謝，笑到一半忽然凝住，偷偷去看對面的驪姬。

驪姬神色寡淡，面前的酒杯是空的，婁金端起酒壺給她斟滿。

宋嘉禾眨眨眼，扭頭看向魏闕。

「不喝酒，那喝點湯暖暖身子？」魏闕溫聲問她。

宋嘉禾飛快端起碗。「我喝點烏雞湯就行。」一生怕晚一步就被人搶走碗的樣子。

手伸了一半的魏闕，眼底閃過一絲笑意。

宋嘉禾端著半碗雞湯，喝得滿腹糾結，連味道都沒嚐出來。

不該這樣的啊，三表哥不是喜歡驪姬姑娘嗎，怎麼一點都不照顧人家？他不是這樣粗心大意的人啊，難道是在偽裝？可要偽裝的話，不帶她來不是更好？還有婁金，他可真殷勤！

魏闕的用意，婁金總算琢磨過味來。他故意將宋嘉禾帶來，就是為了給驪姬看，怪不得今日破天荒願意過來。

魏闕對驪姬向來是能避就避，奈何驪姬滿腹深情盡付於他，即便魏闕明言拒絕後，驪姬表現得豁達，好似放下，可婁金知道她並沒有死心。只要魏闕身邊沒有其他人，她便覺得自己還有希望。

人生在世，總會幹一些明知道犯傻，卻還要做的事，他自己也不外如是。如今魏闕將宋嘉禾帶過來，驪姬也該徹底死心了吧？

婁金端起酒杯一飲而盡，突然間覺得這酒澀得慌。不經意間，他對上宋嘉禾糾結的目光。

宋嘉禾越觀察越覺得不對勁。魏闕對驪姬太冷淡，而婁金又對驪姬太照顧，不該是朋友妻，不可欺嗎？可三個人都神色如常，好像這是再正常不過的事。

思來想去半晌，宋嘉禾只能得出一個結論，應該是她搞錯，她被當年的流言給誤導了。魏闕對驪姬情根深種的說法，她都是從別人那兒聽來，並沒有親眼目睹。說得有鼻子有眼睛，而魏闕也沒站出來反駁，且他的確二十好幾，婚事一直沒個著落，也從來沒聽說他和哪家姑娘走得近。再加上她偶然見過驪姬一次，飄逸出塵，見之忘俗，魏闕喜歡上她，也不出奇，她想當然就信了。其實當時相信的人還真不少，不少姑娘家還私下感慨過魏闕深情呢。

至於流言為何會如此甚囂塵上，甚至以假亂真，宋嘉禾想，背後肯定有人在推波助瀾。至於幕後黑手是誰，其實很好猜，不是嗎？魏闕因為此事婚事受阻，得益最大的人是誰，一目了然。

搞了一個大烏龍的宋嘉禾低頭喝了一口湯。果然，耳聽為虛，眼見為實，她下次再也不信亂七八糟的流言，哪怕它傳得再有模有樣，流言止於智者，她要努力當個智者。

這頓飯在看似和諧實則古怪的氣氛下，很快就結束，魏闕打算送宋嘉禾離開。

「不用了，三表哥陪你的朋友吧，我自己走就行。」宋嘉禾哪好意思讓他送行，她已經很麻煩他了。

魏闕道：「我也要走了。」

宋嘉禾看了看他，再看一眼婁金和驪姬，便笑了笑，沒再說話。

魏闕也笑了下。這會兒她倒是機靈，一下子就看明白，至於旁的……還真是，當局者迷旁觀者清！

宋嘉禾又與婁金和驪姬告辭，隨後跟著魏闕一道下樓。

高大挺拔的男子，纖細窈窕的少女，看起來異常和諧。

驪姬目送二人離開，眼前又閃過魏闕剛才對宋嘉禾的照顧，嘴角不由浮現一個自嘲的弧度。

想不到有一天他也會這樣溫柔細緻，之前他身邊的位置一直空著，她還能夠自欺欺人，不是她也不會是別人。可現在她再也沒法繼續欺騙自己，那個位置上終於有人了。

姓宋的表妹，應該是那個宋氏無疑了，就是不知是宋家哪一房的千金？不過哪怕是最沒落的一房，身分也非她這樣卑賤的女子可比。

驪姬忽然笑了笑。想不到魏闕會喜歡這樣小白兔一樣的女孩。

單純、美好、天真的女孩，哪個男人不喜歡呢？與這樣簡簡單單的女孩在一塊兒，想必他會覺得輕鬆快活吧，何況她還生得那樣國色天香，眼光不錯！

驪姬端起一杯酒，仰頭灌下，動作太急，些許酒液嗆進喉中，讓她劇烈咳嗽起來。她咳得越來越大聲，咳得眼淚都流出來。

婁金看著她，目光憐惜。

好半晌，驪姬的咳嗽才平復下來。她抬手揮退丫鬟，輕輕擦了擦眼角，看著指腹的水光，嘴角微微勾了下。

「我為婁將軍彈一曲如何？」雖是詢問的話，可不等婁金回答，驪姬已經站起來，走向擺在一旁的琵琶。

婁金便笑道：「今兒是我有耳福了。」

驪姬慢條斯理地戴上玉指套，她手指纖長白皙，戴上指套的動作行雲流水，美不勝收，輕輕撥了下弦，清澈婉轉的音樂從指尖流瀉而出。

出了樓的宋嘉禾循著琵琶聲回頭。「是驪姬姑娘在彈嗎？」

魏闕輕輕頷首。

宋嘉禾不由自主駐足傾聽。她沒有聽過驪姬的演奏，只聽過別人對她演奏的評價，天籟之音，繞梁三日不絕。果然名不虛傳，只是其中絲絲縷縷的哀愁……該是為他吧！

宋嘉禾瞄了神色如常的魏闕一眼。席間，她就留意到驪姬若有若無地關注著自己和魏闕，雖然驪姬極力掩飾，但自己還是發現她眼中對魏闕的情愫；不只如此，她還看出來婁金喜歡驪姬。

婁金喜歡驪姬，驪姬鍾情魏闕，魏闕和婁金是莫逆之交，這關係可真複雜。

關係這麼複雜的三個人，居然還能若無其事坐在一塊兒吃飯，也沒誰能比得上了。他們不尷尬，自己都快尷尬死了，又不好馬上離開，所以她只能一個勁兒地吃。

宋嘉禾悄悄摸了摸肚子，覺得有點撐，萬分後悔自己不該因為好奇心瞎湊熱鬧。不過三表哥也真不厚道，居然帶她來參加這種飯局；更不厚道的是，拿她當擋箭牌都不提前打個招呼。

不過看在他幫了自己這麼多的分上，宋嘉禾決定大人有大量，不跟他計較，於是對他寬容一笑。

魏闕眉頭輕挑，猜到她大概又瞎想什麼了。

宋嘉禾默默轉開視線。挑什麼眉，不知道他這動作做起來特別勾人啊！果然是「藍顏」禍水，連驪姬那樣的奇女子都拜倒在腳下。

這座宅院不大，麻雀雖小，五臟俱全，亭臺樓閣，院中的草木佈置得逸趣橫生，還應景地擺設許多花燈。

望著掛在榕樹上的牡丹燈，一瞬間宋嘉禾福至心靈，想起塵封在記憶裡的另一樁舊事。雖然有些不可思議，可今日發生的事足夠匪夷所思，也不差這一件了

「三表哥，我再問你一事。」宋嘉禾揉了揉鼻尖，側臉看著魏闕。

魏闕饒有興致地看著她。「什麼事？」

宋嘉禾指了指涼亭邊的那棵大榕樹。「大概我七、八歲那會兒，我去王府玩，跟人捉迷藏的時候，我爬到樹上，結果不小心掉下來，幸虧有個戴昆侖奴面具的哥哥救了我……」她既緊張又有些期待地看著魏闕。「是你嗎？」

見魏闕慢悠悠地點頭，宋嘉禾又驚又喜。「真的是你！」

魏闕含笑道：「是我。」

宋嘉禾簡直不知道該說什麼才好，怎能這麼巧？

「為什麼三表哥都不願意告訴我名字？」高興完了，宋嘉禾問出一直以來的納悶。不肯摘面具就算了，連名字都不肯告訴她，也忒神秘了。

魏闕道：「不過舉手之勞。」對當年的他而言，多一事不如少一事。

做好事不留名，好人啊！誰能想到看起來那麼冷肅威嚴的魏闕，會是如此古道熱腸的人。

宋嘉禾由衷嘆道：「三表哥你真是個大好人！」又燦然一笑。「我運氣真好，每次碰上麻煩都能遇上三表哥，然後逢凶化吉。」

好人嗎？魏闕勾了勾嘴角。難得做幾次好事都遇上她了。

「話說，還有沒有其他我沒記得的事？」宋嘉禾好奇道。

魏闕笑了笑。「沒了。」

宋嘉禾一臉狐疑。

「真的沒了。」魏闕又道。

宋嘉禾勉勉強強相信了。

至於為何是勉勉強強？誰讓兩件事都是她自己想起來後才承認的，若是還有第三件，她一點都不驚訝，不過目前她是真的想不出還有什麼懸案。

魏闕失笑，另起話題。「尋人的事，妳放心，有消息我便通知妳。」

宋嘉禾雙手合十，又是一番感謝，心裡又十分過意不去。之前三表哥問她為什麼要找這人，她正在猶豫就被丫鬟打斷，眼下到底該怎麼辦？真話說不出口，假話又過意不去。

宋嘉禾為難地抿緊雙唇，陷入兩難之中。

魏闕隱隱失望，見她為難，到底捨不得。「待會兒妳要去哪兒？」

他們已經到達進來的那道小門前。

宋嘉禾鬆了一口氣，歡聲道：「我要去找七妹、八妹她們，我這麼跑了，她們肯定很擔心。」

雖然她已經派人去通知兩人，不過沒見到她，這兩丫頭肯定不能完全放心。

「三表哥呢？」宋嘉禾反問。

魏闕道：「去接我師弟。」

宋嘉淇正在一個小攤上等著鵝肝。

之前宋嘉禾莫名其妙地追著一個人跑了，她雖然追上去，奈何沒宋嘉禾那本事，追了一段就被洶湧的人潮困住。等她好不容易艱難前行一段路，就發現宋嘉禾早已消失得無影無蹤。

宋嘉淇急得不行，沒頭蒼蠅似地亂找一通，正當她猶豫要不要回家找長輩搬救兵時，宋嘉禾的護衛趕過來，讓她們少安勿躁。一聽宋嘉禾與魏闕在一塊兒，宋嘉淇一顆懸著的心立刻安穩了。

有三表哥在，有什麼好擔心的？

之前的擔憂蕩然無存，宋嘉淇又開始沒心沒肺地拉著宋嘉晨享受起美食來。

上元佳節不只有令人眼花撩亂的花燈，各色美食也讓人應接不暇。她這人比較實在，比起中看不中用的花燈，美食對她更有吸引力。

眼下她在等的這家鵝肝，乍看不起眼，可在平民百姓裡十分有名，是她之前四處亂竄的時候偶然發現的。

肥而不膩，濃腴無比，入口即化，實乃人間美味，便是有些小潔癖不喜吃這些攤邊小食物的宋嘉晨，在被宋嘉淇糊弄著吃了一塊後，也愛上這個味道，跟著她一起在這裡等候。

今日生意不錯，攏共只剩下二十幾份鵝肝，宋嘉淇十分豪邁地包了。不過她這邊人多，這二十幾份，每人也沒分到幾塊。

老闆笑得合不攏嘴，早些賣完，他就能早些陪著妻兒一塊兒去賞花燈哩！

如此這般，一個做得興高采烈，另一方吃得歡天喜地，就是這做的速度趕不上吃的快，需要等。

「老闆，來十份鵝肝。」一道年輕而又充滿朝氣的聲音傳來。

宋嘉淇不自覺看過去，就見一名娃娃臉少年大步走來，見她看過來，少年咧嘴一笑，露出一排整齊的大白牙，還有小虎牙。

「阿飛，你來遲了，我的鵝肝都賣完了。」老闆十分熟稔地對少年打招呼，告知他這個不幸的消息。

「不是還有那麼多？」少年阿飛指了指案板上還沒下鍋的鵝肝。

老闆歉然。「都是這位姑娘的。」

「包場啦？」阿飛大驚失色。

老闆不好意思地點點頭。這少年隔三差五來照顧他的生意，又長得討喜，老闆十分喜歡他，差點就想把女兒嫁給他，幸好他還知道齊大非偶的道理。

阿飛慘叫一聲，扭頭對宋嘉淇笑嘻嘻道：「姑娘行個方便，勻我五份好不好？」

雖然他生得很討喜，但是討喜又不能當飯吃，宋嘉淇果斷拒絕。「這些我自己人都不夠分。」

沒有為了外人委屈自己人的道理，對吧？

阿飛瞪大眼，隨即雙手合十，一副可憐兮兮的模樣。「姑娘，我今日出門就是為了吃這鵝肝，我在那頭找了半天才找到。姑娘，行行好，勻我三份可好？」

說著，他趕緊從從袖子裡掏出一大錠銀子。「我不白要，我買！」十足的敗家子樣。

那麼一大錠銀子都能買下他三個月的鵝肝了，老闆心疼得直抽抽，索性眼不見為淨，低頭專心煎鵝肝。

宋嘉淇默默看著他沒說話，被他這能屈能伸的本事驚到。

這下輪到阿飛心抽抽了，他艱難地伸出兩根手指頭。「兩份？」都不夠塞牙縫的。

宋嘉淇依舊沒吭聲。

阿飛的臉都皺成一團，痛苦地彎下一根手指頭，咬牙道：「一份，就一份！不能再少了！」再少就沒了。

宋嘉淇忍笑忍得很辛苦，她終於知道，為什麼宋嘉禾老是喜歡逗她，真是太好玩了！看在他成功愉悅了自己的分上，宋嘉淇大發慈悲地點頭。「一份，只給你一份！」

阿飛登時喜笑顏開，可見有時候人的慾望少一點，就更快樂一些。

將銀子拋給宋嘉淇，他便一個箭步躥到攤子前，動作神速地拿起剛剛出鍋的一塊鵝肝，扔進嘴裡。

剛想提醒他燙的宋嘉淇，見他一臉滿足，便將話給吞回去。真是個怪胎。

宋嘉淇掂了掂手裡的銀子，隨手放在攤子上。她還不缺這點錢。

瞄到她動作的老闆，激動得滿面紅光，煎鵝肝的動作更賣力了。

一份鵝肝總共就沒幾塊，阿飛兩三下就把剛出鍋的那份吃完，顯然意猶未盡。半大小子吃窮老子，那點鵝肝哪裡滿足得了少年人的胃口。

阿飛轉過身，靜靜看著宋嘉淇，眼睛又大又圓，跟條小狗似的。

宋嘉晨莫名覺得過意不去，想讓宋嘉淇給他幾份，可東西是宋嘉淇買的，她也不好意思開口，遂只好也看向她。

宋嘉淇正津津有味吃著鵝肝，她自己吃不算，還分給丫鬟們吃。「分一分，都別搶啊，後面還有呢！」

眾人笑盈盈地應了。跟著宋嘉淇就是這點好，從來不缺吃，只是這體重居高不下，令她們痛並快樂著。

被徹底無視的阿飛舔舔嘴。食慾這種東西是會傳染的。

宋嘉淇吃得越發有滋有味，眼見落在自己身上的目光越來越哀怨，胃口更好。就在她玩得不亦樂乎時，宋嘉禾和魏闕尋了過來。

今兒是上元節，又名情人節。時下民風開放，大街上隨處可見走在一塊兒的男男女女，有些還手牽著手，因此為了避嫌，宋嘉禾和魏闕各自戴上昆侖奴面具，護衛們亦然。

戴著面具的宋嘉禾，別人認不出來，宋嘉淇哪會認不出？不僅認出她，還猜出她身邊的人是魏闕。

望著迎面走來的二人，宋嘉淇眼珠子骨碌碌地轉著。

「師兄！」不只宋嘉禾認出人，阿飛也認出了魏闕。

師兄？他是三表哥的師弟？

宋嘉淇驚訝地看著阿飛，心虛地吞了下口水。

宋嘉禾打量著滿面燦笑的少年。誰能想到，這一臉溫和無害的娃娃臉少年，就是人見人怕的小將軍，一身神力讓敵人聞風喪膽。

「六姊、三表哥！」宋嘉晨與宋嘉淇迎上前。

「師兄，你們認識啊？」阿飛一臉撿到寶的驚喜，下一句就是：「師兄，你請她們讓我幾份鵝肝好不好？我還沒吃飽呢，我會付錢的。」說著，還可憐兮兮地拍拍肚子。

宋嘉禾忍俊不禁。傳聞這位小將軍天性單純，果然名不虛傳。

魏闕無奈。若不讓他吃飽，他肯定鬧個沒完，遂問宋嘉淇。「淇表妹。」

不等他說完，宋嘉淇忙不迭就接過話。「隨便，他想吃多少都行！」

她本來就是逗這人的，就算他不是三表哥的師弟，也會送他幾份鵝肝。現在發現還有三表哥這層關係，那就更要送了，不看僧面看佛面嘛！

宋嘉淇意味深長地瞄了宋嘉禾一眼。

宋嘉禾暗暗瞪她一眼，因為她看懂了宋嘉淇的言下之意。

阿飛聞言心花怒放，趕忙又拿了一份鵝肝，一邊吃，還一邊問魏闕要不要？

宋嘉淇促狹心起，拿這一份到宋嘉禾面前。「六姊嚐一下，可好吃了。」

宋嘉禾一臉敬謝不敏，還誇張地往後退了好幾步。

魏闕好笑地看著一臉嫌棄的宋嘉禾。去年在望江樓一起吃飯那回，他便發現她不吃動物的內臟。

宋嘉淇一臉可惜。「這麼好吃的東西，六姊真不識貨。」

宋嘉禾翻了個白眼。「好吃妳就多吃點。」

不知什麼時候插過來的阿飛，無比贊同地點點頭，一副宋嘉禾真不識貨的模樣。

宋嘉禾笑了笑，覺得這兩人倒是合得來。「那你們慢慢吃。」

魏闕失笑，終於想起被自己忽略的事。「這是我師弟，丁飛；這幾位是我表妹，姓宋，行六、行七、行八。」

因是在外頭，且丁飛是男子，是以魏闕並沒有介紹閨名。

兩廂見過，吃了鵝肝的丁飛秉持著禮尚往來的優良作風，熱情邀請宋家姊妹去吃小吃。

宋嘉淇極力贊成，還有一下、沒一下瞄著宋嘉禾和魏闕。她覺得這兩人有貓膩，肯定有貓膩，若沒貓膩，誰上元節還待在一塊兒啊！

「我有些累了，你們去玩，我就先回去了。」宋嘉禾微笑道。

宋嘉淇哪能放她走，抓著她的胳膊撒嬌。「別啊，六姊，再玩一會兒嘛，就再玩一小會兒。」

宋嘉禾聲音溫柔，語調堅定地拒絕了。

正巧宋嘉晨也想走。她本就不是特別愛玩的性子，這會兒也沒興致繼續逛了。宋嘉淇噘噘嘴，只好跟著一塊兒走了。

「那我下次請妳吃啊！」惦記著人情的丁飛，對宋嘉淇露出八顆牙齒。

看著小虎牙，宋嘉淇鬱悶的心情好了些。

「師兄，我們去吃吧，我跟你說，那家小吃特別香脆鮮嫩。」丁飛沒大沒小地伸手要去攬魏闕的肩膀。

魏闕抓著他的手腕往旁邊一甩，掏出一荷包碎銀子扔給他。「自己去，別搗亂。」說罷，抬腳離開。

丁飛納悶地抓了抓腦袋。剛剛還好好的，說變臉就變臉，有毛病！

他懶得多想，掂了掂沈甸甸的荷包。正好，銀子快用完，又可以去買好吃的了。

京城，真是個好地方，早知道他就早點來了。

第三十章

馬車裡，宋嘉淇不懷好意地挨著宋嘉禾坐；宋嘉禾睇她一眼，選擇合眼，閉目養神。

宋嘉淇扯了扯宋嘉禾的衣袖。「六姊，妳剛才追誰去了？」

便是一旁的宋嘉晨也好奇地看過來，想起方才宋嘉禾的神情太奇怪。

「那是個小賊，我見他偷了好幾個荷包。」宋嘉禾說出早就想好的理由。「腦子一熱就追過去了，我本來要追上的，結果遇上一個混球，跟丟了。」

「然後三表哥幫妳把那個小賊抓到了？」宋嘉淇展開豐富的想像力。她六姊遇上的麻煩，總能在三表哥面前迎刃而解。

「沒抓到，都怪那混蛋！」宋嘉禾沒好氣地瞪她一眼，並撩起車簾招來自己的護衛長。

「之前被我揍的那個混蛋是什麼來歷？」

要不是那混球，她興許不會跟丟人。

護衛長恭聲道：「已經派人去查，目前還未有消息傳回來。」

宋嘉禾點點頭，咬牙切齒。「好好查，那混球一看就不是個好東西，看看他有沒有作奸犯科？」

要是有，她不介意為民除害。

見護衛長應諾，宋嘉禾這才心氣稍平。

宋嘉淇為那個倒楣蛋默哀一下。真可憐，誰讓他遇到她六姊，不過比起這事，她更關心別的。

「六姊，妳怎麼會遇上三表哥？你們都幹麼去，是去賞燈了？」宋嘉淇笑得十分曖昧。她六姊足足消失了一個時辰，一個時辰耶！

宋嘉禾糟心地看著滿臉猥瑣的宋嘉淇，用力捏著她的臉，教訓道：「好好的姑娘家，幹麼怪模怪樣，小心我告七嬸去。」

「疼疼疼！」宋嘉淇大叫。「輕點啊，這是我的臉！」

「掐的就是妳的臉！」宋嘉禾戳她腦袋。「整天想什麼呢！」

宋嘉淇揉著臉，憤憤不平。「我胡思亂想，還不是妳給我胡思亂想的機會，有本事妳說啊，你們幹麼去了？」

宋嘉禾被她噎了下。「我沒追到人，正好遇見三表哥，三表哥就幫我畫了幅肖像畫好找人。」

驪姬身分特殊，她便沒有說出來，多一事不如少一事。

霎時，宋嘉淇腦海中浮現紅袖添香的畫面。她用力甩了甩腦袋，覺得自己真的想太多。

「妳看，三表哥又幫妳了，三表哥對妳真好！」宋嘉淇撞了撞宋嘉禾的肩膀。「六姊，妳真不考慮下？」

宋嘉禾眼角僵了僵，推開宋嘉淇。「小小年紀，整天不想正經事。」

「誰小了？」宋嘉淇昂了昂脖子。「我都十四了！」

「所以動凡心了？妳放心，回頭我就和祖母還有七嬸說，趕緊給妳找人家。」宋嘉禾試圖轉移宋嘉淇的注意。

奈何宋嘉淇根本不上當，哼了一聲。「我才不用妳操心，妳還是操心妳自己吧！」

見宋嘉禾煩躁地皺了皺眉頭，宋嘉晨拉了拉宋嘉淇，讓她適可而止。

宋嘉淇哼哼唧唧兩聲，挪過去和宋嘉晨坐在一塊兒，否則她怕管不住自己的嘴。

宋嘉禾靠坐在隱囊上，心亂如麻。她一直以為魏闕有意中人，所以很多事都不會往那個方面想，有時覺得古怪了，還要暗自鄙視自以為是，長得好一點就以為人見人愛，花見花開了？

可今日這事，猶如一道驚雷劈下來。原來驪姬不是魏闕的心上人?!

宋嘉禾感到心煩意亂，回頭再細想兩人之間的點點滴滴，她心底不安起來。

搖搖晃晃中，宋府到了，姊妹幾人向宋老夫人請安過後，便告辭離開，唯有宋嘉禾留下來。

今日的事，她不說，宋老夫人也會知道，既如此，不如她自己說了，免得祖母擔憂。只不過對著宋老夫人，自然又是另外一番說詞。她無法對魏闕說謊，對祖母更是難上加難。

「祖母，兩年前我作了一個很長很長的夢，我夢見很多很多事，漸漸地，很多事都成真了。」宋嘉禾將畫展開，她之前向魏闕要了一份。「祖母，我在夢裡見過這個人，他帶人追殺我，逼得我墜入懸崖！」

宋老夫人渾身劇烈一顫，瞳孔為之收縮。

宋嘉禾握緊宋老夫人的雙手。
過了好一會兒，宋老夫人才開口。「他為什麼要追殺妳？」
宋嘉禾也想知道這一點，所以她才會苦苦追尋這個人，可兩年來都毫無頭緒，今日終於有了轉機，可惜還是讓他跑了。
宋嘉禾掩不住沮喪。「我不知道，我想他應該是奉命行事，可我不知道他背後的主子是誰？」
「妳懷疑誰？」宋老夫人問。
宋嘉禾垂眼道：「魏歆瑤。」
宋老夫人突然就想起季恪簡。暖暖和魏歆瑤的確面和心不合，但是兩人應該不至於交惡到魏歆瑤想殺她的地步，暖暖向來有分寸。
「為什麼懷疑她？」
宋嘉禾沈默片刻，縱使難以啟齒，可到了這個節骨眼也沒有隱瞞的必要。「在夢裡，我和季表哥訂親，魏歆瑤嫉恨我，三番兩次陷害過我。」
果然如此！宋老夫人也想不出還有什麼其他理由，這種事還真是魏歆瑤能做得出來，這丫頭唯我獨尊，霸道慣了。
宋老夫人更是瞬間明白，宋嘉禾為何會鍾情季恪簡，明明毫無交集，這丫頭卻對他念念不忘。
這些事聽起來荒誕不經，可宋老夫人信佛，且出自宋嘉禾之口，所以她願意相信這是老天爺大發慈悲，託夢預警。

「惠然的事，妳也夢見過？」

宋嘉禾輕輕點點頭。

宋老夫人輕輕一嘆，怪不得毫無預兆要去河池，還那麼巧，發現竇元朗的醜事。「妳大姊呢？」

宋嘉禾搖搖頭。「大姊的事我不知情，都是後來推測出來的。」要是早知道，她肯定會好好看著宋嘉音，不讓祈光有機可乘。

宋老夫人摸摸她的腦袋。「倒是難為妳了，藏了這麼多心事。」

宋嘉禾眼角發酸。藏著秘密的滋味並不好受，可她不知道該從何說起，以至於一拖再拖，現在才說出來。眼下壓在心口的巨石被搬走，終於舒服多了。

宋嘉禾想將之後兩年一些要緊事一吐而盡，卻被宋老夫人阻止。

「天機不可洩漏，如洩漏過多，必遭天譴。所以，若非性命攸關的大事，旁的事妳三緘其口為妙，明白嗎？」

救人一命勝造七級浮屠，想來老天爺應該不會怪罪，若是用來走捷徑，那就未必了。

見宋嘉禾愣住，宋老夫人慈和一笑。「這事出得妳口，入得我耳，莫要讓旁人知道，便是妳祖父、父親，甚至將來的丈夫也不要說，知道嗎？」

宋嘉禾還有些反應不過來。

宋老夫人徐徐道：「在妳夢裡，咱們家是不是蒸蒸日上？」

宋嘉禾點頭。

「既然沒有妳的提醒，咱們家都好好的，那何必多此一舉？知道得多了，反倒瞻前顧後，說不得就適得其反了。」

宋嘉禾看著宋老夫人睿智的雙眸，鄭重地點了下頭。其實她明白祖母的顧慮，人的慾望永無止境！

宋老夫人笑了，她就知道這孩子能明白過來。

低頭看著那幅畫像，宋老夫人不可避免地想到魏闕。「妳對妳三表哥怎麼解釋的？」

「他問了一句，我沒回答，他就沒再問了。」

他沒追問，可私底下肯定會徹查。想起魏闕，宋老夫人心裡總感到不對勁。又是畫像，又是幫忙追查的，好不殷勤。可孫女說得信誓旦旦，他有意中人了，他圖個什麼？

宋老夫人揉了揉額頭，覺得腦子裡是一團亂麻。「他若再問，妳就說這是家中逃奴，偷了我最心愛的一塊和闐玉珮。」

愛信不信，總是個理由，知趣的人都不會追問下去。

宋嘉禾還是點點頭，有些過意不去。「祖母，我今日才發現，原來十年前把我從拐子手裡救回來的人，就是三表哥。」

宋老夫人頓了頓，表情一言難盡。

這難道就是所謂的冥冥之中自有天意？

好半晌，宋老夫人才回過神來，望著神色複雜的宋嘉禾，心裡咯噔一響。「妳怎麼知道？他和妳說的？」

宋嘉禾連忙搖頭，指了指自己隨手放在桌上的面具。「當年三表哥送我回來時，就戴著這面具，我記得他左手心那道傷疤，今日看見後，我突然就想起來了。」

真巧！

宋老夫人心塞了下，若說不是他有意為之，她是萬萬不肯信了，反而越發肯定他不懷好意。

「那倒是要好生感謝他了。」宋老夫人含笑道。

宋嘉禾又道：「三表哥說，這事最好不要說出去。」

宋老夫人疑惑地看著她。

宋嘉禾猶豫了下，道：「當年三表哥是奉師命辦事，途經武都，所以沒有告知家裡。」

聞言，宋老夫人心知這番話不過是藉口，說白了還是和家裡不親近。過家門而不入，到底不好聽。

宋嘉禾小心翼翼地看著宋老夫人。

魏家能把剛出生的魏闕扔進香積寺不管不顧，直到他拜入名門才想起有這兒子，這樣的家人要來又有何用？上不慈，下不孝，怨不得人。可長輩們總是重孝道的，宋嘉禾怕祖母對魏闕有偏見，至於為什麼怕，她還沒心思去細究。

望著孫女臉上的忐忑之色，宋老夫人覺得更心塞了。她穩了穩心神，道：「那咱們就換個方式好好謝他。思來想去，他也不缺什麼，我記得妳之前說過他有個心上人，只是出身有瑕，具體是個什麼情況，我看看能不能讓他稱心如意？」
宋嘉禾脹紅臉，期期艾艾道：「我弄錯了！其實我不是從無塵大師那兒聽來，是在那個夢裡聽別人說的。大家都這麼說，我就……就當真了，今日見到那位姑娘，我才知道不是這麼一回事。」
果然如此。就說魏闕要是有心上人，怎麼可能對暖暖這麼上心？
宋老夫人又納悶。「妳怎麼會見到那姑娘了？」
宋嘉禾支吾著把見到驪姬的事情道了一遍。
宋老夫人已經不知道該說什麼才好？活到這把年紀，哪還不知道魏闕是故意帶暖暖去見驪姬。略一思索，她就想到宋老太爺，也就宋老太爺可能給魏闕通風報信。
宋老夫人暗暗啐了老頭子一口，按下和老頭子算帳的怒火，眼下關鍵的是暖暖的態度。
宋老夫人看著孫女，心微微下沈。「他待妳委實不錯，妳想過為什麼嗎？」
宋嘉禾垂下眼，濃密的睫毛輕輕顫動。她回來的路上都在想，越想越心驚。之前一葉障目，不見泰山，眼下這片葉子掉了，她猛然發現，魏闕待她何止不錯，而自己對他也有著不自覺的信賴和親近，已越過了表兄妹的界線。
宋老夫人幽幽一嘆，又問：「妳心裡是怎麼想的？」
宋嘉禾咬咬唇，眼底露出茫然之色。「祖母，我心裡有些亂，我想好好理一下。」眼下她腦子裡一團漿糊，根本想不來事情。
宋老夫人憐惜地摸摸她的頭頂，柔聲道：「回去休息吧！睡一覺養好精神，好好想、細細想，不要著急，知道嗎？」

之前和她說起對她有意的兒郎，她都是笑嘻嘻地插科打諢過去，宋老夫人也就知道她不中意，可輪到魏闕，這丫頭態度就不同，那麼大的區別，她眼睛又不瞎。

宋老夫人暗暗嘆氣。潤物細無聲，還真著了他的道。若他不是魏家老三，哪怕本事再差些，光他這些年對暖暖的恩情和這份心，宋老夫人也是放心將孫女託付與他，可他偏偏是魏家子，想起魏家那爛攤子，她就覺得頭疼。

宋嘉禾忽然抱住宋老夫人，細聲細氣道：「祖母，我讓您擔心了。」

「傻丫頭，說什麼胡話呢！」宋老夫人慈愛地撫著她的後背。

抱了好一會兒，宋嘉禾才戀戀不捨地放開宋老夫人，出了院子，立時垂頭喪氣起來。草草洗漱好，宋嘉禾就上了床，自然是睡不著。這會兒能睡得著，她才要佩服自己。

守夜的青畫就聽見床上翻來覆去的聲音，以及若有若無的唉聲嘆氣聲。她忍住詢問的衝動，昏昏沈沈間，睡了過去。

與宋嘉禾一行人分別後，魏闕徑直回了梁王府。這時辰，除了年輕一輩的還在外面看燈，長輩們都早已回府。

梁太妃近來身體不適，早早歇下，故魏闕便只去梁王妃院裡請安。

這會兒，梁王妃正在安慰魏歆瑤。魏歆瑤是含著淚回來的，可把梁王妃嚇了一大跳，一迭連聲地追問她怎麼回事？可任她怎麼問，魏歆瑤都不說，反倒撲進她懷裡大哭起來。

梁王妃心疼得不行，最後終於從丫鬟那裡知道怎麼一回事，此事也是說來話長。

魏歆瑤費盡心機在瀛水湖畔巧遇季恪簡，本有滿腹打算，奈何季恪簡壓根兒不給她開口的機會，見了她就走。這種事已經不是第一次發生，這幾個月來魏歆瑤三番幾次靠近，都在他那兒撞了南牆。

一般人遇上這種情況早就放棄，可魏歆瑤豈是一般人？一次又一次被冷拒，終於激起魏歆瑤的怒火，她冷著臉跟上季恪簡，打定主意要討個說法。

季恪簡似乎也明白她的用意，進了一條小巷子。他也覺得，最好能把事情說清楚明白，只一直都沒機會開口。

進了小巷，魏歆瑤眼淚就掉下來，起先是作戲，可哭著哭著，便假戲真做起來。從小到大她何曾受過這樣的委屈？誰不捧著她、順著她，唯獨季恪簡拒她於千里之外。她都做到這地步，可季恪簡還是對她避之唯恐不及，她到底要怎麼做才好？

「季世子避我如蛇蠍，是不是因為當年的事？」魏歆瑤抽噎了下，眼眶泛紅，好不可憐。「昔年我年幼無知，不慎害得表姊墜馬。我……」她哽咽了下，彷彿情到傷心處而難以自持。

「這些年來，我都在懺悔此事，我為表姊點了往生燈，每年往寺廟善堂送財物，便是為了超渡表姊。聖人都說，知錯能改，善莫大焉，可季世子為何放不下對我的偏見？難道做錯事，就一輩子都無法重新做人嗎？」

柯玉潔之死是魏歆瑤最不想提及的往事，偏偏這事讓季恪簡目睹，再不想提，她也只能提出來，不說明白，這事就永遠是季恪簡的心結。何況遮遮掩掩反倒顯得她心虛，還不如光明正大說出來。

季恪簡覺得有些滑稽，當年致使柯家姑娘墜馬的那一鞭，是有意還是無心，他有眼睛，看得清楚又明白，魏歆瑤卻能如此理直氣壯地信口雌黃，還真讓人不意外。

「我想安樂郡主可能誤會了。」季恪簡緩緩開口，聲音一如既往的清朗溫潤。

魏歆瑤淚意稍斂，抬眼望著他，心跳如擂鼓。

季恪簡繼續道：「若非郡主說起，我都不記得此事了。」

「你騙人！」魏歆瑤薄怒，紅著眼道：「你若是不記得，為何這麼躲著我？」

隨著這句質問，魏歆瑤覺得盤旋在胸口的那股氣一吐而出，可取而代之的是難以名狀的緊張不安，她目不轉睛盯著季恪簡。

季恪簡仍神色如初。之前魏歆瑤愛極他的從容優雅，卻在這一刻恨上他的從容不迫，她在這張臉上看不出一絲一毫情緒，彷彿戴了面具般，讓人看不穿他的想法。

「男女授受不親，郡主已是及笄年華，季某理當避嫌。」

多麼好的藉口！

魏歆瑤心頭湧上悲哀，豁出去道：「我的心意，我不信你一點都感覺不到！」

季恪簡沈默一下，道：「多謝郡主垂愛，恕季某無福消受。」

魏歆瑤霎時遍體生寒，不甘道：「為什麼？我哪裡不好了！」

「郡主牡丹國色，人中龍鳳，只人各有好。」季恪簡緩聲道：「季某相信，郡主定能尋到情投意合的如意郎君。」

情投意合的如意郎君？魏歆瑤覺得自己找不到了，明明他都說得那麼直白，可她還是無法死心。她看不起這樣卑微下賤的自己，可又束手無策，都不知道自己是怎麼回來的？

梁王妃得知女兒又在季恪簡那兒碰了一鼻子灰，又氣又怒又心疼。她的女兒家世好、容貌好，才情也好，那季恪簡是瞎了眼不成？

氣憤不已的梁王妃恨聲道：「那小子有眼無珠，日後有他後悔的時候，天下好男兒千千萬萬，阿瑤妳等著，為娘定然給妳找個比季恪簡更出色的。」

「再出色又如何，我不喜歡！」大哭了一場，魏歆瑤終於緩過勁來。她抹了一把淚，雙眼因為淚洗而格外明亮，灼灼生輝。「我倒要看看誰敢嫁給他！」

她沒有大張旗鼓追求，可也沒偷偷摸摸來，知道她心思的人不少，她就不信有誰敢跟她搶人？除了她，他還能娶誰！

梁王妃被她眼中冷意嚇一跳，嘴裡發苦，苦口婆心道：「妳這丫頭犯什麼倔，強扭的瓜不甜，妳這是何必？」

魏歆瑤扭過臉。「除了他，我誰也不嫁，嫁不了他，我就在家做老姑娘！」

梁王妃差點被她氣了個倒仰，一巴掌拍在她背上。「妳個混帳東西，說的什麼糊塗話！」

她心下恨起魏瓊華。都怪她給女兒說些不著四六的話，什麼女兒家要是嫁不如意，還不如一個人自由自在快活，這是一個姑姑該說的話嗎？

魏歆瑤吃痛，脾氣上頭。「妳就算打死我也沒用！」

梁王妃氣得直哆嗦，臉色發青。

魏歆瑤一看，著急起來。「娘！」

柯嬤嬤一瞧，梁王妃這是又犯癮了，趕緊把藥拿過來，一番忙亂之後，梁王妃才算平靜下來。

魏歆瑤忍了又忍。「娘，您把這個戒了吧，長此以往對身體不好。」

梁王妃眼皮顫了顫。她何嘗不知道，可癮頭上來根本不是理智控制得了，那種椎心蝕骨的痛苦，她不想再嘗一次。

「我心裡有數。」

魏歆瑤囁嚅了下，終是沒再勸。

梁王妃看著她，幽幽一嘆。「罷了，季恪簡的事我也不管了，只不過妳要記得分寸，妳父王十分看重季家。」

魏歆瑤心花怒放，撲過去抱著梁王妃的腰道：「娘，我知道，還是您疼我！」

梁王妃拍著她的背，無奈地笑起來。這兒女啊，都是債。

這時候丫鬟進來稟報，魏闕來了。

梁王妃的笑容頓時凝結，眉頭煩躁地皺起來。

目睹她神色變化的魏歆瑤，抿了抿唇。說實話，她是真不明白母親為何這般厭惡三哥？因為好奇，她向那些老嬤嬤打聽過，故而知道三哥寤生，讓母親差點丟了性命；也因為三哥八字不好，害祖母大病一場，險些撐不過來，連累母親不受祖母待見，吃足了苦頭。
就因為這些，母親深信三哥剋她，哪怕三哥再優秀、再孝順都無用，甚至三哥越出色，母親越是反感。
魏闕闊步而入，見過梁王妃，而魏歆瑤已經躲到耳房，她雙眼通紅，實在不好見人。
梁王妃蠟黃的臉上堆著關切之色。「怎這麼早就回來了？不多逛一會兒？」
魏闕道：「人太多，便回來了。」
「你這孩子就是太清冷，這麼好的日子，就該多走走看看，說不得就遇上可心人了。」
接著又是一番感慨，不外乎他年紀不小，早該成家立業，盡顯慈母風範。
魏闕安安靜靜聽著，等梁王妃說完，便道：「兒子讓母親操心了。」
梁王妃語重心長道：「知道我操心，你就早點成家。」
魏闕微笑著點頭。
略說兩句，梁王妃就讓他下去，臉上的笑容也在頃刻間退得一乾二淨。
梁太妃把媳婦人選已經挑得差不多，都是和她比較親近的人家，不出意外，上半年就能定下來。莊氏是她挑的，小九之前的未婚妻曾氏也是她挑的，就連魏闕也不放過，老太婆可真是好心思，生怕子孫跟她不是一條心。
對這個結果，梁王妃當然不滿意，她要的是個聽她話、受她掌控的三媳婦。可梁王把魏闕的婚事全權交給梁太妃作主，她也只能乾瞪眼，不免想起了燕婉，好一陣可惜。
且說魏闕進了書房，便拿出那幅畫像來，隨著宋嘉禾的描述，他腦海中冒出一個人來，畫到後來，他不是在聽宋嘉禾描述，而是自己在畫。畢竟口頭描述並不能精確得分毫不差。成形之後，宋嘉禾驚呼一模一樣！

魏闕輕輕叩著桌面，眼前浮現當時她眼裡的厭惡、憎恨與恐懼。他詢問她尋人的原因，第一次被打斷時，小丫頭明顯大鬆一口氣，第二次她則欲言又止，滿眼為難。如此看來，不是小事。不過，不說總比隨便敷衍他好……

李石做了什麼，會讓她露出如此情緒？

魏闕眉峰微皺，揚聲。「來人。」

便有屬下應聲而入。

「盯著李石一舉一動，事無鉅細，都要上報。」

來人恭聲應是，見魏闕再無吩咐，便退出去安排。

魏闕將畫像捲起來，在仙鶴求桃燭臺上引火點燃，扔進沒水的筆洗內。火苗很快就將畫像吞噬殆盡，只留下灰燼。

魏闕突然笑了下，往後靠了靠。也不知她從哪兒知道驪姬，還生出那等荒謬的誤會，怪不得怎麼都不開竅。眼下誤會解開，她應該也能琢磨出點味來了。也差不多了，再拖下去，難免夜長夢多。

第二天去請安的時候，宋老夫人仔細端詳宋嘉禾的臉，雖然蓋了脂粉，可還是能看得出來一夜未眠的憔悴，真是受罪了。

宋老夫人心疼地拍拍她的手，溫聲道：「想明白了沒？」

宋嘉禾收起嬉笑之色，鄭重地點點頭。

「那能告訴祖母嗎？」宋老夫人和顏悅色看著她。

對著旁人，宋嘉禾自然是羞於啟齒的，然而面對宋老夫人，宋嘉禾的臉一點一點紅起來，就像染了一層又一層胭脂。「祖母，我好像變心了。」

宋老夫人被自己的口水給嗆到，嚇了一大跳的宋嘉禾，趕忙給宋老夫人拍背順氣。

好不容易消停下來的宋老夫人，不輕不重地打她一下，沒好氣道：「什麼叫變心？說的什麼混帳話。」

變心二字，讓宋老夫人想到負心漢，這幾個字怎麼可能跟她孫女搭上邊。暖暖和季恪簡壓根兒就不算回事，一沒兩廂情願，二沒媒妁婚約，哪門子的心可以變。

宋嘉禾縮了縮脖子，悻悻地揉了揉鼻尖。她就是變心了嘛！

宋老夫人無奈地搖搖頭，拋開孫女的用詞不當，她倒是理解了孫女的意思。

她不喜歡季恪簡，喜歡魏闕了。對於這個答案，宋老夫人並不意外。

因為一個夢，暖暖對季恪簡產生不同尋常的感情，可這感情畢竟是空中樓閣，事實是季恪簡拒絕了婚事，還一直繞開暖暖。與之相對的魏闕，樣樣不比季恪簡差，且對她溫柔體貼，細緻周到，還有三番兩次的救命之恩，十年交情擺在那兒。

心動太容易了，也就孫女鬧了個大烏龍，以為魏闕有心上人，所以燈下黑，從來都沒往那個方面想過。眼下醒悟過來，可不就明白了。

「喜歡誰，不喜歡誰，妳真的想明白了？」宋老夫人看著宋嘉禾的眼睛，聲音肅穆又鄭重。這種事馬虎不得。

迎著宋老夫人嚴肅的目光，宋嘉禾點點頭。

「祖母，我不是小孩子了，我的感情自己明白。我不喜歡季表哥了，其實我當年都想過主動去追他。」一說到這兒，宋嘉禾不好意思地低下頭。「不過他一直躲著我，我就放棄了，一方面是賭氣，另一方面是拉不下面子，我還自我安慰，順其自然就好。

「去年來京城的路上見到他，我很高興。依著那個夢，到了京城，他就該喜歡我了。直到那天我差點摔倒，季表哥為了避嫌，特意退開幾步，那一瞬間我才發現自己傻得可笑，就算夢裡一些事成真，可也有很多事都變了，我和季表哥的關係早就和夢裡不一樣，在夢裡，季表哥可沒躲著我。」

說話間，宋嘉禾不由想起當年。不管是在宋家、季家還是林家，她總是能「遇見」季恪簡，他們會說說話、聊聊天，次數多了，宋嘉禾也琢磨出點味兒來，莫不是季恪簡瞧上她了？存了這個心思，她便暗暗打量觀察起他來，之後的發展水到渠成，及笄禮後，他們便訂了親。

然而這輩子，這些事絕不可能發生了。

宋嘉禾語調平靜。「我憑什麼覺得和季表哥之間不會變？明明已經變了這麼多，我若是活在夢裡，對他糾纏不休，只會讓他厭惡我，我不想走到這一步，所以不如放過他，也放過我自己。想通之後，我整個人都輕鬆了，之後再見到他，一開始還有些難過，可慢慢地我發現自己能做到心如止水，聽見姨母為他相看人，也能夠波瀾不驚了。」

宋老夫人輕輕摩了摩宋嘉禾的腦袋，目光憐惜。她現在說得平靜，可當時的痛苦、糾結豈是旁人能瞭解的？自己竟然毫無所覺，真是太失職了。不過幸好，這孩子拿得起，也放得下，沒有深陷其中不可自拔，古來情這一字最傷人。

宋嘉禾握住宋老夫人的手，在臉上蹭了蹭，燦然一笑。「祖母，您別擔心，我已經走出來了。」

說完了季恪簡，不可避免的，兩人都想到魏闕，宋嘉禾昨晚的輾轉難眠都是為了魏闕。

宋老夫人靜靜看著睫毛輕顫的宋嘉禾，沒有催促。

斟酌半晌，宋嘉禾慢慢地依偎進宋老夫人懷裡。「祖母，我害怕！您以前跟我說過，婚姻不是兩個人的事，更是兩個家庭的事。魏家讓我覺得害怕，可我更怕他的野心。」

今年的九月初一，小皇帝就會禪位於梁王，自此再無楊家的大慶王朝，只有魏家的大秦王朝。

魏闕早有鴻鵠之志，他不會滿足於王爵。他的野心在他們這兒，可謂是昭然若揭，若無野心，他豈會派人監視魏閎，進而救了撞見魏閎與弟媳米氏姦情、差點被滅口的宋嘉禾與宋子諺姊弟倆？

宋老太爺屬意他，可不就是看中他的野心？老頭子心大著呢！他在梁太妃身上嘗到甜頭，就想再培養出一個梁太妃。

宋家有今時今日，男人們爭氣固然是關鍵，但是梁太妃的幫助也功不可沒。這世上有本事的人不少，然而最後出人頭地、光耀門楣的也就那麼幾個。因著梁太妃這層關係，宋家能抓住更多、更好的機遇，再是俊傑，你也得有機會施展啊！

大家子裡頭的子孫在錦繡堆裡長大，錦衣玉食，僕婦環繞，託的是長輩餘澤。相應的，男子要習文練武，以期光宗耀祖；女子亦要聯姻豪門，反哺家族。誰不是這樣過來的？可換成自己養大的孫女，宋老夫人就捨不得了，人都是自私的。

梁太妃現在是風光，如老佛爺般人人捧著、供著，可她當年的苦，誰受誰知道。刁鑽的婆婆、難纏的妯娌、不講理的大小姑子，還有風流多情的丈夫，都讓她給遇上了。

宋老夫人是親眼看著梁太妃這一路怎麼走過來的，真真是踩著荊棘、咬著牙撐過來的。若是暖暖嫁給魏闕，她的處境不比梁太妃當年輕鬆多少，甚至更凶險！眼下的魏家早已今非昔比，魏家登頂指日可待，魏闕要爭的是那至高之位，暖暖身為他的妻子，少不得要面對那些陰謀詭計，爾虞我詐，一朝不慎便是粉身碎骨。

再進一步說，魏闕笑到了最後，現在他對暖暖上心，焉不知將來會不會變心？待他坐上那位置，什麼樣的絕色沒有。紅顏易老恩易斷，屆時，宋家想給暖暖撐腰都無能為力。

若暖暖嫁給旁的門當戶對人家，不管怎麼樣，宋家總是能替她作主；再不濟，和離回家也有操作的餘地。

宋老夫人從沒想過讓孫女如何大富大貴，只想她平安順遂，快快樂樂一輩子。

「祖母也害怕啊！祖母怕日後護不住妳，讓妳受委屈。」宋老夫人紅了眼眶。

宋嘉禾鼻子一酸，眼淚險些掉下來。「祖母，不會的，沒人會欺負我，沒人能欺負我的。您擔心的我都懂，我不會去蹚魏家這攤子渾水的。」

宋老夫人頓了頓，認真地看著宋嘉禾。

宋嘉禾眼底氤氳著霧氣，心頭又酸又澀。她承認自己對魏闕有好感，任誰經歷她那些事，都不可能無動於衷。魏闕是個萬裡挑一的好男子，可和他在一起的那條路太難走，她沒有勇氣跟他走下去，怕自己將來有一天會後悔莫及，互生怨恨，那麼不如在感情還不深的時候，及時收手。

她才剛發現自己對魏闕有好感，可不過一晚就要勸著自己放棄，還不如不發現呢！

宋嘉禾覺得自己這輩子的情路走得委實坎坷，大抵一個人的福氣是有限的，她死而復生已經把她的好運都用得差不多。

「祖母，找個機會，我就和三表哥說明白。」免得他繼續在她身上白費功夫和感情。說明白他就能放棄嗎？

宋老夫人眸色一深。她沒有孫女這麼樂觀，魏闕在暖暖面前收起了鋒芒，所以孫女覺得他溫和無害甚至是良善可親。然而宋老夫人不是宋嘉禾，她活到這把年紀，看人的本事還是有的，魏闕可不是那種輕易放棄的人，且還有宋老太爺這個拖後腿的。

昨日她差點就想把老爺子喊過來罵一頓，可想了想，終是按下。吵架於事無補，老爺子是吃了秤砣鐵了心，就算跟他打一架，他也不可能回心轉意，反倒會打草驚蛇，讓他防著她，把暖暖盡快嫁出去。既如此，宋老夫人不得不按捺下跟他算帳的心思。

昨晚宋嘉禾沒睡好，宋老夫人也沒睡好，她搜索枯腸地想著有什麼適合的人選，把暖暖嫁了，他魏闕還能搶親不成？

可想了一宿都沒想出一個滿意的人選，總不能病急亂投醫，隨便嫁了，那無異於跳出一個火坑，卻又跳進另一個火坑，這種蠢事她可不幹。

如此一來，局面就僵持住了，束手無策的宋老夫人也只能走一步看一步。

宋老夫人摸了摸宋嘉禾的臉，道了一聲好，決定先看看魏闕的反應再隨機應變。

第三十一章

屋漏偏逢連夜雨，祖孫倆正說著話，朱嬤嬤帶來一個壞消息。

「梁王世子那位呂姨娘的弟弟，今早沒了。」

宋嘉禾心頭一跳，看向朱嬤嬤。

「呂家抬著屍首告到順天府，道是咱們六姑娘害的。」朱嬤嬤接著道。

「我連他長什麼樣都不知道。」宋嘉禾滿頭霧水。

呂姨娘是大珠寶商之女，魏闊新寵，正懷著七個月身孕，據說是男胎，若真是兒子，那就是魏闊的庶長子。這麼些年下來，魏闊的姨娘、通房不少，然而除了一個庶女外，顆粒無收。

之前去梁王府作客時，她就聽見梁太妃對宋老夫人滿臉欣慰地感慨，魏闊可算是有後了。

呂姨娘這一胎，雖是庶子，可在魏家那兒，意義完全不亞於嫡子，呂姨娘這一胎有多金貴，可想而知。

「等一下，是不是昨晚被我揍的那人？」宋嘉禾突然想起一樁事，對宋老夫人解釋道：「昨晚我追那個凶手時，不慎撞到人，不想那人竟色膽包天，嘴裡不乾不淨，氣急之下，我就用力把他推出去。」

宋嘉禾面色微變，喃喃道：「恍惚記得，他摔倒了，至於傷勢如何，我沒留意，可以傳護衛來問問，我急著追人，就沒管他。」

朱嬤嬤領命而去。

宋老夫人見她神色凝重，握著她的手，安慰道：「莫要胡思亂想，妳雖然力勁比別人大，可哪至於隨隨便便就能把人打死。」

宋嘉禾扯了扯嘴角，眉峰卻沒有舒展開。到底是一條人命，還和她牽扯上關係，在事情沒有水落石出前，她怎麼可能不擔心？

片刻後，護衛長來了。昨晚宋嘉禾特意吩咐他去調查那登徒子有沒有作奸犯科？不過因為時間有限，遂只把那人的身分查清。本想一早告訴宋嘉禾，奈何宋嘉禾還在睡，就耽擱下來，結果就傳來這個壞消息。

「當時，那位呂少爺很快就去了醉月樓，還在大堂裡喝了一會兒酒，並且留宿。跟過去的人打聽了一圈，他好色成性，還……」護衛長支吾起來。

瞧著護衛長暗紅的臉色，宋嘉禾便明白醉月樓是什麼地方。倒是符合他的長相，不都說相由心生嗎？只不過還有什麼，以至於護衛長這麼難以啟齒？

宋老夫人到底見多識廣，從護衛長的為難中猜到幾分，怕是有些不可告人的怪癖，輕咳兩聲，正想糊弄過去。

「以虐人為樂。」護衛長儘量用個委婉的說法。

真相是，呂明倫喜好在床笫之間凌虐女子，手段殘忍，令人髮指。在眾多青樓楚館裡，臭名昭著，本已經被列入拒絕招待的名單上。畢竟呂家雖然有錢，可也只是個商戶罷了，能在京城開妓館的，哪個背後沒大樹罩著，豈會怕區區一商人？

可架不住呂家抱上魏閎的大腿，還把女兒送進去，且那麼爭氣地一進門就懷孕，懷的還是魏家求而不得的男嗣。呂姨娘一人得道，雞犬升天，呂明倫便再次大搖大擺地進出青樓楚館，還變本加厲起來。

宋嘉禾厭惡地皺了皺眉頭。「呂家憑什麼認定是我害死他的？就算我那一掌把他推得內傷，可既然能死，就絕不是輕傷，他怎麼可能還有精力去妓館尋歡作樂？」

宋老夫人沈了臉，覺得這事情沒這麼簡單，冷聲道：「給老爺子和老二傳個話，讓他們去查個清楚明白。」

「老夫人，順天府來人，說要問六姑娘話。」珍珠匆忙而入。

派人來宋家問話，順天府尹趙德和也是無奈之舉。呂家將屍體大張旗鼓地抬到順天府衙前擊鼓鳴冤，百姓都看在眼裡。他雖不想得罪宋家，可更不想落下一個包庇權貴的名聲，他能坐穩這順天府尹之位，梁王看重的就是他不畏權貴，秉公執法。

來之前，趙德和自然先是一番詳細調查。呂明倫死於巳時三刻，現場還有一名妓子，名喚鶯鶯，當時二人正在翻雲覆雨，呂明倫突然捂著胸口倒下去。

如果只到這裡，那麼此事就是呂明倫倒楣，馬上風猝死，秦樓楚館哪年不出現幾個倒楣鬼，死在牡丹花下？偏偏呂明倫胸前有塊瘀青，聞訊趕來的呂父，豈肯相信年紀輕輕的獨子死於馬上風，一口咬定是鶯鶯害死他的寶貝兒子。

若不是人攔著，被呂明倫折騰去半條命的鶯鶯，差點就要被呂父命人活活打死。混亂中，鶯鶯喊出呂明倫那傷是昨晚被宋家六姑娘所傷。

鶯鶯之所以知道宋嘉禾，那是因為昨晚，呂明倫挨揍之後心有不忿，正想搬出自家姊夫魏閎來，可宋嘉禾早就帶人跑遠，差點沒把他氣暈過去。

呂明倫哪裡願意善罷甘休，正要追，就被一圍觀的人提醒宋嘉禾的身分。那人也是好意，他的家族附庸魏閎，偶然見過呂明倫一面，為了不讓魏閎和宋家添嫌隙，他不得不開口。便宜小舅子調戲正兒八經的表妹，挨了打，還要仗著便宜姊夫的名頭去欺人，簡直沒眼看。

宋家的名頭，呂明倫當然聽過，縱然心有不忿，可也只能灰溜溜地走了。他姊姊再得寵，姊夫也不可能為了他得罪宋家。

仇報不了，美人也弄不到手，滿肚子火的呂明倫就去醉月樓泄火，其間還說了不少下三濫的話，鶯鶯便從他的咒罵中瞭解來龍去脈。

呂父一聽，可算是找到仇人了。他十幾個兒女中，唯有呂明倫這棵獨苗，獨子死了，對他而言，不異是天崩地裂，滿腦子只有報仇二字。

殺人償命，天經地義，宋家又如何？他女兒還懷著魏閎唯一的兒子呢！

傷心的呂父，直接抬著呂明倫的屍體，一路哭到順天府，就不信順天府尹敢包庇宋家。

順天府尹的確不敢徇私枉法，但是也不想冤枉人，所以命仵作驗屍。呂父死活不肯讓人動兒子的屍首，還搬出了魏閎。不過到了這步田地，哪裡還容得了他說不？

驗屍結果，五位仵作產生分歧，三位覺得死因純粹是馬上風，另兩位覺得呂明倫的內傷，多多少少促使馬上風的發作。

此次前來宋家的人，是順天府尹的柏師爺，柏師爺十分客氣，挑著能說的說一遍。「此次前來，是想問一下宋姑娘昨晚的情況。」

宋嘉禾抿緊雙唇，張了張五指。她有使那麼大的力嗎？當時情況緊急，她已經完全想不起來。

宋嘉禾定了定神。「昨晚大約是戌時半那會兒，我不慎撞到他，不想他言語輕佻，還阻攔我的去路，我一怒之下就把他推開。因為我有急事要辦，所以並沒有留意他有沒有受傷？不過我的下人後來調查過，與我發生糾紛後，他馬上就去了醉月樓，並在大堂裡喝過酒，還留宿在醉月樓。」

柏師爺邊聽邊點頭。這些和他們瞭解的並無出入，說實話，柏師爺也覺得這位宋姑娘挺倒楣的，不就是教訓一下登徒子，偏攤上命案，還是風月場合的命案，傳出去到底對她名聲不好。

宋老夫人嘴角深垂。「白髮人送黑髮人的確悲哀，還死得這般不體面。可就因為這樣，想把罪名推到我孫女身上，簡直欺人太甚。一個大男人被一弱女子推死，說出去也不怕惹人笑話嗎？我必要告他一個誣陷的罪名，要不從此以後阿貓、阿狗都敢胡亂咬人，還有沒有規矩了！」

柏師爺端著臉賠笑。

「昨晚戌時到今早巳時，這七個時辰裡發生的事，你們都調查清楚了？」宋嘉禾還是不敢相信，自己能把人一掌推到內傷。她又不是身懷絕技的高手，要是一腳踹的，她勉強還能接受。

「目前還在調查中。今日打擾了，還請老夫人和姑娘恕罪。」柏師爺拱手告辭。

宋老夫人冷聲讓人送他出去，只覺晦氣。對方自己不檢點，死在女人身上，倒把髒水往暖暖身上潑，豈有此理！

宋嘉禾上前給她撫背順氣。「祖母莫惱，為了這事氣壞了身子，不值當。」

宋老夫人壓了壓火，冷笑道：「還真是一人得道，雞犬升天了。」

呂家的底氣，誰給的？魏閎！

此時，魏閎正奉梁王之命，慰問京畿附近的駐軍，這也是梁王對嫡長子的一番用心良苦。魏閎在行軍布陣上無甚天賦，然世道不平，他若是不得將士擁戴，難以服眾，所以梁王只能另闢蹊徑，過了初三就打發魏閎去慰問將士，連上元節都是在外面過的。

所以魏閎對京城發生的事一無所知，還不知道自己被便宜小舅子拖後腿。

他不知道，梁太妃和梁王妃卻是知道了，面和心不合的婆媳倆難得同仇敵愾，深恨呂家不識大體。這事瞧著是呂家和宋家的糾紛，但多的是人會延伸到魏閎和宋家身上。

梁太妃豈願看見魏閎和娘家生隔閡，就是梁王妃也是不願意的，區區呂家哪裡比得上宋家來得重要。

一得到消息，梁王妃就命人去令呂家撤銷訴訟，可呂父得了失心瘋似的，根本不聽勸，又是在順天府衙門裡，梁王妃也不敢用強，生怕事情鬧得更大，只好把不識抬舉的呂家大罵一頓。

梁太妃則是把梁王喊過來，讓他務必派人查清楚。她好好的姪孫女，哪能跟命案牽扯到一塊兒，更不能因此和魏閎生分。

這節骨眼上，呂婕娘還哭哭啼啼要找梁太妃和梁王妃作主，道是為她弟弟伸冤。她才出院子就被下人攔住，呂婕娘就抱著肚子喊起疼來，消息傳到梁太妃和梁王妃那裡，兩人心裡很厭惡，可還是派嬤嬤和府醫過去探望。

呂婕娘雖微不足道，可她肚子裡那塊肉金貴。不管是梁太妃還是梁王妃，都是重嫡長的，然而莊氏進門八年，莫說生兒育女，就是喜訊都沒傳出來過。不只莊氏如此，魏閎後院那些女人，迄今也就三個懷過孕，一個生女兒，另一個兩個月就流產，再一個就是呂婕娘，懷的還是男胎。

這種情況下，哪怕只是個庶子，梁太妃和梁王妃也是要當寶貝看待。

梁太妃和梁王妃可以只派人過去，莊氏卻親自跑了一趟祥瀾苑。她比二老更重視呂婕娘這一胎，因為呂婕娘這兒子是替她生的，她已經和魏閎還有梁王妃商量好，孩子一落地就抱給她養。

不是親生的，也比沒有兒子好，她需要一個兒子，進可攻，退可守。

面對莊氏，呂婕娘哭得梨花帶雨，不停地說著自己弟弟可憐。呂婕娘與呂明倫一母同胞，姊弟倆感情極好。因著這個弟弟，她在呂家地位超然，雖身為庶女，但一應待遇卻凌駕在嫡女之上，眼下弟弟沒了，呂姨娘自然傷心難過。

莊氏感同身受一般，勸著她保重身體，顧惜肚裡的孩子，還道：「我已著人通知世子，世子定會替妳主持公道。」

呂姨娘淚意稍止，覺得莊氏說得在理，世子肯定會幫她的。

勸了兩句，莊氏看她平靜下來，囑咐她好生休息，便離開了。

呂姨娘摸了摸凸起的腹部，讓丫鬟送莊氏出去；莊氏笑了笑，若無其事地起身離開。

出了院子，莊氏的大丫鬟紫蘇的臉色就陰沈下來。

豈有此理？區區姨娘，竟然只讓個丫鬟送主母出門，成何體統！呂姨娘越來越囂張，真以為懷個孩子就自認為是檯面上的人物。

「夫人。」紫蘇不滿地看著莊氏。「呂……」

莊氏抬了抬手，打斷紫蘇的話，嘴角浮起冰冷的弧度。

跟個沒規矩的商戶女計較什麼？呂家就是個亂窩，呂父寵妾滅妻，活活把髮妻折磨死，要不是本朝有不得以妾為妻的律法，呂父早就把生了兒子的姨娘扶正。雖然沒有名分，可那位姨娘在呂家也是有實無名的主母，呂姨娘打小就在這種環境裡長大，還能指望她有嫡庶妻妾的觀念？

呂姨娘早就把自己當成她生母的翻版，視莊氏為生不出兒子的黃臉婆，早晚要對她俯首稱臣。

莊氏扯了扯嘴角。呂姨娘在她眼中，不過就是個將死之人罷了！

祥瀾苑的消息，不一會兒就傳到梁太妃和梁王妃那裡，兩人一面有感莊氏賢慧大度，一面更厭惡呂姨娘。呂家那點狗屁倒灶的事，兩人心知肚明，哪還看不穿呂姨娘那點心思，人心不足蛇吞象。

到了次日，事情便有了新的進展，因事情鬧太大，影響惡劣，梁王遂發話，讓大理寺、刑部和順天府一道審理。三方各自派出經驗豐富的仵作，又邀請兩位頗有威望的名醫重新驗屍，九位仵作與兩位名醫聚在一塊兒商討，討論出的結果是急性馬上風，與胸前的傷勢並無直接關係，且這傷非手掌所能造成。

至此，焦點又回到案發現場唯一的活人鶯鶯身上。她被呂明倫虐打得不成人樣，後又被呂父洩憤，情況慘不忍睹，事發後，一直在順天府治療，一來保護，二來看守。

被人抬到大堂上後，鶯鶯終於扛不住，崩潰下承認在被凌虐的過程中，她受不住，用頭猛撞過呂明倫，她怕惹上麻煩，所以一直不敢說。

也許是破罐子破摔，抑或是積怨太深，鶯鶯又指認呂明倫曾經打死過兩個妓子，自家丫鬟、通房更是不知幾個，這些都是呂明倫興奮下親口說出來的。

此言一出，圍觀群眾頓時譁然，可真是一波未平，一波又起。

「可他人都死了，就算查明屬實又能怎麼樣，還能把那個壞蛋拉出來鞭屍不成？」前去旁聽審訊的青畫憤憤不平。

宋嘉禾幽幽道：「沈冤昭雪，雖不能嚴懲凶手，但起碼可以讓他臭名昭著，萬人唾罵，總比含冤而死卻無人知的好。」

青畫頓了下，慢慢點頭，莫名同情那些枉死的姑娘。端看那位鶯鶯姑娘就知道，那些人生前不知受了多少非人的折磨，讓這種人那麼輕易死了，簡直太便宜他。

「姑娘，國公爺回來了。」青書進來道。

宋嘉禾站起來，打算前往大廳弄清楚事件的內裡。

此時，宋銘正在大廳回宋老夫人的問話。

他跟幾個仵作打過招呼，倘若死因和內傷有些許關係，也要它變成沒關係，他萬不會讓女兒沾上人命官司，哪怕是間接的。結果也樂觀，他私下再派人詢問一番，死因的確不在那點內傷上，更喜人的是，這傷也非女兒所致。

如此一來，宋嘉禾也無須為此事耿耿於懷。到底是一條人命，表現得再是若無其事，心裡哪能沒點懷疑？

兩人話說到一半，宋嘉禾就進來了，有一眼沒一眼地看著他，欲言又止。

宋銘笑道：「想問什麼？」

宋嘉禾先看一眼面帶笑容的宋老夫人，再看一眼面容溫和的宋銘，斟酌著開口。「那位鶯鶯姑娘改口得真快。」

「那是個聰明人，呂家獨子的死跟她有千絲萬縷的關係，呂家怎麼可能放過她？等風聲過去，也許哪天就莫名其妙死了，還不如豁出去拚一下，也許還有一線生機。」

宋嘉禾狐疑地瞅著宋銘。「也許還有人給她指點迷津了，爹說是不是？」

見宋銘笑而不語，宋嘉禾輕輕點頭，表示自己懂了。難怪事情發展得如此順利。

「讓父親為我操心了。」宋嘉禾覺得心頭暖洋洋的。

宋銘輕笑。「聽說妳剛學會一道上湯桂花魚。」

姑娘家年紀大了，就要學幾道拿手菜，日後到了婆家也能應付場面。

聞弦歌而知雅意，宋嘉禾起身，歡喜道：「我這就去做。」

「小心，別燙著了。」宋老夫人含笑叮囑。

見宋嘉禾脆脆地應一聲，離開廳堂後，兩人繼續說起悄悄話。

「暖暖這事能這麼順利，魏闕也幫了忙。」宋銘沈聲道，之前他就覺得魏闕態度有些曖昧。

宋老夫人垂了垂眼，一點都不意外。他對暖暖倒是真的上心。

「前日就想和你說，只不過被這事耽擱了。」宋老夫人簡單地將魏闕和宋嘉禾之間的事說一遍。

她不相信宋老太爺，但對兒子還是充滿信任。兒子對孫女心存愧疚，這兩年一直都在竭力彌補，萬不會犧牲女兒搏前程；再說，她也需要宋銘幫自己出主意。

「魏家水太深，暖暖明白就好。」見宋老夫人愁眉不展，宋銘寬慰。「母親不必過於擔心，就算父親有這個心思，魏闕想娶暖暖沒那麼容易，魏家頭一個不答應。」

宋老夫人嘆了一聲。「我怕他不肯善罷甘休，他的本事擺在那兒，說不得將來真有那麼一天。你父親那架勢，是鐵了心要上他這艘船，誰知道這兩個會折騰出什麼花樣來？再說遠一點，這得不到的永遠是最好的，以後他大權在握，誰知會不會出么蛾子？」

宋老夫人越說越覺得煩心。魏闕敗了，倒是不用擔心他了，可魏閎也是隱患。前年因為柯世勳和柯家，梁王妃鬧得不體面，這會兒和呂家結仇，呂家眼下雖不足為懼，可保不定呂家那外孫就是魏閎的繼承人，後患無窮。

宋老夫人一直都覺得魏閎子嗣不順，原因出在他自個兒身上。許多年來那麼多姬妾，也就兩、三隻小貓。一個女人不能生，兩個不能生，三個還是不能生，怎麼可能都是女人的問題，問題十有八九出在魏閎身上。偏世人只怪女人，還有些人說都是莊氏善妒的緣故，可憐了當年那麼鮮活明媚的將門虎女，被生生磨光了靈性。

「母親放寬心，他不是這等不講理之人，我找個機會和他好好談談。」

宋老夫人揉了揉太陽穴，望著兒子沈穩可靠的臉，心下稍安。這人啊，年紀一大，腦子就不好使，不自覺依賴兒孫起來。

「你也累了一天，回去換件衣裳，然後過來用膳，」宋老夫人笑起來，眼底是滿滿的驕傲。「這丫頭最近學了好幾道菜，做得不比廚子差，你今兒有口福了。」

宋銘微笑，心想，就算放了一罐鹽巴，母親也會覺得暖暖做的是人間美味。

晚膳時，一家人其樂融融地用膳，宋嘉禾做的上湯桂花魚、紅燒獅子頭和西施豆腐，受到一致好評，讓她開心得不行。

又因為一樁心事了了，故而當晚宋嘉禾睡了一個難得好覺，一覺醒來就發現起晚了，錯過請安的時辰。都怪這幾日沒睡好，弄得她作息亂了。

「怎麼不叫我？」宋嘉禾抱怨。

「想著姑娘好幾天沒睡個好覺，奴婢哪忍心啊！」青畫俏皮道。

宋嘉禾瞋她一眼，倒沒生氣，只催著她趕緊梳妝，穿戴打扮好後，宋嘉禾便帶人前去請安；因林氏也在宋老夫人那兒，遂她直接過去。

一進門，宋嘉禾就發現氣氛有些怪，她納悶地環視一圈，最後目光落在宋嘉淇身上，就見這七妹臉上薄怒未消。

「六姊，妳知道嗎？那個呂明倫竟然在去年搶了一個十五歲的女孩，生不見人，死不見屍。女孩她爹去縣衙告他，結果反倒被打斷腿，沒兩個月就病死了。」宋嘉淇捏了捏拳頭，氣憤填膺。「今兒一早，那女孩的哥哥跑到順天府擊鼓鳴冤，告呂家和縣令官商勾結，罔顧國法，草菅人命。」

宋嘉禾眼角輕輕一跳。牆倒眾人推，可她隱隱覺得事情怕是沒這麼簡單，不由得看向上座的宋老夫人。

宋老夫人眉眼凝重。這事猶如滾雪球，越滾越大了。

呂明倫這個雪球，毫無意外地砸中不在京城的魏閎。

告狀的李大柱跪在順天府尹前，一把鼻涕一把淚地哭喊。「……我們說要去告官，呂明倫卻說他姊夫是梁王世子，就是告御狀都沒用。我爹不信，就去縣衙告他，可衙役卻把我們趕出去。我爹不死心，再去，竟被安了一個擾亂公務的罪名，打了四十大板，還警告我們再來告狀，就把我們抓起來。可憐我爹一大把年紀，挨了板子，熬兩個月就沒了，臨死前，我爹還惦記著我妹妹，生死未卜，他死了都閉不上眼。我就去找呂明倫，讓他好歹讓我妹妹回家看看我爹，可呂家竟然說妹妹早死了，屍體都餵狗了。」

說到這兒，李大柱伏地大哭，哭得一眾圍觀者心頭發澀，他忽然用力甩了自己一巴掌。

「我說要去京城告他，我竟然當著他們的面說這話，結果……結果當晚我家就失火。」李大柱泣不成聲。「我臨時有事出去，逃過一劫，這幾個月我一直躲在山裡，不知道該怎麼辦？我想報仇，可他隻手遮天，我怎麼報仇！直到聽說他死了，我才敢悄悄進京。」

聽得不少看客都跟著落淚不休。同是無依無靠的老百姓，豈能不感同身受？

順天府尹一個頭兩個大，這事牽扯到魏閎，他還真是一點都不意外，呂明倫的身分擺在那兒。

上陽縣就在京城附近，騎馬不過半天路程，可不是什麼山高皇帝遠的小地方。自梁王進駐京城後，梁王記取天業帝和俞家慘敗的教訓，嚴整官場貪污腐化之風，大批國之蛀蟲被正法，各級官吏無不謹言慎行，不敢越雷池半步，難得的政治修明。

在這樣的節骨眼上，上陽縣令竟敢頂風作案，若說只是為了銀子，好些人是不肯信的。

順天府尹一邊安撫李大柱和聞訊趕來的百姓，一邊派人快馬加鞭趕去上陽調查。

魏家打下京城也不過一年，人心萬不能在這個時候亂了。

忙得腳後跟打腦勺，順天府尹不禁感慨今日可真流年不利，先是呂家狀告宋家姑娘殺人，幸好馬上就柳暗花明，免了他和宋家糾纏。緊接著又牽扯出好幾條命案，這邊還沒查清，那邊又出了另一樁更惡劣的命案。

比起打死妓子、丫鬟、通房，強搶民女、官商勾結，甚至是可能隱藏在背後的官官相護，才真正觸到老百姓的底線。
這事若處理不好，是要引起民憤的，趙德和丁點兒都不敢馬虎。
他正焦頭爛額時，為呂家說情的人就來了。
梁王妃也恨呂家不省心，給兒子抹黑，可呂明倫的事要是坐實，魏閡少不得要受牽連。畢竟呂明倫仗勢欺人，仗的是魏閡的勢，外人會把帳算到魏閡頭上。而且梁王妃還擔心，魏閡若真的幫呂明倫掩護，要是被查出來，就是一大污點。
趙德和客客氣氣地招待來人，又四兩撥千斤地打發走。他不禁感慨，這內宅夫人就是眼界窄。
誣告？呵，上下嘴皮子一碰就是誣告，當百姓都是傻子不成？幸好，梁王沒這麼蠢，早一步派人過來，讓他徹查到底。
梁王發話，趙德和心裡便有了底，上陽牛縣令很快就被緝拿歸案，不出兩日就都招了，對於審訊，趙德和頗有一套。
李家人第一次來告狀時，呂明倫就帶著一萬兩銀子，趾高氣揚地登門，還擺出國舅爺的款。牛縣令膽小，銀子沒敢收，案件也不敢受理，順便賣了呂家一個人情，提點上陽縣不是他說了算，這兒離京城近得很，呂明倫這事要是捅出去，起碼要去半條命。
呂明倫這才怕了，牛縣令就指點他向魏閡求助。其實這也是牛縣令的私心，他想藉這事抱上魏閡的大腿。之後的發展也如牛縣令所料，魏閡派人過來打招呼，呂家為此付出了半個身家。

有魏閎掩護，牛縣令膽子也大了，打了李老爹一頓，再給一筆封口費。打一棒再給顆棗子的政策收效良好，李家果然消停下來。哪想呂明倫能這麼混，竟然殺人放火，還留了活口。

可到了這一步，牛縣令也無路可退，只能硬著頭皮替呂明倫遮掩，為此牛縣令膽顫心驚了好久，生怕事情暴露。好不容易才放心，萬萬想不到呂明倫這個棒槌又闖出大禍，拔出蘿蔔帶出泥，事情還是被捅出來。

牛縣令後悔得無以復加，可眼下說什麼都晚了。梁王對貪官污吏慣來無法容忍，他怕是在劫難逃。

隨著牛縣令的招供，呂家那邊的下人也接二連三地承認。李家被搶來的那姑娘早就死了，那姑娘性子烈，抵死不從，差點廢了呂明倫的子孫根。呂明倫一怒之下，將人活活打死，人死了還不解氣，又扔給獵狗啃食，剩下的屍骨還被扔到懸崖下。

此外，呂明倫打死兩個妓子、三個通房、一個丫鬟的事情，也被呂家下人供出來，這些事都是呂父花銀子擺平的。

饒是整天和罪犯打交道的趙德和都駭然不已。年紀輕輕就如此心狠手辣，視人命如草芥，要是由著他一直逍遙法外下去，不知多少女子要遭他毒手。

趙德和整理好卷宗與所有供詞，前去向梁王彙報。

魏閎緊趕慢趕，終於將手上的事情處理完，快馬加鞭趕回來，迎接他的就是梁王的雷霆震怒。

對上梁王晦暗的雙眸，魏閎臉色僵硬，膝蓋發軟，他不自覺就要否認，將將開口之際，就把辯解的話吞回去。

「兒子豬油蒙了心，鑄下大錯，請父王恕罪！」魏閎撲通一聲跪倒在地，伏地下拜。人證俱在，狡辯無用，不若承認，還可能獲得寬大處理。

半晌，梁王都沒有說話，魏閎心悸不止，卻不敢抬頭細看，明明還在正月裡，他額頭上卻出了一層薄汗。

「楊家的天下是怎麼敗的？」肅殺威儀的聲音在魏閎耳邊響起。

魏閎整個人都顫了顫，一滴汗砸落在地。

梁王目光如電，冷冷盯著跪伏在地的魏閎，難掩失望。「天業帝任人唯親，朝廷上豺狼當道，以公謀私者比比皆是，貪官污吏橫行無忌，民不聊生，逼得民心向背，咱們魏家才能趁勢而起。」

隨著梁王的話，魏閎的頭越來越低，已經觸底，鬢角都被冷汗打濕。

「你的所作所為和那些禍國殃民之輩，有何區別？」梁王語調冰涼，彷彿含著冰渣子。「呂家女兒得你寵愛，還給你送銀子，你就無視呂家犯下的罪行，助紂為虐，最後釀成一門五命的血案。那縣令為虎作倀，你還答應讓這種狗東西升官！」

說到這兒，梁王怒不可遏，抄起茶盞砸過去，砰一聲砸在魏閎肩膀上。茶水混著碎片砸在他臉上，刺得魏閎抖了下，他顧不得擦臉，連忙又跪正。

「我費盡心思肅清朝野，整頓吏治，你倒好，上趕著把這骯髒玩意兒往朝堂上帶。這江山要是落到你手上，只怕滿朝都是阿諛奉承之輩，小人當道，君子蒙塵！」

「兒子不敢！」魏閎嚇得渾身哆嗦，面皮下的筋肉不斷抽搐，顫著聲道：「兒子一時糊塗，兒子萬萬不敢了，父王恕罪，父王恕罪！」

魏閎用力磕頭求饒，梁王話裡的失望使得他每根骨頭都在顫慄。

父王……父王要廢了他嗎？

咚咚咚的磕頭聲在安靜的書房內格外清晰，坐在書桌後的梁王無動於衷，冷眼看著他額頭滲出血，不一會兒地面就紅了一片。

在魏閎即將挨不住暈過去時，梁王終於開口。「夠了！」

暈眩感鋪天蓋地襲來，魏閎覺得天旋地轉，他用力咬了下舌尖，逼得自己保持清醒。

「兒子知錯了，請父王責罰！」魏閎虛弱道。

「你錯在哪兒？」梁王直直看著他問。

「兒子不該包庇呂明倫，他仗著我的聲勢為非作歹、欺壓百姓，在他們來求我時，我合該依法嚴懲他，一來震懾其他人，二來為我自己正名。」魏閎到底是梁王一手教出來的人，道理焉能不懂？然而知道是一回事，具體怎麼做又是另一回事。

那時候他正寶貝著呂姨娘，他素來知道她疼愛這個弟弟，辦了呂明倫，就怕呂姨娘哭鬧不休，萬一傷著孩子怎麼辦？他太需要一個兒子了，而且呂父奉上半個身家，自從魏瓊華斷了他的供給後，魏閎手頭就有些緊，正是缺錢的時候。

種種原因加在一塊兒，魏閎便答應呂父的要求，這麼一件微不足道的事，他也不覺得會對他造成什麼影響。然而人算不如天算，半年前發生的事，卻在這個節骨眼上爆發出來。

魏閎眼底劃過陰鷙之色。最好別讓他知道背後是誰在搗鬼。

「兒子一時糊塗，鑄下大錯，請父王降罪！」

梁王目光晦暗。「你要明白，你是魏家嫡長子，一言一行都代表著整個魏家，天下人都在看著你。」

魏閎一凜，肅聲道：「兒子明白。」

「但願你能真明白。」梁王淡淡道：「這次念你初犯，我替你將事情壓下去，下不為例！」

魏閎感激涕零。

「你好自為之！」望著大鬆一口氣的魏閎，梁王冷聲道。

魏閎心頭一緊，連忙表態。「兒子再也不敢糊塗了！」

「下去吧。」梁王淡淡道。

魏閎搖搖晃晃地站起來，躬身告退，其間一直不敢抬頭看梁王的神情。

在他走後，梁王長嘆一聲，靠在椅背，冷然的面孔上浮現絲絲縷縷的疲憊。

這一次，魏閎令他大失所望。人都有私心，若把呂明倫換成他親兄弟老九魏閳，魏閎徇私包庇，梁王還能理解幾分，可為了一個上不了檯面的姨娘兄弟，他都願意徇私枉法，他的底線到底有多深？

明知道呂明倫目無法紀，還不加以約束，及至他釀下血案，也不管不顧，放他在外頭狐假虎威惹眾怒。旁人秉持著打狗看主人的原則，給呂明倫面子，可這畜生一直狂吠，他卻不予管教，到最後怨氣還不是算在他身上？

這些且不說，連屁股都擦不乾淨，留下那麼大個把柄被人逮到，弄得灰頭土臉。幸好沒留下真憑實據，要不然他也幫不了他，就連家裡都要受他牽累。

梁王驟然沈了臉，蓋因他想起抓到把柄的那個人。

幫著李大柱躲過呂家追捕，還順利混進城的人，正是魏廷！這孽障還使了個障眼法，妄想嫁禍給魏闕，挑起老大、老三鬥起來，他好坐收漁翁之利。

老二的心是越來越大，自從前年魏廷在米氏和柯世勳的事上坑了魏闕一把後，這兄弟倆就開始針鋒相對，梁王對此睜一隻眼，閉一隻眼。

魏闕過得太安逸，需要人給他提提神，然而眼下看來魏廷對他造成的脅迫感還不夠深，要不魏闕哪敢這麼胡來？想當年他這年紀時，謹言慎行，步步為營，唯恐被人吞得屍骨無存。

梁王往後靠了靠，眼底閃過犀利的光。那就再放一塊磨刀石，要麼他自己磨成器，要麼他成了別人的磨刀石。想成為哪一個，端看他自己爭不爭氣，命運掌握在自己手裡。

且說魏闕，完全不知梁王對他失望至此，他還在慶幸自己逃過一劫。

處理好傷口，魏闕一刻不敢多留，讓人扶著他，悄悄避著人回到自己院子裡。他一下子癱坐在椅子上，大口大口地喘氣。

剛才在書房，有一瞬間他都覺得，父王會把「廢世子」三個字說出來，幸好沒有！

魏閎抹了一把冷汗，抓過丫鬟遞上的溫茶，用力灌了一口。暖洋洋的水入腹，他才有一種活過來的感覺。

丫鬟見機，提著水壺想斟滿，不料魏閎突發奇想自己去拿水壺，丫鬟受驚手一歪，熱水潑在魏閎手上。

魏閎慘叫一聲，抬手就是一巴掌，打得那嬌弱如春花的丫鬟飛出去。

丫鬟顧不得椎心蝕骨的疼痛，連連告饒。「世子饒命！世子恕罪！」

「拖下去！」魏閎只覺得諸事不順，滿心煩躁。

梁王妃剛進來，就見頗得魏閎喜歡的大丫鬟被人堵著嘴拖走，一張俏臉因為恐懼而扭曲變形。她眉頭緊皺，入內第一眼便發現魏閎額上包著紗布，臉上抹著藥。

梁王妃大吃一驚。「你這是怎麼了？」

魏閎尷尬不已。

梁王妃也是心疼壞了，問完就差不多猜到怎麼回事，忙問：「到底怎麼一回事，你父王怎麼說？」

呂明倫這案子，她也是兩眼一抹黑，知道的不比外頭百姓多。她不敢打聽啊，之前她派了自己奶兄弟去順天府打招呼，萬不想梁王竟然派人將她奶兄弟打了個半死，還警告她再敢插手政務試試，讓她又驚又覺丟人。

對著梁王妃，魏閎也不隱瞞。

知道梁王法外開恩，梁王妃一顆心安穩下來，又恨鐵不成鋼地捶他手臂。「你豬油蒙了心是不？你父王正在整頓吏治，你還敢頂風作案，你……那個賤人給你灌了什麼迷魂湯，竟然對她言聽計從，你怎地這麼糊塗！」

魏閎面紅耳赤，唯唯諾諾地賠罪。

罵了兩句，梁王妃也捨不得了。「前車之鑑，後車之師，日後你莫要再犯糊塗，後宅那些女人，除了你媳婦，旁的都是納進來哄你高興，不是讓你去哄她們的，你要明白。」

「母妃放心，兒子再不會犯糊塗了。」這次教訓已經足夠慘烈。

見狀，梁王妃便不再多說，轉而問他。「這事，你認為有沒有人在推波助瀾？」

橫看豎看，梁王妃都覺得這是個陰謀，只是她不敢去查，遂只好來問兒子。

魏閎的臉先陰後沈，似潑了墨一般，咬牙切齒道：「魏廷！」

他在順天府有人，一回來還沒進王府就知道了來龍去脈。

「果然是這個畜生！」梁王妃滿臉厭惡。這兩年魏廷處處跟魏閎作對，偏梁王還縱著他。

「母妃息怒，兒子不會放過他的。」魏閎眼底浮現凶光。為了在父親面前塑造一個好兄長的形象，他一直忍讓魏廷，可他竟然得寸進尺，那就別怪他心狠。

梁王妃大驚，抓著他的胳膊。「你可別亂來！」

「母妃想哪兒去了？」魏閎扯了扯嘴角。「我可不會做傻事。」

梁王妃稍稍放心，見他滿面風塵與疲憊，心疼道：「你好好休息，可憐見的，人都瘦了。」

魏閎送梁王妃出去，溫聲細語寬慰她放心，可梁王妃哪能放心，就算梁王不追究，可不滿肯定有。

三日後，呂明倫一案有了結果。

呂明倫強搶民女並將其虐待致死，又放火燒死李家人一案，以及另六條人命經查屬實，因他人已經死了，故而無法追究，只得令呂家賠償受害者家屬；呂父因為包庇罪犯，以行賄干擾律法等罪名被問罪，其家產充公，本人則流放三千里；牛縣令受賄瀆職，知法犯法等等罪名加起來，落了個斬立決的下場，且沒等到秋後，直接就在二十六那天拖到刑場行刑，圍觀者無不叫好。

此案公文上，絲毫不見魏閎的名字。

魏閎卻沒就此躲起來，他含淚向梁王請罪，認為自己馭下不嚴，呂明倫仗勢欺人而不自知，李家慘案，他難辭其咎。

梁王便道，樹大有枯枝，他公務繁忙難免有無暇顧及的地方，遂只罰他三年俸祿。

這還不算，魏閎又親自去探望李大柱，為自己的疏忽大意致歉。當著聞訊而來的百姓面，魏閎情真意切地放話，以後但凡有人打著他的名號為非作歹，魚肉百姓，不管那人是他的誰，都不需要顧忌，他絕不會為這種人撐腰。還道，日後遇上不公之事，大可去順天府伸冤，朝廷定然會還百姓公道。

做完這些之後，魏閎又派人為枉死在呂明倫手下的那些人，在皇覺寺立了往生牌位，並請方丈親自作法事超渡。

種種措施聯合作用下，輿論逐漸偏向魏閎。畢竟呂明倫是呂明倫，魏閎是魏閎，誰家沒幾個糟心親戚？

魏閎被他連累了名聲不說，還要替他收拾爛攤子，想想也怪倒楣的。

至此，在民眾那兒，魏閎這一關算是過了。

第三十二章

「六姊，這事大表哥真的不知情？」宋嘉淇托著下巴，狐疑地看著對面的宋嘉禾。

「我又不是他肚裡的蟲子，我哪知道？」宋嘉禾聳聳肩。

其實她覺得，魏閎未必有他表現得那麼清白，畢竟他本身就不是什麼好人嘛。不過宋嘉淇不知道魏閎那些黑歷史，所以才有此疑問。

宋嘉禾納悶地看著她。「大家都覺得跟他沒關係，妳好端端的幹麼問這個？」

宋嘉淇皺著眉頭。「我也不知道啊，我就是有些懷疑嘛！」

據說單純的人直覺特別靈，宋嘉禾仔細盯著宋嘉淇看了幾眼，若有所思地點點頭。也許是真的。

宋嘉淇直覺不妙。「妳幹麼盯著我看？」

宋嘉禾假假一笑。「看妳好看！」

見宋嘉淇氣呼呼地鼓起臉，宋嘉禾樂得開心。「好了，時辰差不多，咱們該去祖母那兒了。」

梁太妃請宋老夫人今日下午過去看戲，來人還特意提了讓她務必要一道過去。

宋嘉禾琢磨著可能是代替魏閎安撫她，畢竟她無端惹上人命官司，也挺倒楣的。

果不其然，到了王府，梁太妃就拉了宋嘉禾到身邊。「這回讓禾丫頭受委屈了。」

宋嘉禾笑容乖巧極了，軟軟道：「哪裡就受委屈了，表伯很快就讓人證明我的清白。」

「好孩子！」梁太妃滿意她的懂事，拍拍她的手背後，轉向宋老夫人抱怨。「也是阿閦倒楣，遇上那麼一家子，不查不知道，一查才發現這家人打著他的名頭在外招搖撞騙，做了不少缺德事。」

宋老夫人安慰她。「這世界之大，無奇不有。」

「可不就是嘛！」

呂家就是個笑話，寵妾滅妻，姨娘當家，嫡不嫡，庶不庶，要不是呂姨娘懷著孩子，梁太妃提都不想提。她早就覺得這呂家將來要拖曾孫後腿，想著怎麼把這家弄規矩點，結果沒等她行動，呂家就把自己給作死了。

不經意間，梁太妃瞥見莊氏，目光下移幾分落在她肚子上。要是莊氏生個兒子，哪有這麼多糟心事？

莊氏微微繃緊脊背，略說幾句，話題便轉開了。

宋老夫人留意到魏家姑娘們都在，除了魏歆瑤，便問了一句。「阿瑤怎麼不在？」

聞言，梁太妃頓了一下。

魏歆瑤被梁王禁足這事只有少數幾人知情，因為她大張旗鼓地纏著季恪簡，以至於季家相人都遇上不少麻煩。季家自然不肯忍，他們家可就這麼個獨子，年紀也不小，就等著開枝散葉，寧國公便請梁王喝了一回酒，回來後，梁王就把魏歆瑤禁足了。

饒是梁太妃也覺得自己孫女過分，柯玉潔那樁事擺在那兒，季家不肯娶也情有可原。可魏歆瑤卻像是忘了自己做的事般，一而再、再而三湊過去。

梁太妃是不懂現在小姑娘到底怎麼想的，強扭的瓜不甜，何況季恪簡這顆瓜豈是能隨隨便便擰的嗎？一個不好是要出大事的！

季家地位超然，其後代表整個冀州，也是一面旗幟，讓天下人看看歸順魏家的好處，虧待誰，也不能虧待季家！

「阿瑤貪玩得了風寒，在院子裡養著。」梁太妃道。

宋嘉禾察覺到梁太妃握著她的手有一瞬間僵硬，料想魏歆瑤應該不是病了。

「這時節風寒可不容易好，不能馬虎了。」宋老夫人一臉憂容。

「所以才拘著她在院子養著。」梁太妃岔開話題。「走，咱們聽戲去，這旦角是新來的，唱得有味道極了。」

「那我可要好好聽一下！」

兩位老人家就在眾人簇擁下去了戲臺。

至於宋嘉禾這類不喜歡聽戲的人，便一道去園子裡賞梅花。

這時節梅花凋謝得差不多了，梁王府的梅園卻還在盛開，白裡透紅，豔而不妖。風吹花動，清幽淡雅的香氣便徐徐傳來，沁人心脾。

姑娘們都或坐或站著賞花聊天，歡聲笑語不絕。

宋嘉禾就沒這好運氣了，她多喝了些乳品，遂去了淨房，不想半路遇上魏閳。她眉心皺了皺，腳尖一轉，便打算折回去。

「禾表妹。」魏聞三步併作兩步，小跑著上前攔住宋嘉禾的去路。

「九表哥。」宋嘉禾無奈，只好停下腳步屈膝行禮，無論是動作還是神情，都滿滿拒人於千里之外的疏離與客套。

魏聞彷彿被刺痛一般，嘴唇輕顫。

宋嘉禾視若無睹，只問：「九表哥尋我有事？」

她覺得自己和魏聞應該沒什麼事，就算有事也不是什麼好事，這是她多年總結出的經驗。

魏聞張了張嘴，也不知道自己為什麼要叫住宋嘉禾？

他剛從梁王妃院裡出來，心裡一陣煩躁。先是魏閎出事，再是魏歆瑤被禁足，兩相交加，梁王妃終於撐不住，病倒了。這兩年梁王妃身體越來越差，稍有不舒服就會病倒，以至於一年有半載是在床上度過。

明日他就要出發前往上陽。由於上陽縣令貪贓枉法，連帶整個上陽縣的官吏都被追究責任，最輕的也落了個知情不報的罪名，如此一來，上陽縣就空出來。

梁王突然想起他這個小兒子。十七歲的人，整天遊手好閒、無所事事，遂讓他去上陽做個縣尉歷練，梁王妃便拉著魏聞殷殷叮囑，讓他收起玩心，好好表現，畢竟是明年就要成親的人。他和曾氏的婚約在十一月正式解除，因為燕婉明年才出孝，故而沒有宣佈婚事，但是風聲已經放出去，只等燕婉出孝，二人就完婚。

酸甜苦辣鹹，百般滋味在魏聞心頭翻滾，出了院子，他便毫無目的地四處遊蕩，不知不覺走到梅林這兒，還發現不遠處的宋嘉禾。

見到她那一刻，魏闈承認自己是無比歡喜的，不過顯然宋嘉禾不這麼認為。見了他，她猶如見了洪水猛獸，轉頭就走，這動作就像是一盆冷水，澆在他頭上。

魏闈自嘲地扯了扯嘴角。光他小時候做的那些混帳事，宋嘉禾沒見面就揍他已經算客氣了。

「禾表妹，我明日就要去上陽赴任。」魏闈道。

「恭喜九表哥。」宋嘉禾微笑。也不知此事對上陽百姓而言，是福還是禍？

不知怎的，魏闈覺得嘴裡發苦，連笑容都勉強。

兩人簡單話別後就各自離開，並不知躲在假山後的燕婉全將此景收入眼簾。

這塊假山太大，大到可以將她和她的丫鬟綠柳遮得嚴嚴實實，燕婉不禁慶幸，她站的位置好，若是被他們發現，自己該怎麼辦？她不知道自己為什麼害怕，可在撞見這一幕瞬間，她心裡只有害怕，不自覺就躲起來，靜靜地看著遠處的魏闈和宋嘉禾。

在她的記憶裡，魏闈從來都是意氣風發、笑容燦爛。在她躲起來為家人偷偷哭泣時，他會笨拙地安慰她，變小戲法逗她破涕為笑。

可剛才的魏闈竟望著宋嘉禾的背影，黯然神傷，彷彿被拋棄的小狗。駐足良久，他才垂頭喪氣地離開。

燕婉捏緊手裡的錦帕，心想，魏闈喜歡宋嘉禾是不是？

不期然地想起去年船上那一幕，魏闈喊的到底是「表妹」還是「禾表妹」？

「宋六姑娘和我有些像，是不是？」燕婉輕輕地問旁邊的丫鬟綠柳，聲音有些飄。

綠柳搖頭如撥浪鼓。這當口她怎麼敢承認？

燕婉臉上的線條一寸一寸繃緊。「說實話！」

綠柳臉色一白，小心翼翼覷著燕婉的臉色，道：「奴婢覺得，宋六姑娘的臉型和姑娘有些像。」

不只是臉型，五官也有幾分相似，只不過宋嘉禾比她更精緻，不知道的人還以為她們是親戚。然而，她卻沒有因此覺得宋嘉禾親切，只有尷尬，那種尷尬就像是一件贗品遇見真品，雖然明明她略長兩歲，可誰叫醜的人是她呢！所以燕婉不大喜歡宋嘉禾，更不喜歡跟她站得近，唯恐被人暗暗比較。

那麼魏聞有沒有將她和宋嘉禾比較過？

思及此，燕婉一顆心越來越亂，就像打翻一鍋粥。

且說宋嘉禾走出一段路後，忽然停住。

「姑娘？」青畫疑惑地看著她。

宋嘉禾苦了臉。「我還沒去淨房呢！」

都怪魏聞，害她忘了正經事！

稍晚，出了淨房後，宋嘉禾回梅林繼續玩耍，戲臺處卻喧譁起來，蓋因被禁足的呂姨娘哭鬧不休，不慎動了胎氣。

所謂七活八不活，驚得對這胎寄予厚望的梁太妃勃然色變，立時趕過去。

一盆又一盆血水陸陸續續從產房裡端出來，裡頭的嘶喊聲也從高亢逐漸變得低沈，來來往往的丫鬟、婆子神情漸趨凝重。

梁太妃閉目撚著佛珠，宋老夫人也跟著在旁邊唸經，暗想著這孩子務必要平安無事，魏家太重視這孩子，若有個三長兩短，難保他們不遷怒自家孫女。

莊氏亦是忐忑不安，目不轉睛地盯著產房。

「世子回來了。」

聞訊之後，魏閎就快馬加鞭地趕回來，人未到，聲先至。「生了沒有？」

望著緊張中又飽含期待的魏閎，莊氏的心微微一刺，她勾了勾嘴角，將多餘的情緒壓下去。「還沒有。」

魏閎一陣失望，這才見過梁太妃和宋老夫人。

約莫一個時辰後，哇一聲，一道虛弱得彷彿小奶貓般的哭聲傳進眾人耳裡，對在外等候的梁太妃等人而言，不啻天籟之音。

梁太妃霎時睜開雙眼，魏閎更是激動地站起來。

他有兒子了！

然而在看清產婆臉上的表情後，他的笑容瞬間凝結在臉上，瞳孔不由自主地收縮。

產婆挨不住魏閎這樣的目光，她低頭避過，抱緊手裡的襁褓，戰戰兢兢道：「……是位姑娘。」

所有人都以為呂姨娘這胎懷的是個兒子，可老天爺就是開了這麼一個天大的玩笑，呂姨娘生了一個女兒。

「不可能！」梁太妃難以置信地瞪大眼。

那麼多大夫都說是男胎，所有人也都如此認為，要不然，也不會慣著呂姨娘，全都是看在孩子的分上。

魏閎比她更不敢置信，搶步上前掀開襁褓確認，掀開襁褓後，竟然真的是個女孩！

魏閎如喪考妣，臉色陰沈得可怕；莊氏也是滿臉失望，她迫切地需要一個兒子，要不然她豈會百般容忍呂姨娘這個賤人。

希望有多大，失望就有多深。宋老夫人暗暗搖了下頭。診錯男胎女胎這種事，偶爾也會發生，只是這次的烏龍搞得有些大。

宋老夫人怕梁太妃受不住這打擊，溫聲安慰她。「先開花後結果，阿閎和他媳婦還年輕，大姊等著，將來有一群小傢伙得圍著妳討糖吃。」

道理是如此，可梁太妃對呂姨娘這胎實在寄予太深的厚望，一時半會兒哪裡受得了這打擊？

梁太妃怒瞪魏閎一眼，莊氏見狀不好，向前兩步要告罪，然而梁太妃根本就不給她開口的機會，一甩衣袖，怒氣沖沖地離開。

她覺得自己這半年來的行為就像個傻瓜，天字第一號傻瓜。

「我去看看大姊。」宋老夫人對想追上去的莊氏道，並朝呆立在原地的魏閎使了個眼色，示意莊氏好好勸勸他。

莊氏對宋老夫人屈膝一禮，無聲道謝。

這也是個可憐人。宋老夫人暗嘆一聲，追著梁太妃離開。

莊氏柔聲勸慰魏閎。「世子莫要生氣，氣壞身子就不好了，孩子日後會還是會有的……」

日後？日後到底是哪一日？他已經等了足足八年，別人到他這年紀，孩子都能滿地跑了，外界那些嘲笑他不能生的流言蜚語，他又不是不知道。

魏閎震怒之餘更害怕。老二已有兩個嫡子、三個庶子，可他連個兒子都沒有。好不容易呂姨娘懷孕，幾名府醫信誓旦旦地保證是兒子，他興奮得好幾天都睡不著，自己終於有後，可以堵住那些人的嘴了！

哪知一個晴天霹靂，兒子變成女兒，那種失望幾乎將他滅頂。

魏閎用力地扯了扯衣領，大步離開。

目送他怒氣沖沖的背影，消失在眼簾中，莊氏幽幽嘆出一口氣。她轉過身看向縮在牆角的產婆，產婆小心翼翼地抱著孩子，大氣都不敢出。

莊氏走過去，輕輕摸著孩子柔嫩的肌膚。本來長房子嗣單薄，哪怕添個女兒也是歡天喜地的好事，可偏偏這孩子承載了太多人的期望，卻又令人失望。

「可憐的小姑娘……」莊氏憐惜地握了握她的手。

若這是她的女兒，那該有多好？哪怕人人都厭惡她，她也會寵她愛她，如珠似寶，可惜……她是呂姨娘的女兒。

莊氏收回手，淡漠地看著輕輕啜泣的嬰兒。這半年來，在呂姨娘那兒受的窩囊氣，她得連本帶利地討回來！

「好好照顧姑娘。」丟下這句話，莊氏也走了，看都不看一眼產房內的呂姨娘。

暈過去的呂姨娘突然間驚醒過來。「兒子，我的兒子呢？」她四處摸索張望。

產房內有一瞬間的寂靜，靜得呂姨娘面無血色，連呼吸都屏住。

難道孩子沒了？

這個念頭一冒出來，呂姨娘渾身血似在倒流。「我的兒子……快把兒子給我！」

產婆硬著頭皮上前。「姨娘，姑娘在這兒。」

姑娘？哪來的姑娘？她生的明明是少爺，小少爺！

呂姨娘愣住了，不敢置信地盯著那個小襁褓，雙眼大睜，眼珠子都快掉出來，抖著聲道：「姑娘？」

產婆心驚膽顫地點點頭，還掀起襁褓一角給呂姨娘看。

呂姨娘耳畔一陣劇烈的轟鳴，震得她頭暈目眩，面無血色。「不可能，不可能！我生的是兒子！是誰……是誰換了我的兒子？是誰……你們把我兒子換去哪兒了？是不是世子夫人？她搶了我兒子。我要去找世子，找世子為我作主，她不能生就搶我兒子，哪有這樣的道理！」

產房裡的丫鬟、婆子被呂姨娘這番話嚇得面無人色。這話傳到莊氏耳裡又是麻煩，呂姨娘今非昔比了。

眾人愣了一瞬後，趕緊上前安撫要去找莊氏算帳的呂姨娘。

頓時產房裡亂成一團，片刻後一聲尖叫響起。「姨娘又流血了！」

另一廂，在宋老夫人的安慰下，梁太妃終於緩過勁來，十分不好意思地看著宋老夫人。「本是找妳來散散心的，結果出了這事。」

宋老夫人道：「大姊這話說得可就見外了。」

梁太妃扯了扯嘴角，又要留宋老夫人用飯，這一折騰都過了飯點。

宋老夫人婉拒，梁太妃也著實沒甚心情，便也不多留，只說過兩天再請她來看戲，宋老夫人自然道好。

魏宋氏和莊氏親自送宋老夫人到側門，剛道別，就聽見一陣馬蹄聲，扭頭便見魏闕騎馬而來，夕陽餘暉在他的鎧甲上鍍了一層金光，彷彿整個人都在發光。

這還是上元節之後他們第一次見面，宋嘉禾看了一眼就收回目光。約莫是心境變了，再看他總覺得不如之前坦然自若。

魏闕翻身下馬，向宋老夫人等長輩請安。

宋家姊妹又向他見禮，其間宋嘉禾目不斜視，目光輕輕下垂，盯著自己的腳尖。

宋嘉禾的反常，魏闕豈能沒發現？若是往常，見了他，她必然笑容明媚如花，看了就讓人心頭愉悅，可眼下，連目光都不肯與他接觸。

魏闕眸光一黯，心念便轉了好幾圈。看來她明白他的心意了，至於這反應倒在他意料中。

魏闕若無所覺一般，如常對宋老夫人道：「這個時辰了，您不用完膳再走？」其實來的路上，他就知道府裡發生的事，自然也明白宋老夫人為何不留膳，只不過，他不想表現自己消息靈通。

宋老夫人也不信他不知道怎麼回事，裝模作樣誰不會。

「家裡還有事，就不多留了。」說完，宋老夫人上下看了看他。「你這是剛從軍營回來？」

「今日巡視了下軍營。」魏闕回道。

宋老夫人便道：「辛苦了，公務雖要緊，不過身體也要注意。」

魏闕恭敬道：「多謝舅婆關心。」

宋老夫人和藹一笑。「天色已晚，你們早些進去，我們也要走了。」

魏闕恭敬地往後退幾步，讓出路來。「舅婆慢走。」

宋老夫人點點頭，又對一旁的魏宋氏和莊氏點了點下顎。

宋氏一行人便在魏家人的目送下，上了馬車。

宋嘉禾悶悶地趴在靠枕上。她覺得方才祖母和三表哥說話時，似乎有刀光劍影在飄。她一直想找他說明白，奈何這段時日事情一樁接著一樁，壓根兒就沒機會。好不容易見面，卻是在眾目睽睽之下。

想起自己剛才那心虛氣短的沒出息樣，宋嘉禾咬咬唇。她為什麼要心虛啊！

待宋家人的馬車消失在路口，魏家人也轉身回府。

與魏宋氏和莊氏打過招呼後，魏闕便去向梁太妃請安。

剛空歡喜一場，此時的梁太妃快快不樂，正無精打采地撥弄著手爐，聽聞魏闕過來，勉強打起幾分精神。

「祖母身體不舒服？」魏闕關切地問道。

梁太妃看了看他，懨懨道：「呂姨娘剛剛生了個丫頭。」

魏闕靜默一瞬，似乎在斟酌如何安慰。「來日方長，大哥福澤深厚，早晚會有後，祖母且寬心。」

這話梁太妃耳朵都聽出繭子來了，疲倦地道：「但願吧！」

陪梁太妃說了幾句話，魏闕就告退。離開的路上，遇見聞訊而來的魏瓊華，她是呂嬤嬤派人請來的救兵。

魏瓊華並不住在梁王府。住這兒，她怎麼養面首啊？梁太妃雖然對她的事睜一隻眼，閉一隻眼，但是還沒心大到能容忍她在自己眼皮子底下胡來。

「姑姑。」魏闕駐足。

魏瓊華瞅瞅他。「你祖母心情如何？」

「祖母鬱鬱寡歡，還請姑姑好生勸慰。」

魏瓊華扶了扶步搖，溜他一眼。「倒是個孝順的人，你祖母這兒有我，你就放心，你們幾個小的好好的，她老人家也就安心了。」

魏闕抬手拱了拱。「有勞姑姑。」

魏瓊華略一頷首，旋即帶著人離開。

與魏瓊華道別後，魏闕又去見梁王妃，然後吃了閉門羹。

柯嬤嬤滿臉堆笑。「王妃吃藥睡下了。」

實則是梁王妃聽聞呂姨娘生了個女孩，抱孫子的美夢落空，又氣又怒，砸了一堆東西，差點把自己氣暈過去。好不容易平復一些，一聽魏闕來請安，想也不想，就回了一句不見。

主子在氣頭上，柯嬤嬤也不敢狠勸，萬一梁王妃壓不住火，在魏闕面前帶出幾分不耐，之前做的一切不就前功盡棄？

魏闕少不得又做了一番孝子，噓寒問暖。

柯嬤嬤不禁感慨，三爺如此孝順，偏偏梁王妃就是轉不過彎來。

寧馨院裡，梁太妃正朝女兒大吐苦水。

剛對著魏闕，梁太妃還要繃著，見了女兒就沒這顧忌了。

梁太妃滿臉的失望和被欺騙感情的憤怒，鬱悶道：「妳說，怎麼就女孩了，明明都說了是男孩的，這群庸醫！」

男變女，說實話，魏瓊華挺高興的，她巴不得魏閎倒楣呢！她早就看不慣家裡那興師動眾的模樣，就連梁太妃都失了平常心，不就是個姨娘懷了兒子嗎？弄得跟要生三皇五帝似的，簡直不可理喻。

瞧著梁太妃的傷心樣，魏瓊華不免心疼。「能生女兒就能生兒子，娘至於愁成這樣嗎？再給阿閔塞幾個好生養的人不就成了？」

「妳說得倒輕鬆，孩子是妳想生就生的嗎？」梁太妃脫口反駁。

魏瓊華心念一動，揮手屏退跟著自己進來的丫鬟，然後看著站在梁太妃身邊的呂嬤嬤，呂嬤嬤則看向梁太妃。

梁太妃狐疑地瞅魏瓊華一眼，還是使了個眼色讓呂嬤嬤帶人退下。

人都走了，魏瓊華湊近一點，壓低聲音道：「娘，您給我說句實話，阿閔是不是有什麼難言之隱？」

梁太妃眼睛一瞪，捶她。「妳說的什麼話！」

搞半天這麼神神秘秘的，竟是要問這問題？

梁太妃都後悔死了，她幹麼配合她，反倒氣自己。

魏瓊華往邊上一躲，哼了一聲。「這話又不是就我在說，娘也別在這兒自欺欺人，這麼些年下來，哪能沒人懷疑點什麼？您也別諱疾忌醫，我又不是外人，還能幫著找找偏方來著。」

梁太妃指著魏瓊華，氣得手抖。

魏瓊華聳聳肩。「算了，當我沒問！」那表情很討打。

梁太妃瞪了瞪眼，又拿她沒辦法，末了只能啐一口。「阿閔好好的。在我跟前胡說八道就算了，出了這門，妳莫要再說這些不著邊的話，看我怎麼收拾妳！」

若傳到魏閎那兒，還不得恨上她這當姑姑的。

「我又不傻。」魏瓊華往回挪一步，追問：「真沒問題，那怎麼就是生不出孩子？」就她所知，魏閎也有近二十的姬妾，更別提那些姬妾為了爭寵，往往會把自己的丫鬟貢獻出來邀寵。魏閎也不是個清心寡慾的人，為了生兒子，勤快得很，可惜都是無用之功。

梁太妃沒好氣道：「我要知道，還至於在這兒著急嗎？」

但凡請來的大夫都說魏閎沒問題，可就是子嗣不旺，梁太妃都要覺得這是報應，魏家殺孽太重，所以報應在長孫頭上。

「既然他沒問題，那就只能聽天由命，您再著急也是白搭，白白叫人擔心。我過來時遇上阿闕，他還叫我好生寬慰您，免得傷神。您看，您在這裡著急上火，我們也跟著懸心，全家都不安生，何必呢！」

梁太妃心下熨貼，容色稍霽。

魏瓊華再接再厲。「再不濟，阿閎還有兩個親弟弟呢，到時候過繼一個就是，還能叫他身後無人祭拜不成？」

「這哪能一樣。」梁太妃皺眉。

「是不一樣，所以這只是下下策，反正最差也就這樣了，您何必那麼著急，他今年二十五，又不是五十二。之前我看妳們對呂姨娘那架勢，都覺得莫名其妙，不知道的人還以為要生什麼寶貝出來，就是阿閎他媳婦懷孕，也不至於這架勢啊，妳們倒好，把一個姨娘抬得這麼高，外頭人當面不敢說，暗地裡不知道笑成什麼樣！」魏瓊華吐槽。「呂明倫那個豬狗不如的東西，不就是看妳們這麼重視他姊姊，所以才敢肆無忌憚。」

梁太妃沈默下來。話不中聽，可女兒說的也是實情，對呂姨娘，她們的確過於縱容，要不呂明倫區區一商賈豈敢草菅人命。

「當初也不知是怎麼想的。」滿腦子都是呂姨娘肚裡那曾孫子，魔怔了似的。

魏瓊華緩和下語氣。「您就是太愛操心，兒孫自有兒孫福，您這把年紀早該撩開手，好好享清福了，您要是一直不撒手，孩子們才出息不了呢。您看看阿閎，二十好幾的人，辦的這叫什麼事？」

梁太妃眉心皺了皺，睇了眼打量魏瓊華。「妳今日怎麼了，話裡話外都在埋汰阿閎，他哪兒招惹妳了？」

魏瓊華冷笑。「本來不想和您說的，您既然問了，那我也不瞞著。去年三月到十月，他攏共從我這裡要走五十萬兩的銀子和貨物。」

「他要這麼多銀子幹麼？」梁太妃嚇一跳，五十萬兩著實不少。

魏瓊華冷哼。「自然是要做好人當散財童子啊，他自己的私房不捨得動，他娘的錢也不捨得，可不就打起我的主意來？我是沒兒子，等我死後，家產也要歸他這個嫡長子。可我還沒死呢，就把我的錢當成自己的了，他什麼意思！」

魏瓊華重重一拍几案，柳眉倒豎。「不是自己辛辛苦苦掙來的，花起來就一點都不手軟，我就算有金山、銀山都禁不起他這麼敗家。我不肯給，他還不高興，他憑什麼不高興？」

梁太妃眉頭皺成一團，替魏閎解釋。「安頓傷兵殘將，接濟百姓，都要銀子。」她萬不想女兒和魏閎生分，待她和梁王百年之後，魏瓊華晚年如何，看的就是魏閎這個姪兒。

「他要是把他自己的私房都花完，再來找我，我還無話可說，可他自己一毛不拔，就想著慷他人之慨，我瞧不上他這行徑！」魏瓊華語調涼涼。「我不肯給，他就找上呂家，還把人家女兒納了。呂家什麼德行，我就不信他不知道，至於這麼飢不擇食嗎？後來更厲害了，為了錢包庇呂明倫，還捅出那麼大的婁子！」

「不是都解釋清楚了嗎？呂明倫那事，阿閎不知情！」梁太妃道。

魏瓊華斜睨梁太妃一眼。「編，繼續編！」

梁太妃氣結，隨手抄起一個果子砸過去。「妳要氣死我是不是？」

魏瓊華往邊上一躲，躲了過去，嘴上還道：「我早就查過，呂明倫犯事那會兒，呂家變賣了部分產業，阿閎也突然寬裕了些。我能查到，有門路的也能發現，人家不說罷了。」

梁太妃愣了愣。

「你們與其想著粉飾太平，還不如想想怎麼把阿閎給教好？大哥在他這年紀的時候，把整個魏家的擔子都挑起來，可阿閎還跟個孩子似的，做事心裡都沒個數，現在為了錢去包庇人，將來是不是賣官鬻爵？」

「哪有妳說得這麼嚴重，他也就是一時糊塗！」梁太妃不由自主替魏閎辯解。

魏瓊華慢條斯理地理了理袖襬。「我也希望他只是一時糊塗，畢竟他是咱們魏家嫡長子，將來整個魏家都要交到他手裡，千萬人都指望著他吃飯，他糊塗不起。」

梁太妃心頭一緊，盯著端起茶杯潤嗓子的魏瓊華，冷不防道：「妳不看好阿闊？」

「他幹的事，讓我怎麼看好他！」魏瓊華亦是十分乾脆，把茶杯一放。「阿闊就是被您還有大哥給寵壞，從小到大順風順水，一點波折都沒經過。溫室裡只能養出嬌花，養不出參天大樹。老鷹都知道要把小老鷹從懸崖上扔下去，逼著牠飛。大哥有今日成就，和年輕時的磨練分不開，怎麼到了阿闊這兒，你倆就跟保護瓷器似的，套了一層又一層的保護罩，生怕他碎了？」

梁太妃被魏瓊華說得心煩意亂。她要是拿別人當例子，梁太妃還能不以為然，但是魏瓊華舉的例子是梁王，梁太妃沒法不當回事。梁王在魏闊這年紀的時候，早已名揚九州，為魏家爭光。

可魏闊，他還活在魏家的光環下，是他沾魏家的光。他這兩年還闖了兩個大禍，擱在梁王身上，梁太妃是想都不敢想的。

這番話讓梁太妃頭一次反思，為什麼魏闊跟他爹差那麼多？魏闊好像真沒經歷過什麼波折，不像梁王有個不可靠的爹，放任兒子們爭鬥。梁王雖是嫡長子，卻是在兄弟環伺的環境下長大，每日裡恍若走在鋼索上，謹言慎行，步步為營，哪敢胡來？大抵也是這份經歷的緣故，他們母子倆格外重視魏闊，生怕他的地位受到威脅。

魏廷善戰，所以給他娶了家世普通的尚氏，梁王也有意無意壓制魏廷；到了魏闕這兒，亦是如此。她剛給魏闕定好人選，就想著這兩天和梁王提一下，便可以下定。

「我們真的對阿閦保護太過？」梁太妃喃喃道。

魏瓊華毫不猶豫地點頭，緩和語氣道：「寶劍鋒從磨礪出，梅花香自苦寒來。您和大哥這麼護著他，他怎麼長進？說句不中聽的話，您和大哥總是要走在他前頭，屆時讓他怎麼辦？咱們家離那位置只剩下一步之遙，阿閦能扛得下這副重擔嗎？萬一不行，可不僅僅是家道中落的問題，而是百年基業毀於一旦的風險。」

梁太妃若有所思地撚著佛珠。

魏瓊華循循善誘。「那不如從現在開始好好磨練他，若有什麼問題，也能及時發現改正，您說是不是？」

梁太妃陷入沈吟，忽而後窗登時傳來一陣亂響。

魏瓊華立時跑過去推開窗戶，就見翡翠將反剪著雙手的呂嬤嬤按在地上。

「怎麼回事？」

「夫人，呂嬤嬤在偷聽。」翡翠是魏瓊華的大丫鬟，生得婀娜，卻練過武，十個膀大腰圓的呂嬤嬤都不是她的對手。

屋裡的梁太妃聞言，臉色驟變，呂嬤嬤是她的陪嫁嬤嬤，伺候她將近五十年。

被扭著胳膊押進來的呂嬤嬤，見了梁太妃就淚流不止地喊冤，分明是翡翠賊喊捉賊。

翡翠的嘴皮子可俐落了，快言快語道：「嬤嬤說太妃還未用膳，她要親自去廚房看看，奴婢們不疑有他。而後，奴婢突然想小解，便去淨房，結果就看見嬤嬤鬼鬼祟祟躲在後窗下，不仔細看都看不出來。奴婢所言絕無虛言，否則天打雷劈，不得好死！」

呂嬤嬤白白胖胖的臉不斷抽搐，血色盡失。

魏瓊華臉色陰沈，如同潑了墨一般。「把小廚房的管事嬤嬤找來問問。」

這下子，呂嬤嬤連跪都跪不穩了，要不是翡翠擰著她，怕是要癱成一團。

小廚房的管事嬤嬤一來，事情就很清楚，呂嬤嬤到廚房沒多久就說去小解，之後再沒回來過。

「妳去哪兒了？」梁太妃直勾勾盯著呂嬤嬤。相伴五十年，兩人之間早已不是一般的主僕關係。

呂嬤嬤心悸不止，強撐著一股氣解釋。「老奴身體不舒服，就在淨房多耽擱一會兒，太妃明鑑，老奴怎麼會偷聽呢！」

梁太妃失望地垂下眼。

魏瓊華上前幾步，柔聲道：「娘，接下來的事交給我，您先休息一會兒。」

梁太妃撫了撫額頭，整個人從骨子裡透著疲憊。

呂嬤嬤駭然地瞪大雙眼，眼珠子差點脫眶而出。她伺候梁太妃五十年，知道魏瓊華的手段，張嘴就要求饒，可她只來得及發出一道嘶啞的驚叫，就被翡翠堵了嘴。

「問出來是誰，立刻告訴我。」梁太妃眉眼倦怠，就連聲音裡都帶著蕭瑟。

呂嬤嬤對她而言，到底不是一般下人，所以越是難接受她的背叛。

「您放心，您先睡一會兒。」魏瓊華扶著梁太妃躺在炕上。「一有消息，我就通知您。」

梁太妃慢慢地合上眼，手裡緊緊捏著佛珠。其實指使者是誰，她心裡隱隱有了答案，如果她所料不差，那呂嬤嬤萬萬留不得了。

魏瓊華出了寧馨院，不由自主地嘆了一口氣。她也不想母親難過，可母親最信任的呂嬤嬤竟然被梁王妃收買，這事她不知道還罷，知道了，萬沒有坐視不理的道理。萬一哪天呂嬤嬤對母親不利怎麼辦？老人家只需要吃點相剋的東西，就足夠要命。

攏了攏衣領，魏瓊華前去審問呂嬤嬤。說來還多虧魏闕提醒，這小子倒是有本事，這麼隱密的事他都知道，不過他越有本事越好，她可是把後半輩子都押在他身上。

不消一個時辰，呂嬤嬤就招了。

呂嬤嬤說來也是命苦，丈夫早逝，只留下一個獨生子，這兒子資質不錯，頗會讀書，梁太妃看在呂嬤嬤的面上，放了他的奴籍。皇天不負苦心人，十九歲就考上秀才，靠著魏家大富大貴說不上，衣食無憂絕不用愁。

然而天有不測風雲，人有旦夕禍福，一場風寒，呂嬤嬤的兒子就這麼沒了，要不是兒媳婦還懷著身孕，呂嬤嬤大抵要跟著去了。

呂嬤嬤這孫子資質不如其父，幸在老實，靠著梁太妃的支持，開了一家布莊，有兒有女，過得頗美滿。直到前年，這孫子被人帶著染上賭癮，背著呂嬤嬤欠下上萬兩的賭債。

若只是欠錢，呂嬤嬤尚且能厚著臉皮來求梁太妃大發慈悲，可偏偏她這孫子覺得對方出老千，到賭坊理論時，在爭執中捅死人。

這時候梁王妃就那麼恰巧地出現了。若說呂嬤嬤沒懷疑過這是個專門針對她的局，那是騙人的。可她孫子殺了人是事實，殺人償命，天經地義，就算梁太妃出面，也不會幫她的。呂嬤嬤只能硬著頭皮往坑裡跳，幫著向梁王妃傳遞一些消息，順帶說些話，譬如給魏闕找個門第一般的媳婦，省得他威脅魏閎。諸如此類的話，呂嬤嬤會不著痕跡地說一些，從一開始的心驚膽顫到後來的習以為常，相安無事兩年後，事情還是敗露了。

呂嬤嬤神色衰敗，陡然之間老了好幾歲，就像是活生生被人從身體裡抽走精神，整個人都枯萎下來。

魏瓊華面無表情地看她一眼。可憐之人必有可恨之處，這幾十年來梁太妃不曾虧待過她。

口口聲聲喊著自己不曾害過梁太妃，那是梁王妃沒這膽子，若是梁王妃起了歹心，誰知呂嬤嬤會不會助紂為虐？這人一旦破了底線，之後做什麼事都會無所顧忌。

一目十行地掃視供狀，確認沒有遺漏處，魏瓊華便大步離開。

梁太妃睡得昏昏沈沈的，不管是魏瓊華的那番話，還是呂嬤嬤的背叛，對她而言都是巨大的打擊。她覺得滿身疲憊，卻又睡不著，可也醒不來，就這麼迷迷糊糊地躺著。

不知過了多久，梁太妃才幽幽轉醒，一睜開眼就對上魏瓊華關切的臉。

「娘，您要不要吃點東西？我讓人熬了粥。」魏瓊華動作小心地扶起梁太妃，拿了個靠枕放在她背後。

「什麼時辰了？」梁太妃還有些發懵。

「戌時三刻了。」魏瓊華回道。

梁太妃驚道：「都這麼晚了！妳就一直在這裡等著？」

魏瓊華笑道：「左右我也沒事。」

梁太妃心頭泛暖。這女兒雖然成天氣她、和她頂嘴，可關鍵時刻還是挺貼心。打結的腦袋重新活絡起來，梁太妃想起睡前的事，臉色微微沈下來。「她投靠了誰？」

魏瓊華頓了下，才道：「大嫂。」

梁太妃閉了閉眼。果然是梁王妃，除了她，也想不到誰還有這膽量。「她要幹麼？監視我的一舉一動？」

梁太妃怒不可遏。身為婆婆，哪個能容忍兒媳婦把手伸到她這兒來？

魏瓊華撫著梁太妃的背，勸道：「您別生氣啊，把自己氣壞可不就稱了那邊的意？」

梁太妃深吸一口氣。也是，她要是兩腿一蹬去了，梁王妃還不得放鞭炮慶祝，壓在她頭上的大山終於沒了。

「睡了兩個時辰，先喝點燕窩粥，沒有什麼比身體更要緊。」魏瓊華從丫鬟那兒接過青花瓷碗，拿著勺子餵梁太妃。

梁太妃哼笑。「妳今日倒是乖了。」

魏瓊華賠笑道：「還不是惹您生氣，賠罪嘛！」

梁太妃剜她一眼，雖然裝得很勉為其難，心裡卻十分受用，吃了一口粥後，問：「妳吃了嗎？」

「您睡著時，我喝了一碗粥。」

梁太妃便放心了，滿滿一碗熱粥下腹，精神顯而易見好了幾分。

見狀，魏瓊華便把呂嬤嬤的供詞交給梁太妃。

看了一遍，梁太妃冷笑。「下作的東西，設套都設到我的人身上了！」

呂嬤嬤那孫子一看就是被人設計。

魏瓊華也笑了一下，笑意不達眼底。「大嫂這人平時就小心思多，只是我萬萬想不到她會把歪腦子動到母親您身上。都說虎父無犬子，阿閎為人處事卻沒得大哥幾分真傳，還不如阿廷和阿闕兩兄弟來得有成算，敢情都是跟大嫂學來的。大嫂自己其身不正，能教得好孩子才怪。」

這話正中梁太妃的下懷。她是不會承認自己和兒子沒教好孫子，魏閎犯錯，那都是梁王妃的不是。

「阿閎跟他娘親近，他娘指不定給他說些什麼亂七八糟的歪理。」梁太妃越想越有道理，怒氣沖沖地一拍床榻。「叫柯氏過來，我要好好問問她，收買我的人，她想幹麼！」

魏瓊華趕忙給她撫背順氣，嗔道：「別動氣，氣壞了自己不值當。」

梁太妃深吸一口氣。可就是壓不住火啊，竟然讓兒媳婦把自己的心腹給收買，想想就覺得丟人，多少年沒人敢這麼挑釁她了。

「天色不早了，妳先回去吧。」梁太妃眼底布滿寒意。

魏瓊華不樂意了。「憑什麼啊，她這麼欺負您，我這個當女兒的還不能替您壓陣了？」

「別鬧！」梁太妃輕斥。

當著魏瓊華的面被她教訓，梁王妃肯定要記魏瓊華一筆。她在的時候，梁王妃當然不敢對魏瓊華如何，一旦她和梁王駕鶴西去，那就不好說了。

思及此，梁太妃一顆心不由沈了沈。魏瓊華和梁王妃姑嫂倆感情平平，沒有紅過臉，但也不親近，等她去了，又會是何種光景？魏瓊華這性子，她這個當親娘的偶爾都要嫌棄。

「我知道，您不就怕她不敢記恨您，所以遷怒我嗎？可明明錯的是她，瞻前顧後的倒成了我們，這是什麼道理！照您這擔心法，您乾脆甭叫她過來，指不定她還是要心生怨恨，不敢恨您，那就恨我、恨舅舅家唄！那是不是以後您得供著她，我也得對她卑躬屈膝，只求日後她做了太后，給我點體面？」魏瓊華嗤了一聲。「日子要是過得這麼憋屈，我還不如不活了呢！」

「說什麼胡話！」梁太妃臉色微白，這話可真是戳中她的痛處。當年她在她婆婆那兒吃了不少虧，所以這些年來，對兩個嫡親小姑子和婆婆的娘家都頗為冷淡。推己及人，梁太妃覺得梁王妃未必不會如她這般。

可讓她就這麼嚥下這口氣，梁太妃也是嚥不下去。她雖不是什麼和藹可親的好婆婆，但對梁王妃可比她婆婆和氣多了，至少沒讓她從早到晚立規矩，也不曾動輒得咎，教訓她也多是她有錯在先。

就是這樣了，梁王妃竟還設局收買她的心腹？是可忍，孰不可忍！

第三十三章

被傳到寧馨院的梁王妃，望著面沈似水的梁太妃，懷裡就像揣了個兔子，忐忑亂跳。

「母妃喚兒媳過來，是有何事？」梁王妃嗓音發乾。她已經很多年沒在梁太妃臉上看到這種山雨欲來的陰沈。

梁太妃目光如電，直直盯著梁王妃。

梁王妃只覺那目光跟刀子似的，所過之處帶起一絲涼意，不由自主吞了一口唾沫。

「呂嬤嬤。」這三個字是從梁太妃齒縫裡蹦出來的。

繃在梁王妃腦中的那根弦「啪」的一聲斷了，她強裝鎮定。「呂嬤嬤怎麼了？」

「少給我在這裡裝糊塗！」梁太妃抄起手邊的供狀扔過去，冷笑不已。「她都認了，妳可真是好手段，用一條人命做局，套住呂嬤嬤。這麼大的能耐，只做個王妃真是太委屈妳了！」

幾張紙飄飄蕩蕩落在地上，梁王妃頭皮發麻，一張臉剎那間褪盡血色，就連牙齒都在打顫。她張嘴想辯解，可一對上梁太妃冰冷刻骨的雙眸，到了嘴裡的話便嚥回去。

「妳好大的膽子！」梁太妃一拍几案，連上面的茶碗都跟著跳起來。

梁王妃的心也跟著跳了跳，此時此刻她腦子裡除了恐懼，別無其他。

梁太妃疾言厲色地訓斥一頓，她著實氣得狠了，其間梁王妃只敢伏地求饒，實在是無話可求。身為媳婦收買婆婆的心腹，這話傳出去，她都不用見人了。

末了，梁太妃冷聲道：「妳既然身體不好，就去小佛堂待著，好好修身養性，別整天琢磨這些事。」

梁王妃哪裡有二話。

說完，梁太妃厭棄地扭過頭。「妳回去吧！」看見她就來氣。

梁王妃顫巍巍地站起來，出了寧馨院腿就軟了。過兩天，出巡的梁王就會回來，梁太妃肯定不會替她隱瞞，屆時她要怎麼面對梁王？

屋裡的梁太妃盯著燭臺上的燈火，火光映照下，她的臉一半明，一半暗。

梁太妃覺得自己實在很矛盾，她不想女兒和梁王妃有隔閡，但是又壓不住對梁王妃的火。發了火，又擔心自己百年後，梁王妃苛待女兒。

梁太妃打開香爐，一下又一下地撥弄著裡頭的香塊。

她這輩子有幾個念想，其一就是兒女。她攏共生了三兒一女，三個兒子都成家立業，兒孫滿堂，兄弟之間也相處和睦，再沒什麼可擔心的，唯獨放不下魏瓊華。魏瓊華晚年光景如何，端看魏閎這個姪子對她有幾分孝心。她不只想要女兒衣食無憂，還要無人敢輕怠，魏閎的態度至關重要。

再來就是希望魏家的基業能夠千秋萬代，這也要看魏閎的本事。最後，她希望娘家蒸蒸日上，繁榮昌盛，也與魏閎息息相關。

她這輩子的念想能不能達成，全落在這大孫子身上。

可……他做得到嗎？

梁太妃頭一次產生這個疑惑。

二月二日，龍抬頭，又稱青龍節。

梁王帶著文武百官到郊外舉行盛典，祈求平安和豐收。

梁王妃因身體不適沒有到場，外人不疑有他。這兩年梁王妃身子弱是人盡皆知的事。

大典過後，年輕的姑娘、少爺們就乘機踏青郊遊去了。

宋嘉禾也在其中，只不過相較於旁人的興致勃勃，她就有些心不在焉。

醞釀半晌，宋嘉禾豁出去了，深吸一口氣，尋了藉口避開人，帶了幾個護衛晃晃悠悠地騎馬進了樹林。

果不其然，走著走著，就見魏闕迎面而來，宋嘉禾瞇了下眼。

好幾次都能偶遇他，就說世上哪有這麼巧的事，她當時到底有多遲鈍？

宋嘉禾定了定神，沒有躲避，直直驅馬向前。

早春二月，萬物復甦，樹梢上藏著點點綠意，春意盎然。

魏闕含笑看著越來越近的宋嘉禾。如果她此刻不是一臉嚴肅而是歡喜就更好了。

宋嘉禾哪歡喜得起來，越是靠近，她心跳得越快，之前內心所有的準備逐漸瓦解，差一點，她就想調轉馬頭逃跑。

被她拒絕的人不少，可她頭一次如此忐忑不安，為什麼呢？

望著不緊不慢走來的魏闕，陽光穿過樹葉落在他身上，明亮又溫暖。宋嘉禾想，大概是因為她有點喜歡他吧？他那麼好，誰會不喜歡呢？

心頭忽然泛起一陣又一陣的澀意，宋嘉禾用力眨眨眼，心想，他要不姓魏，該有多好。

「有一片迎春花開得極好，表妹可願陪我去看一看？」魏闕含笑問她，聲音輕柔猶如春風。

宋嘉禾垂下眼，避開他溫柔的視線，輕輕點點頭。尋一個四下無人處，正可說明白。她還真是一點都不怕他心懷不軌。

魏闕眼底笑意深了幾分，轉身帶路，護衛們十分有眼色地落後一段。

兩邊的樹林漸趨蔥蘢高大，片刻後，一簇簇、一叢叢的迎春花出現在視野內，金燦燦一片。微風拂過，花葉搖擺，如夢如幻。

魏闕停下來，心神不定的宋嘉禾尚未反應過來，他已伸手拉住她的轡繩。「表妹，到了。」

宋嘉禾如夢初醒，留意到他近在咫尺的手，離她的手不過一掌距離，她卻好像被燙到一般，嚇得放開轡繩。

魏闕挑了挑眉，就見她飛快地翻身下馬，還特意往外走幾步。

跟著他走的時候不害怕，這會兒倒害怕起來了？

魏闕忍俊不禁，慢條斯理地下馬，走向宋嘉禾，停在兩步外。

宋嘉禾鼓足勇氣，抬頭迎視魏闕的目光，這一次沒有閃躲，沒有扭捏。「三表哥一直以來對我的照顧，我感激涕零；然而我無福消受，也無以為報，三表哥日後不必再如此待我，否則我心難安。」

終於說出來了，此時此刻宋嘉禾有種如釋重負的輕鬆，又有種難以言喻的難過。

「抱歉，我給妳造成困擾了。」魏闕頓了一下，輕聲道：「我原本並不想讓妳察覺。」

宋嘉禾一怔。

是的，要不是上元節他帶她去見了驪姬，她可能永遠都察覺不到這一點，固然她是有些遲鈍，可他也挺含蓄的。

宋嘉禾望向他，魏闕也望著她，四目相對，春風陣陣，吹得迎春花輕輕搖曳，淡淡的花香瀰漫在兩人之間。

「我生而不祥，命中帶煞，連家人都嫌惡我，又如何忍心牽連……」

話音未落，就被宋嘉禾疾聲打斷。

「胡說八道！」宋嘉禾十分生氣的模樣。「有的小孩順產，有的生得艱難一些，不都是常有的事，寤生怎麼就不祥了？」

魏闕注視她，雙眸睜大，瞳仁格外烏黑清亮，他輕輕笑起來。

見他笑，宋嘉禾從那莫名的憤怒中抽身，忽覺不好意思起來，別過眼道：「不過是些無知婦人的無稽之談，三表哥不必介懷，更不必妄自菲薄。我、我……」

宋嘉禾為難地咬咬唇，橫下心道：「我非因此而不願。」

魏闕慢慢收了笑。「我知道，是因為魏家，對嗎？」

宋嘉禾垂首不語。

「魏家是一灘泥沼，我亦不忍心表妹陷入其中，所以百般忍耐，只想遠遠瞧著表妹也是好的。」魏闕自嘲地扯了扯嘴角。「我自詡隱忍，可終究情難自禁。」

隨著他的話，宋嘉禾好不容易平復下來的心跳又亂起來，連呼吸都亂了。

魏闕眸底閃過流光，接著道：「百般思量，我還是想為自己爭取一回。若是表妹對我無心，我也可死了心，退回兄長的位置；倘若表妹對我也有意，我委實不想放棄。」

宋嘉禾睫毛輕顫，猶如受驚的蝴蝶，就聽見他問：「表妹對我真的無一絲好感？」

她沈默了一下，隨後輕輕搖頭。

「表妹為何不敢抬頭看我？」魏闕的聲音依舊不疾不徐。

宋嘉禾握緊拳頭，忽然覺得無比委屈。他憑什麼這般咄咄逼人？

「我才不喜歡你！」她猛地抬起頭，說罷，就要跑。

魏闕豈能讓她這麼跑了，一把握住她的手腕。

才跨出去一步的宋嘉禾被他輕而易舉地拉回來，直直撞進他懷裡，強烈而又霸道的男性氣息，從頭到腳將她籠罩，讓她有些慌，伸手欲推他。

魏闕扶她站穩，順勢往後退一步，拉開一步距離。「莫怕，我不會傷害妳，我只想和妳說明白。」

宋嘉禾拉了拉袖襬，似乎想藉著這個動作，消除他殘留在手腕上的灼燙。

魏闕目不轉睛地看著她，一眨也不眨。

這視線似乎有分量一般，壓得宋嘉禾心頭沈甸甸的，片刻後，她抬眸看著他。「我承認我對三表哥有好感，然而我這人懶惰愚鈍，過不了那種勾心鬥角、爾虞我詐的生活。表哥胸懷大志，日後注定不凡，而我只想簡簡單單地過日子。」

魏闕的目光在她臉上繞了又繞，宋嘉禾不避也不讓。魏家水太深，皇宮的水更深。

魏闕望了她片刻，神情鄭重又誠懇。「表妹擔心我不能待妳如初，將來見異思遷？」

宋嘉禾的確有此擔心。魏闕那麼厲害，她覺得他一定會得償所願，將來會有無數誘惑擺在他眼前，他拒絕得了嗎？

她這人很貪心，縱然對林氏有諸多心結，可不妨礙她羨慕林氏。她母親著實是這世上難得好命的女子，有父母疼愛，手足和睦；出嫁後，公婆慈愛，妯娌和善，丈夫一心一意。大抵是太圓滿了，老天爺都看不下去，所以塞了一個宋嘉卉給她添堵。

不論林氏再怎麼令宋銘失望，宋銘都不曾想過納妾，哪怕林氏年老色衰、不可理喻，他都沒多看別的女人一眼。

宋嘉禾也想要這般一生一世一雙人的幸福，而她肯定會比林氏更珍惜。奈何尋常男子想做到這點委實不容易，這世道對男子太寬容。她當年願意嫁給季恪簡，一半就是因為季家門風好，寧國公與姨母鶼鰈情深，風雨同舟數十年，哪怕季家子嗣單薄，也沒想過納妾開枝散葉，在這種環境下長大的季恪簡對她承諾絕不納妾，她也願意相信。

「我非重色之人，這些年來亦不曾拈花惹草。」魏闕緩緩道：「我願向表妹立下誓言，若得表妹垂青，絕無二心。」

冷不防他說出這樣的話來，宋嘉禾又是一怔。說來魏闕這人還真說得上潔身自好，她唯一聽到的曖昧對象就是驪姬，也被證明是一場烏龍。

可宋嘉禾還是無法安心。實在是魏闕以後可能會有的成就讓她心難安，就算他想忠貞不渝，旁人也要勸他三心二意。

魏闕從她的神色中看出端倪，接著道：「表妹不信我能做到，就相信另一個人一定能做到？一輩子那麼長，不走到最後，誰也不知道結局如何，既如此，表妹為什麼不願意試著相信我？」

宋嘉禾為之一顫，心神搖晃。她終究要嫁人，她會努力找個能一心一意待她的人，然世事無常，十年、二十年後，那個人會不會變心？天才知道。

宋嘉禾竟然發現，自己被他說得有些動搖。「你喜歡我什麼？」

魏闕看著她，眉梢眼角流露出淺淺的笑意，目光專注又深情。「一開始留意到表妹是因為同病相憐，妳我都不在父母身邊長大，不受生母所愛，不知不覺就多了幾分關注；也不知什麼時候開始，見了表妹便心生歡喜，一顰一笑皆令我不自覺跟著憂心和愉悅。當我意識到自己的心意，出門在外我更加注意保護自己，因為我想回來見妳。我想變得更強大，因為我想為妳遮風擋雨。

「我知道魏家太亂，在妳看來不異是虎狼之穴，所以我費盡心機去掃平這些障礙，然而我能力尚不足，至今還未徹底解決。我不敢說，從此以後不讓表妹受丁點兒委屈，但是我可以保證，會盡我所能護著妳，若是誰讓妳受委屈，我十倍、百倍替妳討回來。表妹可願信我？」

魏闕注視著她，讓宋嘉禾心亂如麻，想說什麼，又覺喉嚨堵了棉花似的。

「妳別著急，我不需要妳現在就給我答覆，妳可以好好考慮。」

宋嘉禾看著他，一雙漂亮的眼睛滿布糾結，魏闕朝她溫柔一笑。

心裡那團亂麻好像又大了一圈。宋嘉禾心浮氣躁地朝他匆匆一福，隨即抬腳離開。斟酌了這麼久是要來拒絕的，她都想好怎麼說服他，結果一點都沒派上用場，反倒自己快被他說服。哪個混球說他訥於言，敏於行的！

出了林子，被亮燦燦的太陽一照，宋嘉禾不適地眯了眯眼，她使勁眨眨眼，才適應過來。

不經意間，瞥見遠處有一群人，宋嘉禾第一眼就發現人群中的季恪簡，頎長挺拔，鶴立雞群一般。

若有所覺似的，季恪簡看了過來。

兩人目光在空中相撞，宋嘉禾不閃也不避，坦然與他對視，還不忘略略屈膝，遠遠向他福了一禮。

這一刻，宋嘉禾發現，自己是真的放下了。不期然的，魏闕那張長眉斜飛、英武剛毅的面龐浮現在眼前，耳畔迴響起他誠懇中帶著些許卑微的聲音。

要相信他嗎？

宋嘉禾捏緊帕子，覺得自己的心就像手裡這團錦帕一樣，皺巴巴的。

季恪簡朝她頷首微笑，旁人也留意到遠處的宋嘉禾，好些人不禁期盼著宋嘉禾能走過來。

美人麼，誰不喜歡？就算明知娶不到，看一看、說說話，那也是令人身心愉悅的一樁美事。

然而注定是空歡喜一場。

打過招呼後，宋嘉禾便帶著人從另一個方向離開。

「宋六姑娘怎麼一個人？」其中一位公子隨口道，語氣不無扼腕，竟然無緣近看美人。他不由得心念一動，打量起季恪簡。

許多人家都知道季家在為季恪簡相看對象，也知道安樂郡主欽慕季恪簡，只是萬萬想不到，季恪簡居然對安樂郡主不假辭色。

安樂郡主那樣家世、相貌、才情都拔尖的貴女，季恪簡都看不上，也未對這位貌美如花的表妹另眼相看，真不知什麼樣的佳人能入他的法眼？無怪乎長輩稱讚季恪簡有君子之風。不為權勢折腰，他自問是做不到的，因為做不到，所以格外欽佩能做到的人。

季恪簡眉峰不動，聲音溫潤。「該是和人走散了。」

他想起宋嘉禾方才的眼神，平靜清澈，沒了曾經的含羞帶怯，看來她終於走出來了。這般就好，那是個好姑娘，不該在他身上浪費感情，她值得更好的。只不過不知為何，心底突然湧出一種空曠感……

季恪簡心下一哂。嘖，男人啊，果然犯賤，他亦不能免俗。

另一廂的宋嘉禾已無心玩耍，也不想這麼快回府。回去後，宋老夫人必是要問她的，她還不知道要怎麼和祖母說？

祖母的態度顯而易見，不喜歡自己和魏闕在一起。她一開始就發現了，知道她也不願意之後，祖母鬆了一大口氣，可現在她竟然有些猶豫，祖母知道後一定會無比失望。

宋嘉禾找了個安靜的涼亭入坐，盯著涼亭外那一截樹梢發呆。

她若是嫁給三表哥，不可避免要面對魏家那一大群人，梁王妃、魏歆瑤，甚至是莊氏，他們都是魏閎一派的，哪裡容得下野心勃勃的魏闕？男人為了權力你爭我奪，女人絕不可能一團和氣。

想想那樣的日子，宋嘉禾就覺得煩躁。

可魏闕說會替她撐腰，腦海中另一個聲音如是對她說。

但是人心易變，將來他若變心，她如何自處？然而旁人的心也是易變的，旁人若變了心，她還能仗宋家之勢，不讓自己吃虧，可換作魏闕……

宋嘉禾敲了敲腦袋。做人要理智些，祖母說了世道對女子不公，女子更要對自己好一些。

恰在此時，一陣樹葉沙沙聲傳來，宋嘉禾疑惑地抬頭，就覺眼前一花，再看，一襲袈裟的無塵大師已經立在她五步之外。

「宋施主，好久不見。」無塵大師雙手合十打招呼，慈眉善目地看著宋嘉禾。

宋嘉禾懵了下，趕緊站起來還禮。「大師好！」

無塵大師笑得恍若普度眾生的佛祖。「阿彌陀佛，施主見諒，貧僧無意中聽得施主與我那師姪的談話。」

宋嘉禾臉色一僵，就聽無塵大師慈悲的聲音響起。「貧僧見他滿目悲戚，黯然不已。」

宋嘉禾瞪大眼，似乎是不敢相信。

迎著宋嘉禾難以置信的視線，無塵大師微微一笑。「貧僧也不敢相信。他四歲時，貧僧識得他，這些年來，從沒在他身上見過這等表情。」

無塵大師的目光落到宋嘉禾臉上，明明溫暖和煦如春風，然而她忍不住心虛，不自覺扭過臉避開。

無塵大師雙手合十，唸了一句阿彌陀佛。「施主可否請貧僧喝一杯茶？」

「大師請。」宋嘉禾趕忙抬手一引。

「施主也請坐。」

無塵大師走入涼亭，在宋嘉禾對面的石凳上落坐，宋嘉禾才隨之坐回去。

宋嘉禾有些緊張地看著無塵大師，拿起石桌上的茶壺親自為他斟一杯。「茶有些涼，還請大師不要嫌棄。」

「溫也好，涼也罷，能解渴便是好茶。」無塵大師淡淡一笑，拿起茶杯飲一口。

宋嘉禾莫名覺得好有道理，大師不愧是大師。突然間，她留意到無塵大師的目光定在她手腕上。

宋嘉禾低頭看著腕上那串紫檀佛珠。

「這佛珠可是明惠師太所贈？」

「正是師太所贈。」宋嘉禾有些好奇地看著他。「大師如何知道？」

「施主可想聽一個故事？」無塵大師不答反問。

宋嘉禾愣了下，摸著佛珠，望一眼笑容溫暖如春風的無塵大師，點點頭。

這故事和佛珠有關嗎？

「四十多年前，有一刀客，少年成名，威震江湖，他立志要做天下第一刀，他遊走江湖，四處歷練。有一天，他遇見一夥土匪打劫，於是拔刀相助，結果卻大開眼界。那被打劫的隊伍裡，有一位貌比傾城、看似手無縛雞之力的姑娘，一手鞭法使得出神入化，將覬覦她美貌的匪徒打得落花流水。到頭來刀客發現，根本不用自己幫忙，對方就能打退匪徒。

「不過那姑娘依舊十分感謝刀客仗義相助，見刀客衣著簡陋，風塵僕僕，便給了他一袋碎銀子以示感謝。」

聽故事的宋嘉禾捏著佛珠轉了轉。這故事沒按套路來啊，不該是英雄救美嗎？

宋嘉禾看著無塵大師，他的眉眼含笑，眼底流轉不同尋常的光彩。她心念一動，忽然冒出一個不合時宜的念頭，不禁仔細看他，想從他臉上找出蛛絲馬跡。

「刀客頭一次見到這樣的女子，動如脫兔，嫻靜如花，還生得如此貌美。刀客鬼迷心竅般，跟著隊伍去了姑娘的家鄉。一年過後，刀客終於打動了姑娘。」

宋嘉禾發現無塵大師的眼睛亮起來，打從心底透出來的明亮，可很快又黯淡下去。

「姑娘想讓刀客去從軍，如此家中長輩也能放心；然而刀客習慣了無拘無束的生活，那樣按部就班的日子逼得他想發瘋。姑娘發現刀客的痛苦，她知道刀客不快樂。她想，鳥兒終究要在空中飛，而不是住在籠子裡，況且她也想飛出去看看。於是有一天，姑娘對刀客說，她願意陪他四海為家。」

半晌不見無塵大師繼續說下去，他彷彿定格在某一瞬間，連眼睛都不眨一下。

等了又等，無塵大師還是沒有開口，宋嘉禾終於忍不住，追問道：「後來怎麼樣了？」總覺得沒有一個美好的結局。

無塵大師臉上的笑容一點一點收起來。「刀客拒絕了，他覺得姑娘在錦繡堆裡長大，合該金尊玉貴，享受錦衣玉食，而他這種人注定要浪跡江湖，刀尖舔血。他突然間覺得，自己從一開始就錯了，大錯特錯。姑娘是掌上明珠，而他只是鄉野頑石，一開始就不該有所交集。可姑娘說，她不怕吃苦，只要跟他在一起，身苦心也甘。可刀客不這麼覺得，他怕姑娘吃苦受罪，也怕姑娘哪天就守寡，更怕有朝一日姑娘後悔。之後，刀客留下一封信，消失得無影無蹤。」

宋嘉禾說不上是什麼滋味，憤怒、心疼、難過種種情緒交織在一塊兒。「那刀客怎麼可以這樣，招惹了人，最後卻一走了之。人家姑娘都不嫌棄他，都願意陪他受苦，他卻把人拋棄了，讓那姑娘以後怎麼辦？」

「可不是，那就是個混蛋，活該他孤獨終老，後悔一生。」無塵大師閉上眼，雙手合十點點頭，復又睜開眼，聲音恢復平靜。「若是兩情相悅，那些風風雨雨又算得了什麼？夫妻同心，終將度過風雨，迎來彩虹！」

宋嘉禾趁他閉眼的時候，偷偷擦了下眼角，輕聲道：「那姑娘日後如何了？」

無塵大師望著宋嘉禾，目光悠長，似乎透過她看到了另外一個人。

「一年後，刀客回去找姑娘。一年的時日讓他終於明白，什麼是自己最想要的？比起成為天下第一刀客，他更想和姑娘在一塊兒，可為時已晚，姑娘已經被他傷透心，任刀客如何乞求，都不願回心轉意。」無塵大師幽幽一嘆。「有些事，錯過了，就是永遠。」

宋嘉禾心頭緊了緊。她希望這故事裡的姑娘能忘記刀客，重新開始，可直覺又讓她知道這都是自己的妄想。她想起從祖母口中聽來的隻言片語：「年輕時遇人不淑」、「看破紅塵出家為尼」、「明惠師太年輕時也玩鞭子」。

宋嘉禾摸了摸手上的佛珠。這串佛珠陪了明惠師太幾十年，因為她當年病重，險些醒不過來，師太大發慈悲給了她，無塵大師一眼就認出來了。

那位姑娘就是師太吧？而大師就是那個不負責任的刀客，是不是？

宋嘉禾心緒翻湧，心事重重地回了家。

宋老夫人並沒有去湊青龍節的熱鬧，她正和朱嬤嬤對著帳本，聽丫鬟稟報宋嘉禾回來，她心裡咯噔一下，望了更漏一眼。這麼早就回來了。

宋老夫人合上帳冊，對朱嬤嬤道：「明兒再看吧！」

朱嬤嬤應了一聲，抱起帳冊，躬身告退。

宋嘉禾一進門，宋老夫人就發現她神態中的與眾不同。

孫女神色鄭重，又透著一種前所未有的輕鬆，彷彿從一個枷鎖中逃出來，這是遇上什麼事了？

宋老夫人心裡打鼓，招手讓她過來，不動聲色地問：「今日怎麼回來得這麼早？」

「祖母，我今日遇見三表哥了。」宋嘉禾開門見山。

宋老夫人的心沈了沈。「那妳和他說了嗎？」

宋嘉禾睫毛輕顫，抬眼看著宋老夫人，一鼓作氣道：「我和他說了，可是……祖母，他跟我說，他日後不納二色。我知道，男人的誓言未必靠得住，但是比起其他人的誓言，我倒更願意相信他說的話。」

宋老夫人眉心跳了跳。他倒是厲害，一下子就找到暖暖的軟肋。

由於受父母影響，暖暖這孩子見不得人三妻四妾，就連宋老夫人也是看不慣。她和宋老太爺看著明面上和諧，可年輕的時候她沒少背地裡落淚，直到後來才看開，實際上更多的是無奈。不看開又能如何？

這點上，宋老夫人也是羨慕林氏，她也想暖暖有林氏這好運，甭管宋銘對林氏有幾分真心，至少從來沒在這方面讓林氏受過委屈。

「那將來他要是變卦，怎麼辦？」

凡事都得有最好的打算，換成別人，起碼宋家將來可以為暖暖撐腰，魏闕那兒可就說不準了。

「他要是變心，那我就不喜歡他了。」宋嘉禾認真道：「只要我自己想得開，我照樣能過得快活。」

見她睜大一雙眼睛看著自己，宋老夫人內心五味雜陳。「那魏家呢？」

「我不喜歡跟人勾心鬥角，可不表示我一定鬥不過她們啊！我可是祖母您手把手教出來的；再說了，到時候我就使勁抱姑祖母的大腿。」

宋嘉禾嚴肅考慮過這個問題。梁王妃、魏歆瑤、莊氏等人，在梁太妃面前都是紙老虎，她覺得梁太妃還是有可能拉攏過來的。

這都想到了，可見她著實有決心，宋老夫人嘴裡發苦，還是捨不得。「這條路不好走，明明有更平坦的路，妳為何偏偏要挑這條路？」

宋嘉禾頓了一瞬，靜靜地凝視宋老夫人。「因為我喜歡他啊。」

宋老夫人的表情一言難盡，之後她打發了羞赧的宋嘉禾，表示需要靜一靜，未料，宋銘也來添亂。

宋銘的聲音十分平靜。「魏闕找過我。」

他動作倒是夠快的，可見他上心，如此這般，宋老夫人反倒更擔心了。

宋老夫人拿起茶杯，沾了沾唇。「他找你說什麼了？」

「他請求我將暖暖許配給他。」宋銘緩緩道。

宋老夫人嘴角下沈，目不轉睛地看著宋銘。「你答應了？」

宋銘道：「我說要考慮一下。」

宋老夫人冷下臉。「前不久，你還說魏家太複雜，對暖暖不好，這會兒怎麼變成要考慮了？」

寶貝孫女倒戈，連宋銘都動搖起來，宋老夫人簡直要被氣死了。

魏老三倒是好口才！

宋銘賠笑。「母親先莫生氣，容我細說。」

「你說吧！」

暖暖到底年幼，哪是魏闕的對手，尤其這動了情的小姑娘，難免天真樂觀。但連宋銘都被他說動，宋老夫人百思不解，倒想聽聽對方是如何說服自家兒子？

「梁王妃派人引誘呂嬤嬤的孫子染上賭癮並鬧出命案，藉此讓呂嬤嬤為她所用，太妃震怒，將王妃關進庵堂。」

宋老夫人愣了一下。同樣身為婆婆，要是哪個兒媳敢這麼對她，活剝了她的心思都有。這已經不是簡簡單單的收買，有時候因為各種原因，晚輩向長輩身邊人示好也情有可原，但是用這種手段來收買人，已然過界。這不僅是權威受到挑釁，還是安全隱患。

梁太妃的憤怒，宋老夫人可想而知，梁王妃肯定已經徹底遭她厭棄。

宋老夫人陷入沈思中。她不滿魏闕，梁王妃占了很大原因。做婆婆的想拿捏兒媳婦，輕而易舉，她不捨得孫女受苦。

眼下梁王妃鑄下大錯，以梁太妃的性子，絕不可能原諒她，然而打老鼠怕傷著玉瓶，魏闕十分親近梁王妃，梁太妃怕是也有束手束腳之感。

若是能將這個矛盾操作好，極有可能將梁太妃拉攏過來，畢竟梁太妃慣來優待娘家。有梁太妃撐腰，梁王妃不足為懼，目下瞧著梁太妃的身體十分健朗，至少比起梁王妃可好多了。

至於妯娌之間，終究不是婆媳，沒有輩分上的壓制，暖暖應付起來容易很多，怪不得自家兒子也猶豫了。

宋老夫人看著宋銘，她不信宋銘會只因為這個就改變主意。

宋銘笑了笑，接著道：「魏闕向我承諾，將來會對暖暖從一而終，絕不讓她受委屈。」

「你信？」宋老夫人抿抿唇。

宋銘垂了垂眼。當時他便問魏闕，憑什麼讓他相信他？

魏闕反問，為什麼他能對妻子一心一意？

宋銘啞口無言。並非所有男子都貪花好色，雖然誘惑繁多，可男人若不願意，別人想逼也逼不了。

觀察他良久的宋銘，可以確定魏闕不是重色之輩，魏闕對暖暖的真心，他也看得出來。這麼瞧著，倒是值得一信，然而……

「若是有朝一日金鱗化龍，旁人不會樂見如此。」

「此我家事，何必聽外人！」

想起當時魏闕眉宇間的睥睨之色，宋銘的眸色轉深。只要他威望足，旁人也不敢指手畫腳，史上又不是沒這種例子。

宋銘點頭。「我信他。」

宋老夫人臉色更冷了。

宋銘失笑。母親對暖暖一片拳拳慈愛之心，他懂。越是疼愛，越是不想她受一點委屈；他也不想女兒委屈，所以權衡利弊，最後兩害相權取其輕。

對著冷若冰霜的宋老夫人，宋銘細細解釋。「暖暖若是嫁給其他人，大概會過得更輕鬆一些。」

「肯定！」宋老夫人挑刺。什麼叫大概，肯定更輕鬆。

宋銘無奈，從善如流。「肯定更輕鬆自在，然而千金難買心頭好，那個人會是暖暖喜歡的人嗎？」

說話時，宋銘細細盯著宋老夫人，不肯錯過一絲一毫變化。

宋老夫人臉色更沈，卻沒有反駁。

宋銘心下一嘆。魏闕說暖暖亦喜歡他，宋銘將信將疑。這丫頭不是喜歡季恪簡嗎？不過宋老夫人的反應讓宋銘不得不相信，小女兒真的喜歡魏闕。

宋銘心情有一瞬間的微妙。當初季恪簡婉拒之後，一度讓他擔心女兒走不出來；目下看來是他杞人憂天，他的女兒拿得起，放得下。

然而若非魏闕，恐怕她也不可能這麼快放下季恪簡。曾經滄海難為水，除卻巫山不是雲。一般人哪裡入得了她的法眼？

「她若是不識情愛滋味還罷，然眼下兩情相悅，卻因為外界原因而不能在一起，我怕她抱憾終身。」宋銘緩緩道。

這可能是女兒的遺憾，更可能成為魏闕的遺憾，他一朝權勢在手，會不會想彌補遺憾？

這一點，宋銘也不敢斷定。

宋老夫人眉頭緊皺，目光複雜地看著神色平靜的宋銘。

抱憾終身嗎？

宋老夫人垂下眼，凝視手中佛珠半晌，末了幽幽一嘆。「方才暖暖對我說，她相信魏闕，她願意。我問她，明知道這條路不好走，為什麼還是要選？她說，因為她喜歡他。」

宋銘微微一震。

宋老夫人閉上眼。「罷了、罷了，既是她自己選的路，依她便是。」

宋老夫人不知道自己將來會不會在暖暖受委屈時，後悔此時自己的妥協？可眼下除了同意，她別無選擇，「抱憾終身」這四個字對她而言太過沈重。

「母親，」宋銘心頭不忍，溫聲道：「您放心，暖暖會幸福的。」

宋老夫人睜開眼，望著肅容的宋銘，輕輕笑起來。「是啊，咱們暖暖是個好姑娘，老天爺不會虧待她的。」

關峒納悶不已，不知道是什麼消息能讓魏闕高興成這樣？多少年了，他就沒見魏闕笑容這麼燦爛過。

要不是規矩在，他差點就想踮腳伸長腦袋，看看那封信上寫什麼？他正急得險些要抓耳撓腮，就見魏闕拿著信靠近燭火，不一會兒便燒成灰燼。

關峒莫名地心揪了下，好像燒的是他的肉。

終於留意到他神情的魏闕收了笑，目光涼涼地掃他一眼。「你怎麼還在？」

「……」

敢情我之前都是空氣？

這下子，關峒越發對那封信的內容好奇起來。他只知道這信是宋銘派人送來的，他拿進來時，發現魏闕竟然有些緊張，能發現，也虧得自己跟了他這麼多年，換成其他人肯定發現不了。

迎著魏闕驅逐的視線，關峒心塞了下，迫於淫威，只能帶著滿腹疑惑，識趣地躬身告退。

魏闕低頭看著灰燼，嘴角弧度漸漸上揚，眼中流轉著純粹的笑意。

她願意陪他受苦是一回事，然而他可捨不得。身為男子，有責任不讓心愛的姑娘受苦。

她才十五，依著宋家對她的寵愛，起碼要兩年才捨得讓她出閣。

兩年的時日……

魏闕低低一笑，足夠了！

第三十四章

二月初五，宋氏分家。

位於平康坊的齊國公府早已修葺完畢，等著新主人入住。只不過年紀大了，老人家不免喜聚不喜散，故而一直拖延至今，再拖就不像話了，因此分家之事不得不提上來。

當天，除了宋家族親外，梁王也被請來見證，他雖是晚輩，可架不住身分尊貴。此外，宋老太爺又請來先夫人娘家柳氏以及宋老夫人娘家朱氏，並幾個兒媳婦的娘家人。

大廳內濟濟一堂，寒暄過後便進入正題。

宋老太爺和宋老夫人由嫡長子宋大老爺奉養，雖然宋大老爺非宋老夫人親子，可時下規矩如此。

對此柳家人和顧家人十分滿意，誰都知道宋大老爺就是個扶不上牆的爛泥，長房要是交給他，不出幾年就能敗得一乾二淨。幸好宋老太爺身體健朗，而宋子謙也年輕有為，等老爺子駕鶴西去，宋子謙也能獨當一面，正可接過長房的擔子。

之後便是財產分割。依著時下規矩來，長房多得一些，嫡子又較庶子略多一些。被邀請來見證的諸人，對這個結果也沒有疑義。

分家圓滿結束，第二天，宋大老爺就迫不及待回武都。他早就想走了，他向來害怕宋老太爺，要不是分家時，他這個嫡長子不好缺席，一過正月十五，他就跑了。眼下事情辦完，宋大老爺麻溜地帶上貌美姨娘出京。

對此宋老太爺冷眼旁觀。他這兒子被他母親給寵壞，宋老太爺早就對他不抱指望，只要不惹禍，他愛幹麼就幹麼。

宋大老爺走了，小顧氏卻是不離開。早些年她就明白，丈夫靠不住，她只想侍奉好公婆，養大一雙兒女，宋家總不會虧待他們三個。

另一廂，二房開始緊鑼密鼓地搬家，宋嘉禾也在其中。她雖依舊留在這府裡陪伴宋老夫人，不過在齊國公府也有個院落需要她佈置，畢竟偶爾她也要回去住兩宿。

搬家之後是宴客。在國公府住了幾日，宋嘉禾便打算回去宋府，正要去辭行，就在花園遇上宋子諫和魏闕。

望著迎面走來的魏闕，宋嘉禾腳步頓在原地。

這還是自上次見面後頭一次碰面，她聽說他去了宛平縣公幹。

這幾天宋嘉禾不是沒想過，再一次見到他，會是在什麼樣的情況下，她又該用哪種表情應對。然而事到臨頭，她的腦子裡突然一片空白，竟是有些手足無措。

眼見魏闕越來越近，宋嘉禾才如夢初醒般回過神來，伸手扶了扶金釵。雖然忙了一天，不過天生麗質難自棄，她覺得自己現在的狀態還是可以見人的，就是這麼自信！

扶好金釵，宋嘉禾瞬間淡定下來，輕輕一整衣袖，款步上前，屈膝行禮。「二哥、三表哥。」

將她小動作盡收眼底的魏闕眼底都是笑意，還禮道：「禾表妹好。」

一旁的宋子諫看了他一眼，有些狐疑，好像哪裡不對勁。

「今日三表哥要留下用膳，麻煩妹妹叮囑廚房多做幾道菜。」宋子諫對宋嘉禾道。

宋嘉禾乖巧地點點頭，蝶翼般的羽睫輕輕一顫，抬眸看著魏闕。「三表哥喜歡吃什麼？」

迎著她詢問的目光，魏闕嘴角的弧度不自覺擴大，玩笑一般道：「有肉就行。」

宋嘉禾點點頭。練武之人似乎都如此，如宋銘和宋子諫也偏好肉食，還得味重。為了二人身體健康著想，她打算讓廚房做不少有肉味的蔬菜。

「最喜歡哪種肉？」

豬肉、牛肉、羊肉、鹿肉、麃子肉、獐子肉……能吃的肉品眾多。

魏闕笑意加深。「鹿肉。」

她猜也是，畢竟他烤的鹿肉那麼好吃，簡直是人間美味，不想還好，想想，口水都要流出來了。

宋嘉禾忽然眼前一亮，喜孜孜地盯著魏闕。

她以後不就可以光明正大地要求他烤鹿肉給她吃了？想想就覺得好幸福。

魏闕笑看著宋嘉禾。

陷於美食中的宋嘉禾被他看得有點臉熱，暗自唾罵一聲沒出息，定了定心神，十分矜持地頷首。「我這就讓廚房去安排。」

「有勞表妹。」魏闕抬手一拱，隨即他十分自然地掏出一枚雨花石。「此去宛平，偶然所得，還望表妹不要嫌棄。」

宋嘉禾展顏一笑，大大方方行一禮，然後雙手接過。「多謝表哥。」

這笑落在魏闕眼裡，猶如煙花綻放一般絢麗。他喜歡這樣明媚嬌俏的宋嘉禾，更喜歡她隱在眼底的羞怯。不同於以往她看他的眼神，純粹、清透、歡喜，卻獨獨少了女兒家的嬌羞。

宋嘉禾心滿意足地走了，留下喜上眉梢的魏闕以及呆若木雞的宋子諫。

剛剛到底發生了什麼？

二人落落大方，大方到宋子諫都覺得自己要是懷疑二人有私情，是他自己太齷齪，可他們這樣分明不合常理啊……這樣喜形於色的魏闕，他聞所未聞，見所未見。

宋子諫望一眼嫋嫋娉娉離去的宋嘉禾，警報終於慢了一拍才拉響。他之前就有所猜測，可看魏闕又無後續反應，他只當自己胡思亂想。

他果然太天真！魏闕到底做了什麼？看妹妹那反應，分明是中意他，長輩知道嗎？

洶湧而出的疑問使得宋子諫勃然變色，再看魏闕，目光已從相見恨晚變成審視。之前看他什麼都好，如今再看什麼都有毛病。

年紀太大，比他還大！

武將太危險！

聚少離多！

魏家亂！

還摳門兒！竟然只送一塊石頭！

離開的宋嘉禾忍俊不禁。二哥現在肯定愁腸百結，其實她不是故意要刺激他的，她就是想過去打個招呼嘛，哪知道會演變成那個局面。

他都遞過來了，她哪好意思不收，對吧？

宋嘉禾低頭端詳那塊雨花石，心想這塊石頭有什麼特別的，還大老遠帶回來？她研究了一路，好像就是一塊普通的石頭。

宋嘉禾鼓著臉，瞪著那塊雨花石。雖然禮輕情意重，可他也不能送一塊破石頭給她吧？太沒誠意了！

不都說男人願意為女人花錢，不一定是喜歡她，可不願意花錢，肯定是不喜歡。

宋嘉禾拒絕接受這個可能，不死心地繼續研究這塊石頭，試圖研究出個中玄機來。

青畫心裡涼涼的。以前好歹送過姑娘一整套紅寶石頭面呢，這會兒怎麼就變成石頭，這待遇也降得太快了吧。

正當她為主子抱不平之時，忽而聽見啪嚓一聲，只見宋嘉禾不知怎麼操作的，那塊巴掌大的雨花石應聲而開。

姑娘莫不是惱羞成怒，捏碎了石頭？

這是青畫第一個反應，定睛一看才發現，這石頭竟是空的，裡頭還掉出一塊翡翠。

宋嘉禾眨眨眼，拿起凹凸不平的翡翠檢視起來。上好的老坑種翡翠，明亮青綠，只不過，這形狀好像有些怪。

心念一動，宋嘉禾將這塊玉平放在手心，舉遠一看，雙眼不由自主睜大。

從這個方向看過去，那塊玉就像一塊生機勃勃的水田，凸出的是禾苗，凹陷的是水溝。低頭再看分成兩半的雨花石，宋嘉禾的臉突然燙起來，粉色從脖頸一直蔓延到臉上，臉兒瞬間變得紅撲撲的，嘴角也不受控制地上揚。

青畫看得莫名其妙，只好扭頭向青書求救。

瞧著滿臉茫然的青畫，青書恨鐵不成鋼地瞪她兩眼。誰叫她平日不讀書！

那片禾苗田指的自然是姑娘無疑，應了姑娘名字裡那個「禾」字。

如無意外，雨花石隱喻魏三爺，她偶然間聽別人喚過魏三爺的字，「鴻磐」一意為高高的山石。

這份禮物著實用心，尤其是這寓意更好。

宋嘉禾拍了拍臉，為了維持矜持的形象，把嘴角弧度往下拉一點，歡聲吩咐。「給我找個盒子來。」

青書翻出一個精緻的紫檀木錦盒，宋嘉禾將翡翠和雨花石一同放進去，還落了鎖。

「我要去廚房看看。」

且說宋子諫，到了書房就迫不及待地追問。

魏闕十分配合地「招了」，末了還朝他作揖，一臉誠懇。「日後還請表弟多指教。」

他不想指教，只想揍人！

宋子諫的心情是悲憤的。他那麼乖巧、那麼體貼、那麼漂亮……的妹妹竟然就這麼被叼走了！

對於宋子諫的悲憤，魏闕心知肚明。之所以告訴宋子諫，因為他不想宋子諫繼續為宋嘉禾挑人，宋子諫倒是個好兄長，一直都在為她留意適齡兒郎。

稍晚一些，宋銘回府，幾人在書房待了約莫小半個時辰，也不知說了些什麼，說著說著，便到了晚膳時分。

三人便前往宴廳。待菜上來後，從宋銘到宋子諫再到魏闕，俱是如出一轍的沈默。

宋嘉禾準備了一桌石頭宴，有石鍋烤鹿肉、石頭炒雞蛋、石頭桂魚、石頭鱔魚、石頭肥腸、石鼓肉……

宋子諫頭一次知道，自家竟有這麼多石頭菜。他努力克制自己，仍壓不住上翹的嘴角。幹得漂亮！他送一塊石頭，妹妹還他一桌石頭，滴水之恩，湧泉相報！

魏闕勾唇一笑，老神在在坐在那兒，並沒有宋子諫料想中的尷尬，心想，她應該發現其中機關了。

宋銘的目光從宋子諫身上轉到魏闕臉上，道了一聲。「家常小菜，不要嫌棄。」

魏闕親自端酒壺為宋銘斟酒。「還是頭一次見到這般別出心裁的菜式，今日我有口福了。」說話間，也替宋子諫倒了酒。

說實話，宋子諫有些不自在，畢竟在衛所裡，魏闕是他上司。可再想想，又覺底氣十足。端看父親對他的態度，顯然長輩已經默認他和小妹之事，也就他還被蒙在鼓裡。

石頭宴味道還不錯，酒足飯飽，閒話幾句後，宋銘無視魏闕隱含深意的目光，吩咐宋子諫送客。

魏闕默默收回視線，心想，還是得趕緊定下名分，如此他才能光明正大地見她，就是宋家人也不好阻攔。

轉眼間，就到了魏歆瑤的及笄禮，宋氏姊妹應邀前往。

數月不見，魏歆瑤依舊豔光四射，光彩照人。哪怕大多數人都心知肚明，她這兩個月病重不出，其實只是藉口，而是被家裡禁足。然沐浴在眾人目光下的魏歆瑤，依舊脊背挺直，下顎微揚。

她永遠都是如此驕傲，哪怕做了虧心事，也不會低頭。

宋嘉禾看了一眼，就和旁邊的小姊妹說笑起來。

只有魏歆瑤自己知道，她內心並沒有她表現出來的那般鎮定自若。

母妃不知因何觸怒了祖母，被關進庵堂，就連她及笄這樣重要的日子，都沒被允許露面。大哥夾著尾巴做人，都不敢為母妃說一句好話。

她不過是在院子裡關了兩個月，再次出來卻發現，外頭發生了翻天覆地的變化。她覺得王府的氣氛不同尋常，卻又說不上那兒不尋常，這種感覺非常不好。

魏歆瑤眉心微皺。錯眼間，瞥見人群中的許硯秋，倏爾握緊拳頭，指甲陷進手心而不自知。

這次出來最讓魏歆瑤不能接受的是，季恪簡好事將近，牽線搭橋的還是她大哥魏閎。她跑去質問大哥，明知她的心意為何還要促成季、許聯姻？她覺得遭到來自至親的背叛。

魏閎卻道，正是因為她愛慕季恪簡，所以他才要促成這樁婚事。

魏歆瑤對季恪簡窮追不捨，她的身分和性子擺在那兒，想和季家結親的人家少不得要掂量一下，萬一日後被她找麻煩怎麼辦？

魏閎瞭解自己妹妹，她毫不遮掩對季恪簡的心思，可不就是打著嚇退別人的主意。起先，魏閎聽之任之，也是想著自己妹妹國色天香，又出身尊貴，保不定季恪簡就心動了。若得季恪簡這一妹婿，對他而言也是百利而無一害。可結果證明他太高估魏歆瑤的魅力，季恪簡對魏歆瑤避之唯恐不及，魏歆瑤的咄咄逼人甚而得罪了季家。

同時，他小舅子莊少遊胡鬧，隨父兄征戰時，救下一名落難的世家女。

莊少遊對那女子一見鍾情，將人悄悄養起來，去年被許家偶然之下發現，當時那女子已經有了四個月身孕。這事鬧得頗大，莊家處置那女子後，拉著被動了家法的莊少遊去許家負荊請罪。

然而許家人疼女兒，說什麼也要退婚，哪怕莊家許諾得天花亂墜，許家咬定了要退婚。莊家無法，只得退婚，兩家反目成仇。

許家一家子都是能人，他家老太太還是他魏家嫡親的姑奶奶。

這兩樁對他皆非益事。在他岳父的建議下，魏閎婉轉試探雙方，發現兩家的確都有那麼點意思，只不過在觀望中，他便順勢為季、許兩家牽線搭橋，既是彌補，也是示好。

因為此事，魏閎發現梁王終於給了他好臉色看，可見父王也是贊同此舉的。

魏閎絕對不允許有人扯他後腿，哪怕這個人是魏歆瑤，於是他鄭重其事地警告魏歆瑤不許胡來。

憶及那一幕，魏歆瑤只覺得一股怒氣在胸腔裡橫衝直撞，她死死地握緊拳頭。

她是魏家的女兒，到頭來卻要她遷就忍讓別人，這是什麼道理？她不服，她不甘心！論家世、論容貌、論才華，許硯秋哪一點比得過她，憑什麼季恪簡寧願娶她也不要自己？

魏歆瑤眼底驟然迸射出的凶光嚇得上禮的正賓抖了一下。她垂下眼，濃密的睫毛遮住眼底翻湧的情緒。

心頭發涼的正賓穩了穩心神，繼續頌讚。「令月吉日，始加元服。棄爾幼志，順爾成德。壽考惟祺，介爾景福。」（注）

禮成之後，梁王起身對眾賓客道：「小女笄禮已成，多謝諸位前來觀禮。」

眾人忙還禮。至此，及笄禮結束，眾人四散。

宋嘉禾心頭沈甸甸的。

「嘉禾？」許硯秋見宋嘉禾的臉色有些難看，不禁喚她一聲。她二人一見如故，頗合得來，時有往來。

看著她，宋嘉禾就想起剛才浮光掠影般的那一瞥。這輩子，魏歆瑤恨不得除之而後快的人變成許硯秋了。

魏歆瑤之美，豔如牡丹；許硯秋之美，淡若秋菊。乍看之下，許硯秋不及魏歆瑤美貌，可看了一會兒後就會發現她越來越美，許硯秋五官柔和，觀之可親，屬於耐看的面相。

眼下，各有千秋的二人相對而立，引得周遭眾人的視線控制不住地往這邊瞄。連話都顧不得說了，氣氛突然變得安靜下來。

「恭喜郡主。」宋嘉禾笑盈盈道喜，彷彿沒察覺到空氣中的尷尬。

同桌的宋嘉淇、舒惠然等人也忙端起酒杯向魏歆瑤道喜。

魏歆瑤美目一掃，掠過諸人，笑意不達眼底。人以群分，物以類聚，這桌坐的都是不怎麼和她合得來的人。

她的目光最後定在許硯秋臉上。怪不得許硯秋能和她們交好，一群人還附庸風雅結了個勞什子的詩社。

魏歆瑤嘴角掀起一個輕嘲的弧度，她微微抬起下顎，對許硯秋道：「我也在此恭賀許表姊得了如意佳婿。」

許硯秋的祖母是魏歆瑤的姑祖母，兩人亦是表姊妹。

「如意佳婿」四個字，幾乎是從牙縫裡蹦出來的，說話時，魏歆瑤眼角泛著淺淺紅色，也不知是酒意還是怒意？

許硯秋笑容如常，心下卻是吃了一驚，不想她會如此不分場合。憶及她之前的所作所為，倒也不驚訝。自古「情」這一字最容易讓人失去理智。

注：引用自《儀禮》。

說實話，一開始她對這門婚事並不十分滿意，倒不是季恪簡不好，而是因為魏歆瑤。她不喜歡麻煩，只不過家中長輩十分滿意這門婚事，又寬慰她，這婚事是魏閎牽的線，梁王那兒也是樂見其成，魏歆瑤不足為懼。

母親也說，季恪簡乃人中龍鳳，季家是難得的正派人家，端看寧國公便知一二，如此，她也只好應下。

「郡主莫要取笑我了，今日是郡主的好日子，我先乾為盡。」說著，許硯秋舉了舉酒杯，一飲而盡。

在她臉上，魏歆瑤看不見得意之色，目光沈沈地盯著她。「這樣大好的日子喝一杯又算什麼誠意？」她一扯嘴角，抓過一旁的酒壺倒酒，酒杯滿了之後，她也沒有收手，琥珀色的酒液倒在許硯秋白皙的手上，又滴滴答答落在地上。

「瞧我，喝多了，反應也慢了，還請見諒。」魏歆瑤似乎剛發現一般，提起酒壺。

許硯秋笑了笑。「那我恭敬不如從命。」說罷，又飲完杯中酒。「這一杯祝郡主身康體泰。」

「表姊好酒量。」魏歆瑤皮笑肉不笑，再次倒了一杯酒，這次倒是沒再不小心灑在許硯秋手上。

看一眼酒杯，許硯秋抬頭看著眼含挑釁的魏歆瑤，輕輕一笑，再次道：「這一杯祝郡主萬事如意。」

萬事如意？她不能如意，還不是因為她！

魏歆瑤驟然握緊手，手背上的青筋若隱若現，她眼神一利，眼周紅色更盛。

宋嘉禾心裡打了個突。魏歆瑤這是酒喝多有些失常了。她瞄一眼門口，使眼色讓人去找莊氏。這廳裡坐的都是未出閣的姑娘們，莊氏在另一個廳內。

說曹操，曹操到。

「可算是找到七妹，外祖母正尋妳呢！」莊氏像是沒發覺廳內凝滯的氣氛，笑容滿面地走過來，隨後半摟著魏歆瑤的肩膀，含笑在對座眾人道：「對不住了，那邊長輩正等著，我先帶七妹過去見過長輩，妳們自便，缺什麼，只管吩咐下人。」

眾人連忙客氣了幾句。

魏歆瑤察覺到莊氏按在她肩膀的力道。

就那麼怕她開罪許硯秋？堂堂世子夫人卻怕起一個區區許氏來，簡直是滑天下之大稽！

莊氏加重幾分力道，柔聲對魏歆瑤道：「七妹，咱們走吧。」眼底帶了幾分央求。

魏閎近來不受梁王待見，梁王反倒日漸倚重魏廷、魏闕，下面幾個兄弟也逐漸入朝掌權。

魏閎這世子之位坐得遠不及外人想像中那麼舒服。無論是許家還是季家都手握重權，是魏閎迫不及待想拉攏的對象。魏歆瑤這個做妹妹不幫忙就算了，反而在這兒添亂。季家和許家的婚事，那是魏閎牽線搭橋促成的，她刁難許硯秋，可曾想過魏閎的顏面？

莊氏都想剖開她腦袋看看，裡面裝了什麼？之前還覺得她懂事，可近來是怎麼了，糊塗事一樁接著一樁。

魏歆瑤咬緊牙，垂著眼隨莊氏離開。

魏家姑嫂二人離開後，廳裡才重新熱絡起來，只不少人偷偷覷著許硯秋，不無同情之色。

許硯秋坦然自若，側臉朝宋嘉禾輕輕一笑。她看見宋嘉禾的小動作了，莊氏能來得這麼及時，大概是她的功勞。魏歆瑤到底是郡主，許硯秋也不想在大庭廣眾下和她鬧得太難看，讓家裡難做。

宋嘉禾彎了彎眉眼，明媚一笑；許硯秋也笑起來。

在這之後，魏歆瑤再沒來過這邊。

曲終人散，各自離開。

回程的馬車上，宋嘉淇嘀咕。「她這是還沒死心？」

宋嘉禾與宋嘉晨心知肚明，這個她指的是魏歆瑤。

宋嘉禾靠在隱囊上，手裡來回滾著兩個蘋果。

死心？她魏歆瑤是這麼容易死心的人嗎？

當年她都和季恪簡訂親，就是魏歆瑤自己也有婚約在身，還不是照樣陰魂不散。

梁王府裡，莊氏正語重心長勸著魏歆瑤。梁王妃被關在家廟裡，她這個做長嫂的不想管也不成，畢竟這事已經牽涉到魏閎的利益。

魏歆瑤頭疼欲裂，她不耐煩地揉著額頭，懨懨道：「我知道了，大嫂，我頭有些疼，我想休息了。」

莊氏一頓，望著已經閉上眼的魏歆瑤，心裡有些不舒服。「那妳好好休息吧。」

隨著關門聲響起，魏歆瑤騰地一下坐起來，片刻後高喊一聲。「拿酒來！」

丫鬟想勸，只一對上她冷若冰霜的臉，打了個寒噤，一個字都不敢多說，趕忙去取酒。

酒入愁腸愁更愁！

覺得五臟六腑都在燒的魏歆瑤，跌跌撞撞地往外走，喝斥要跟上來的丫鬟。「滾！」

「郡主！」丫鬟們戰戰兢兢地看著她，月色下魏歆瑤姣好的容顏扭曲而猙獰。

「誰敢跟上來，我殺了她！」一句話嚇得所有人僵在原地，她們知道，魏歆瑤不是在說笑。

魏歆瑤哼笑一聲，搖搖晃晃往外走。暮春的夜風還有些涼，吹在人臉上，冷颼颼的。她卻是一點都不覺得冷，只恨不能來一陣狂風暴雨，澆滅她心底那把邪火。

從小到大就沒有什麼是她得不到的，唯獨季恪簡……只有他，她都這麼努力，甚至卑躬屈膝去討好，為什麼他還是棄她如敝屣？

為什麼?!

魏歆瑤恨啊，恨季恪簡絕情絕義，更恨自己自甘下賤。想娶她的人猶如過江之鯽，可她偏偏栽在一個不愛她的男人身上，都這樣了，她還不捨得放手。

「妳為什麼要這麼作踐自己？」魏歆瑤坐在假山上，死死攥著拳頭，花瓣一樣的下唇被她咬得發白。

嗚嗚咽咽的啜泣聲隨著夜風飄出，好半晌，哭聲才停，臉埋在膝上的魏歆瑤抬起頭，用力抹了一把淚，隨著眼淚被抹去的還有脆弱。她緩緩站起來，慢條斯理地整了整衣裳。

既然忘不了，那就得到他；若是得不到，那就毀了他！

魏歆瑤微微抬起下顎，嘴角一掀，面上浮起一抹笑容，豔中帶妖，月色灑在她皎潔如玉的臉上，透出一種別樣的陰森。

這笑落在李石眼裡，令他耳畔轟鳴炸響，全身血液都為之凝滯。直到魏歆瑤腳下一個不穩，腦中一片空白的李石飛身而出，驚險接住了摔下假山的魏歆瑤。

驚魂甫定的魏歆瑤聽見他劇烈的心跳聲，一抬頭，入眼的就是一張平凡無奇的面孔，眼底是滿滿的後怕和慶幸。撞上她的目光，那人臉色潮紅，連呼吸都急促起來。

魏歆瑤厭惡地皺了皺眉頭，冷斥道：「放手！」

李石一驚，手足無措地放下她，還往後退了幾步，單膝點地，拱手道：「郡主恕罪！」

隨著他的動作，一個錦盒從他胸口掉出，落在地上，裡面的鏤空金簪恰好摔出來，在月光下反射出冷冷的光芒。

李石大急，趕緊撿起來，卻沒塞回去，而是無措地拿在手上，偷偷看了魏歆瑤好幾眼。

魏歆瑤瞇了瞇眼，腦袋有些昏昏沈沈。若是往日，她肯定一眼都不會多看這種人，在她身邊，這樣的癩蝦蟆太多了。

只不過她今日喝了酒，心情正不好。

「怎麼，這是你要送給我的？」魏歆瑤似笑非笑地垂眼看著跪在地上的李石。

李石身體一顫，手心裡都是密密麻麻的汗，嘴唇開合了下，卻是一個字都吐不出來。

魏歆瑤輕嗤一聲，低頭打量他，看清他身上穿著之後眸色一深。「你是誰？怎麼會在這兒？」

原以為是巡夜的侍衛，可他穿的並非魏家侍衛服。

魏歆瑤往後退了幾步，戒備地看著他。

「屬下沒有惡意，郡主放心。」李石慌忙解釋。

這點魏歆瑤倒是相信。若有惡意，他早就動手了，她不耐煩地再問一遍。「你到底是誰？」

猶豫了下，李石不由自主般，低聲道：「屬下乃神策營校尉李石。」

神策營？

魏歆瑤頓了一瞬。三哥的人？

四月初七，少帝楊瑀十四歲生辰，到底少年心性，突發奇想在木蘭圍場的行宮內慶生。

少帝自登基以來，謹小慎微，安分守己，這是他第一次對梁王提出要求。梁王欣然應允，傳令三品以上文臣武將可攜眷同往。

京中權貴接到消息，便開始準備行囊，宋嘉禾和宋嘉淇也隨著伯母小顧氏出發。

宋老夫人因年紀大了，不愛折騰，反正她去了也是坐在營帳裡與人閒聊，還不如待在府裡舒服，故而不去木蘭圍場；而林氏因身子不好也沒有前往。宋嘉卉就是林氏的命根子，眼下命根子被關在別莊，她鬱結於心，這陣子身上一直都不爽利。

晌午時分，浩浩蕩蕩的隊伍抵達木蘭圍場，休整用膳後便開始行獵，由少帝開了第一弓之後，大夥兒三三兩兩而開。

「咻——咻！」

握著弓的宋嘉禾鬱悶地吐出一口氣來。只差那麼一點點。半口氣還在胸口，她忽而瞪大眼，只見那頭從她箭下逃過一劫的麃子在幾丈外中箭倒地。

宋嘉禾扭頭看向身旁的宋嘉淇，以為是她補了一箭，卻見她擠眉弄眼，一臉怪笑地指了指後面。

心念一動，宋嘉禾扭頭，就見魏闕驅馬上前，眉眼溫和帶笑。

宋嘉淇大為稀罕，她還是頭一次見到這般和顏悅色的三表哥，果然啊，百鍊鋼成繞指柔。

「三表哥。」宋嘉淇在馬背上行一禮，然後非常識趣地拉起韁繩要離開。

這兩人見一次面著實不容易，她就不惹人厭煩了。走出兩步，發現還有一個沒自覺的人，宋嘉淇對他眨眨眼。

丁飛莫名其妙看著她，指了指自己，無聲詢問。

宋嘉淇重重點頭。真笨！

丁飛感到奇怪，不自覺就跟上去。

宋嘉淇滿意地點點頭，回頭朝宋嘉禾曖昧一笑。

宋嘉禾感到好氣又好笑。明明很自在的，被她這一弄，反倒不好意思起來。

魏闕低低一笑，聲音醇厚低沈。

宋嘉禾莫名覺得耳朵有些燙，她伸手摸了摸，偷偷拿散髮蓋起來。

魏闕笑意漸濃，這時候魏闕的侍衛撿回灌木叢裡的野兔，交給宋嘉禾的護衛。

宋嘉禾非常正直地拒絕，一本正經道：「這是表哥打到的。」

魏闕笑看著她。「我的就是表妹的。」

一眾護衛。「……」不要以為聲音低我們就聽不見。

宋嘉禾臉紅紅地看著他，雙眸晶瑩剔透，猶如上等的黑珍珠。

「那我的呢？」宋嘉禾歪了歪頭，步搖上的蝴蝶隨著她的動作輕輕顫動，乍看之下似乎活了過來。

「還是妳的。」

宋嘉禾試圖不要讓自己笑得太得意，可惜嘴角忍不住彎起來。

算了！她也不為為難自己了，順應本心，露出一個大大的笑容，絢爛如花。

魏闕心神微微一晃。

「表哥今日收穫不錯。」一眼望過去，侍衛馬背上滿滿當當。略一想就明白過來，今日梁王也在，他自然不能落於人後。

「有什麼想要的？」魏闕柔聲問她。

宋嘉禾揚了揚下巴。「我要什麼自己會打。」又想起剛剛失手，窘了下。「方才那是意外，意外！」

魏闕理解地點點頭。「人有失手，馬有失蹄。」

還挺會說話。宋嘉禾溜他一眼，撞見他縱容的目光，心跳莫名漏了一拍。她扭過頭，揉揉鼻尖。

魏闕臉上笑意更深，他驅馬靠近宋嘉禾，兩人之間只留下一個馬身的距離。「那禮物還喜歡嗎？」

「什麼禮物？」宋嘉禾明知故問。

魏闕笑看她。

宋嘉禾狀似恍然。「表哥說的是那塊鵝卵石？我放在魚缸裡了，我家魚兒特別喜歡。」

「放在魚缸裡了？」魏闕挑眉。

宋嘉禾眨眨眼，表情無辜。「對啊！不能放魚缸嗎？」

魏闕低低一笑。「表妹開心就好。」

宋嘉禾得意地拉了拉韁繩。誰叫你故弄玄虛。

「行獵時當心些。」魏闕忽然溫聲叮囑，看著她的眼睛道：「暖暖，我不會讓妳等太久。」

暖暖，這還是他頭一次喚她小名，似乎格外不一樣，又說不上哪兒不同？

慢了一拍的宋嘉禾反應過來他話裡的含義。「你要……」

「六姊！」宋嘉淇的聲音遠遠傳來，打斷她的疑問。

「有人過來了，我先行一步。」魏闕歉然道。

宋嘉禾抿抿唇，又若無其事笑起來。「表哥快走吧！」

魏闕心頭一鈍，眼底飛快閃過幽光，對她頷首一笑後，驅馬離開。

宋嘉禾眉心皺起來，莫名地有種不太好的感覺。

月色如水，絲竹管弦聲不絕於耳，身姿曼妙的舞娘翩翩起舞。

行宮外的空地被篝火映照得亮如白晝，堆堆篝火前是一張張笑盈盈的臉龐，金釵曜日，環珮叮噹。

宋嘉禾熟練地刷著油，一舉一動之間頗有大廚風範，面前那隻焦黃的麃子散發出陣陣勾人噴香，令人垂涎欲滴。

「好了嗎？能吃了嗎？我可不可以先吃一塊？」宋子諺眼巴巴盯著香噴噴的麃子，兩隻大眼睛閃閃發光，要不是宋嘉禾盯著，早就上手抓了。

「再等等，馬上就好！」

宋子諺嚥了嚥口水。「馬上是多久？」

宋嘉禾捏捏他的鼻子。「背三遍三字經那麼久！」

宋子諺想也不想，張嘴就開始背，語速飛快，逗得宋嘉禾樂不可支。

漫說宋子諺，就是旁邊都有不少人被這香味吸引，忍不住看過來，幾個與宋嘉禾相熟的人更是笑嘻嘻地湊上來。

「這麃子好大！」

「嘉禾手藝真好！」

「要不要我們幫幫忙啊？」

……

宋嘉禾哪不知道她們打的什麼主意，一翻白眼。「排隊、排隊。」

話音才落，一個比一個笑顏如花。

片刻後，吃上肉的姑娘還不忘拍馬屁。「一陣子沒吃，想不到嘉禾廚藝見長。」

分著肉的宋嘉禾動作一頓。哪是她的手藝好，都是調料好。和魏闕攤牌後，頭一個好處就是再也不用擔心調料不夠吃，現在她可以理直氣壯跟他要。

一個麃子分量不小，可姑娘們食量更大，好幾個還吃得意猶未盡，攛掇著宋嘉禾再烤一隻。

宋嘉禾才懶得伺候她們，把調料一給，挑眉道：「要吃自己去弄。」

不等她們慘叫完，她就遁逃了。

從淨房回來的路上，宋嘉禾遇上臉色不好的季夫人，忙上前道：「姨母不舒服？」

見了她，季夫人溫和一笑。「有些頭疼，回去歇一歇。」

大概是趕了一路，又吹了點風、喝了點酒，她這頭就疼起來。

季夫人臉色有些白，眉心微微皺著，宋嘉禾擔心道：「要不尋御醫瞧瞧？」

縱然她和季恪簡此生無緣，但她忘不了季夫人待她的好。無論前世今生，季夫人待她都頗為親厚。

季夫人笑了下。「不過是累著了，不值當如此興師動眾，回去歇一歇就好。」

「那我送您回去。」宋嘉禾順手扶住季夫人的胳膊。

她們說著話回屋。此次來了不少人，行宮地方有限，故而只有少數人家能在行宮裡得一院落。以季家的地位，自然也有一落腳處，其餘人就沒這運氣了，只能在行宮附近安帳篷勉強應付幾日。

一路上，季夫人一字不提林氏。半年下來，足夠季夫人發現林氏和宋嘉禾間的問題。季夫人不是沒勸過林氏，十根手指頭有長有短是人之常情，只偏頗太過就傷人心了。可她妹妹那性子，有時候讓人無話可說得很。勸不過，她也懶得管了，只不過格外疼惜宋嘉禾一些。

越是接觸，季夫人就越是不明白林氏，若給她一個這麼漂亮又活潑懂事的閨女，她可不得含在嘴裡怕化了，捧在手心裡怕摔了。

聽聞母親不適，季恪簡不敢怠慢，立刻隨著報信的丫鬟前往西苑。

眼下時辰尚早，人們都還在外頭尋樂子，西苑便顯得有些空蕩蕩。

長廊空蕩蕩，只有兩人的腳步聲。牆下花架上開著不知名的紅花，香味濃郁甜膩。

季恪簡劍眉微皺，腳步忽而一滯，一股灼熱自腹中升起，彷彿一團火在燒。他心頭一凜，停下腳步。

帶路的丫鬟回頭，正對上季恪簡陰鬱晦暗的目光，駭了一跳，不自覺往後退了好幾步，目光閃爍不定地看著他，試探著喚一聲。「世子？」

季恪簡眼底掠過濃重的陰霾，抬腳要往回走，方走出兩步，便覺一陣頭暈目眩。恰在此時，一丈外緊閉的房門從裡面忽然打開，從屋裡掠出一人，襲向季恪簡。

季恪簡一驚，抬手要擋，然渾身無力，連抬手都是咬牙堅持。不過兩個來回，季恪簡便被人拉進房門，落鎖聲響起。

屋內只點了一盞豆大的燈，有些昏暗，橘黃色的燈火中，一名女子緩緩走向季恪簡。薄薄紅紗下的玉體玲瓏有致，只消一眼就能令人血脈賁張，裸露在外的雪臂玉足白皙勝雪，猶如最上等的羊脂白玉。

季恪簡背抵著門，抵抗著在體內蔓延到四肢百骸、幾乎就要噴發而出的炙熱，豆大的汗水沿著他的面頰不住往下淌。

魏歆瑤抓著薄紗的手在抖。再是大膽，她也未經人事，哪能不膽怯？望著渾身都在打顫的季恪簡，魏歆瑤突然覺得有些悲哀。即使中了媚藥，她都這樣了，他依舊不看她一眼。

他就那麼看不上她！

強烈的不甘湧上心頭，魏歆瑤咬咬唇，手一鬆，薄紗落地，少女完美無瑕的身體暴露在空氣中，豔色淋漓。

宋嘉禾送季夫人回屋，略坐一會兒便告辭。不經意間，就見一名丫鬟躲在花架後面探頭探腦地張望，專心到連她們靠近都沒發現，不禁狐疑了下。

一時之間也不知該留還是該走？正踟躕間就聽見「砰」一聲異響，只見季恪簡自那扇被踢開的門內走出來，他雙目赤紅，左手不斷往下淌著鮮血，滴滴答答落在地上。

宋嘉禾駭然失色。

躲在花架後的丫鬟亦是大吃一驚。郡主命她聽得動靜後大喊來人，可這會兒季世子才進去那麼一會兒工夫，正猶豫著到底要不要喊？正當她打算豁出去大叫時，就覺脖頸一麻，兩眼一翻地栽倒在地。

「季表哥！」宋嘉禾小心翼翼看著不遠處的季恪簡，不敢靠近。

季恪簡這模樣著實有些駭人，眼珠子紅得充血，原本白皙清俊的臉上一片潮紅，額上青筋畢露。

「別過來！」季恪簡的聲音有些走調，他往後退了一步，靠在牆壁上。

一波又一波的炙熱排山倒海襲來，季恪簡覺得眼前景象出現了重影，唯獨不遠處的宋嘉禾格外明亮清晰，她焦急地看著自己，紅唇開合，似乎在說著什麼？腹下那團火越燒越旺，幾乎要燃盡最後一絲理智。季恪簡用力一撕手臂傷口，登時血流如注。

宋嘉禾腿腳有些軟，隱隱約約有些明白過來，她慌道：「前面左拐有一池塘。」扭頭對青畫道：「快去找姨母。」

劇痛使得季恪簡腦子有一瞬間清明，他踉蹌著往前走，走了兩步就是一個趔趄，險些栽倒。
宋嘉禾嚇一跳，不自覺往前走幾步。
「別靠近我！」季恪簡厲聲呵斥。
宋嘉禾僵在原地，駭然看著他抓起玉簪刺向手臂，頓時血花飛濺。
隨著青畫而來的季夫人趕來時，就見季恪簡坐在池塘裡，水面上露出的面龐慘白如紙，嘴唇更是一點血色都沒有。
季夫人當下目眥盡裂，險些落下淚來。
見季夫人來了，宋嘉禾鬆了一口氣。一路她都提心弔膽，既怕季恪簡失血過多出了意外，又怕他滑進池塘裡窒息，大氣都不敢出，就怕一眨眼出個好歹。
蔓延到水邊的血跡，空氣中的血腥，泡在水中的兒子，無不令季夫人肝膽俱顫，她顫著聲道：「快把承禮扶出來！」
這樣泡下去，萬一泡壞身子可怎麼辦？
幾個膀大腰圓的婆子應聲下水。
「暖暖、暖暖，這次多虧有妳！」季夫人握著宋嘉禾的手，感激涕零。
宋嘉禾忙道：「姨母，現在最要緊的，是趕緊給表哥請個大夫看看。」
季夫人點頭，她抹了一把淚。「這兒有我，妳先走。」
這樣的場合，宋嘉禾一個未出閣的姑娘待著也是尷尬。
對此宋嘉禾求之不得。她對季夫人福了福，低頭就走，眼都不敢亂瞄。將將出了走廊，便聽見一陣繁亂腳步聲，聽動靜人還不少。抬頭一看，就見梁王以及寧國公迎面而來。

宋嘉禾有些尷尬，想也知道兩人為何而來。她向二人行禮，兩人腳步略緩，對她點點頭，繼續闊步前行。

宋嘉禾留在原地，果見一名侍衛脫離隊伍走向她。

來人見過禮後，客氣地詢問當時情況，宋嘉禾知無不言，言無不盡。

末了，來人又含笑道：「此事還請宋姑娘代為保密。」

宋嘉禾笑了笑。「原也不是什麼大事，沒什麼可對人說的。」

對方笑容更明顯了些，暗忖，到底是世家貴女，曉得輕重厲害。

宋嘉禾快步出了行宮，離開這是非地，長長地吐出一口氣來。

季恪簡那情況該是中了媚藥吧？有一陣子她喜歡看話本子，其中不乏幾本禁書。

宋嘉禾懷疑下藥者就是魏歆瑤，想想這還真是她能做得出來的事。只不過並不敢完全確定，當時那情況下，雖然心生好奇，可她並未去那屋裡多看一眼。知道太多未必是好事。

前世，她不記得有類似的事，或者說可能發生了，但是季恪簡沒有告訴她，畢竟也不是什麼光彩的事。

第三十五章

且說魏歆瑤，迷迷糊糊地睜開眼，只見一張枯瘦端嚴的臉近在咫尺，嚇得她不自覺伸手要推。

她明明記得自己忍著羞臊與膽怯走向季恪簡，萬不想他突然拔下玉簪刺向手臂，血花四濺，一部分濺到她臉上、唇上，血腥味撲面而來。她不敢置信地看著自殘的季恪簡，愣神之際就覺眼前一花，劇痛襲來，便什麼都不知道了。

魏歆瑤剛伸出手，猛地反應過來。

許嬤嬤見魏歆瑤醒了，便躬身退開。

被許嬤嬤嚇得元神歸位的魏歆瑤，戰戰兢兢扭過頭，就見梁王負手立在桌前。他一張臉晦暗陰沈，如同潑了墨一般。

魏歆瑤打了一個哆嗦，白著臉顫聲道：「父王。」

煞氣森森的梁王臉色鐵青，冷冷盯著魏歆瑤。

活了大半輩子他就沒這麼丟人過，他的女兒竟然給人下媚藥！

梁王指了指魏歆瑤，氣極反笑。「妳可真夠行啊，魏家的臉都給妳丟盡了！」

魏歆瑤不由自主地抖起來，她翻滾下床，跪倒在地，細細的冷汗布滿全身，腦子裡一片空白。

「說吧，這藥妳哪兒弄來的？」梁王冷聲質問。

御醫查明季恪簡中的媚藥，是種來自苗疆，名喚「逍遙散」的東西，這藥無色無味，單吃並無作用，可吃了之後再聞到一日紅的香氣，便是頂級媚藥，任你再是正人君子也只能被慾望支配故而防不勝防。對於季恪簡能硬扛過去，幾位御醫也十分驚奇。

這種秘藥，不該是魏歆瑤在正常情況下能接觸到的。

頭皮發麻的魏歆瑤，低著頭不敢看梁王，啞聲道：「玄虛庵的裕豐師太給我的。」

她被關在庵堂裡反省，梁太妃還每隔三日派個尼姑來給她講經，一來二去，她便和裕豐師太熟悉起來。

裕豐師太見她愁苦，毛遂自薦為她分憂解難，她給師太百兩黃金，還承諾助她登上住持之位。

梁王使了個眼色，便有人下去處置裕豐師太之事。

「當日妳痛哭流涕在我面前認錯，承諾從此以後安分守己，再不招惹季恪簡和許硯秋，妳祖母亦為妳說情，我便信了妳。」梁王嗤笑一聲。「妳倒好，變本加厲，還做下這等丟人現眼的醜事！既然妳依舊不知悔改，那妳便再回庵堂反省，哪日想明白了，哪日再出來。」

魏歆瑤不哭也不求，她望著梁王的眼裡，只有翻江倒海的不甘心。「我只想嫁給我喜歡的人，這要求很過分嗎？我是魏家嫡女，是父王的女兒，父王坐擁四海，威震天下，為何連女兒這樣一個小小的願望都不願滿足？」

「季恪簡為何不肯娶妳，妳難道不知？」梁王冷聲道：「若非妳當年胡鬧，季恪簡豈會避妳唯恐不及？娶妳之百益，在他看來都不及這一害，種什麼因，得什麼果。也怪我對妳太過縱容，才養成妳這肆無忌憚的脾性，妳要知道，縱使為父我都做不到為所欲為。縱觀歷史，為所欲為的後果只有自取滅亡，便是帝王也概莫能外。」

梁王話裡帶上幾分語重心長，到底是最寵愛的女兒。「妳若是以為身為我女，便可恣意妄為，那是大錯特錯，莫說旁人，便是我也容不得妳！」

千里之堤潰於蟻穴，他不允許任何人威脅魏家千秋大計。

梁王的目光慢慢移到魏歆瑤臉上，她從來沒見過父王這樣看過她，這目光讓魏歆瑤不寒而慄，汗如雨下。

魏歆瑤的結局，宋嘉禾不得而知，但想來梁王不會輕饒她，不由心情大好，抬頭望了望皎潔的月亮，便回屋準備歇息。

白天又是趕路又是打獵的，還擔驚受怕一場，宋嘉禾委實有些累，一沾枕頭就睡過去，直到半夜被一陣激烈的兵械碰撞聲給驚醒。

宋嘉禾霍然坐起來，眼神瞬間清明。

廝殺、吶喊、慘叫……各式各樣的動靜混在一塊兒，鑽過門窗爬進來，隨之而來的還有若有若無的血腥味，讓人骨寒毛立。

「姑娘，大夫人讓您趕緊過去！」青畫慘白著臉跑進來。

宋嘉禾已經披上衣服，手裡還提著一根長鞭，聞言大步往外走。

院子裡很亂，都是被聲音驚醒的下人，倉皇四顧，不只他們這兒，隔壁幾個院子都是如此。

不過幸好混亂還沒蔓延到這邊，宋嘉禾心神稍定。

宋嘉淇、宋嘉晨和宜安縣主前後腳趕到，一群人坐在小顧氏房裡，臉上或多或少帶著驚懼之色。

「父親一定會保護好我們的。」宋嘉禾聲音很平靜，但她心裡遠沒有她表現得那麼鎮定。又是一樁前世沒有發生過的事，意外越來越多了。

宜安縣主故作輕鬆一笑。「可不是，有父親和二伯在，沒什麼可擔心的，左右不過是些亂臣賊子，還能翻起什麼風浪來不成？」

「就是、就是，祖父和二伯父肯定會把那些壞蛋打得落花流水。」宋嘉淇威風凜凜地摸了摸手上的劍，俏皮道：「大伯母和娘別擔心，我會保護好妳們的。」

在這麼緊張的氣氛下，小顧氏和宜安縣主忍不住彎了下嘴角。

被兩個姪女這麼一說，小顧氏一顆心也安定下來。西苑這兒住的都是朝廷勛貴的家眷，連魏家女眷也住在這裡，梁王肯定會派人保護。

西苑的人舉足輕重，發動政變的那些人豈能不知？捉住家眷便可要脅那些重臣，故而一開始就安排了人手，打算第一時間抓人。不想一動手，就發現對方早有準備，被打了個措手不及的人變成他們。

也不知過了多久，一名丫鬟喜極而泣地跑進來。「夫人、姑娘，沒事了，二少爺來了！」

宋子諫身穿銀灰色鎧甲，上頭血色斑駁，宋嘉禾心頭一緊，迎上去。「二哥？」

「我沒事，都是別人的血。」宋子諫對她安撫一笑，隨即朝小顧氏和宜安縣主道：「大伯母、七嬸放心，反賊已經被拿下。」

聞言，一干人等如釋重負地吁出一口氣來。

「二哥，出什麼事了？」宋嘉禾問宋子諫。

梁王占領京城後，為了安定民心，短短時日內也不可能把整個朝廷上下都換掉；加上部分降臣，還有一些梁王意欲收為己用的能臣幹將，故而一些大臣就這麼被留下來。

日積月累下來，坐在龍椅上的少帝楊瑀不甘做傀儡，一些前朝老臣也有心「撥亂反正」，雙方一拍即合，便有了今日晚上的政變。

只不過他們算盤打得精，梁王也不糊塗，他冷眼看著這群人上躥下跳，四處串聯，倒想知道有哪些人生了反骨？

少帝楊瑀縮在牆角瑟瑟發抖，上下牙齒不受控制地顫抖。

此次政變的主導者莫文天愴然淚下，怒指梁王。「魏檁老賊，爾目無天子，把持朝政，黨同伐異，且看蒼天可會饒過你！」

梁王冷笑。「在爾等治下，朝綱混亂，民不聊生。我令老有所依，幼有所養，百姓安居樂業。你說老天是助你還是助我？」

莫文天氣得胸膛劇烈起伏，雙眼瞪大如銅鈴。

梁王哼笑一聲，在莫文天驚愕的目光下，抬手一劍，斬下他的頭顱。頭顱帶著一腔噴薄而出的血液翻滾，正落在少帝面前。莫文天的眼睛還睜著，似乎是不敢置信自己就這麼死了，他可是海內名士。

對上那雙死氣沈沈的眼睛，楊瑀失聲尖叫，同時，一股液體順著他的褲子蜿蜒而下，空氣中也多了一種騷味。

膽小如鼠的黃毛小兒也想做這天下之主？不自量力！

梁王譏諷一笑，目光如電，掃過噤若寒蟬的眾人，所過之處，紛紛避讓，一些膽小的人繃不住地跪倒在地，磕頭求饒。

「凡參與其中者，誅闔族！」梁王一字一頓道。

登時哭喊聲充斥整個大殿，夾雜著撕心裂肺的咒罵。

梁王不以為然一笑。勝者為王，敗者為寇，若今日敗的是他，這些人同樣不會放過魏家。斬草不除根，春風吹又生。

隨著亂黨被帶下去，大殿再次恢復平靜。

魏閎悄悄覷梁王一眼，冷不防撞進梁王陰沈的眼底，嚇得一個寒噤。

梁王冷冷掃他一眼。一切都依計劃行事，唯獨在魏閎這裡出了紕漏，差點功虧一簣。

魏閎額上沁出細細的汗珠，臉色僵硬且難看。

梁王眸光深沈，看了他幾息才移開，再看魏闕時，明顯臉色好轉，望一眼他割裂的袖口，和顏悅色地拍拍他的肩膀。「方才幸虧有你及時出手。」

若非魏闕，他怕是已經被抹了劇毒的暗箭射中。那箭險險劃過魏闕胳膊，幸好沒有傷及皮肉。

魏闕躬身道：「父王折煞兒子了，這都是兒子該做的。」

梁王含笑點頭，看得出來頗為高興，隨後他又稱讚魏廷之勇猛。

魏廷瞥一眼自慚形愧的魏閎，朗笑道：「遠不及三弟威武。」

魏廷誇起魏闕來，這自然是不安好心。就魏閎那比針眼大不了多少的心胸，還不得猜忌死魏闕。

魏廷心下冷笑。今晚的事，事前他一無所知，可看情況，魏閎與魏闕卻是早就知道的，父親果然偏心嫡子。可爛泥就是扶不上牆，事先知道又如何，還不是差點捅出婁子來。

梁王看一眼滿臉欽佩又欣慰的魏廷，若無所覺般繼續下達一條又一條命令。很快，行宮又恢復平靜，不知名的蟲鳴再次此起彼伏。

旭日東昇，霞光落滿大地，一大早人們就忙碌起來，忙著收拾行囊趕回京城。出了那麼大的亂子，誰還有心情給皇帝慶生，何況嚇尿了的小皇帝，已經「病」了。

小皇帝病得無法上早朝，纏綿病榻數日後，少帝楊瑀自稱才疏學淺，德不配位，故而禪位梁王，請他率領文臣武將，造福萬民。

梁王再三推辭，少帝再三懇求，三請三讓的大戲過後，少帝退位讓賢，梁王繼位，日子定在五月初七。

宋老夫人頗有些鬱悶。那天是宋嘉禾的生日，也是她舉行及笄禮的日子，為此，宋老夫人從正月就開始準備，就等著給寶貝孫女辦一場風風光光的及笄禮。

誰知道梁王也看中這一天要舉行登基大典，然而再鬱悶也無法，只得緊急派帖，通知親朋好友改期。

大夥兒都要去參加登基大典，哪有工夫來參加及笄禮，連宋家也是要進宮朝賀的。

宋嘉禾笑嘻嘻地安慰宋老夫人。「可見我生辰好，欽天監都這麼覺得。」

宋老夫人忍俊不禁。一輩子就一次的大事，她能想開就好。

摸著宋嘉禾的腦袋，宋老夫人高興道：「妳的生辰自然是極好的，當初妳出生的時候，我就找明惠師太看過，她說妳是難得一見的好命格，福壽雙全，富貴人間。」

宋嘉禾煞有介事地點點頭。「可不是，我有您疼著，哪能命不好？」

「油嘴滑舌。」宋老夫人戳了戳她的額頭。

到了初七這一日，盛裝打扮過的宋家人便坐上馬車進宮。

梁王身著五爪龍袍，頭戴冠冕，端坐於龍椅上，神情堅毅，目光穿過跪拜在地的文臣武將。三呼萬歲，地動山搖。

登基大典禮節繁冗複雜，結束時已到晌午，至此風雨飄搖的大慶王朝落下帷幕，消失在歷史滾滾車輪下，屬於魏家的時代正式來臨。

梁王定國號秦，建元成德，定都洛陽，設武都為陪都。

金鑾殿上，新帝下旨犒賞群臣並封賞後宮。

梁太妃，眼下該稱呼為宋太后了，一身纁紅鳳袍正襟危坐，眉宇間容光煥發，整個人看起來年輕好幾歲。

魏家終於南面稱帝，她相信要不了多久，她兒的鐵騎就能踏平荊州王氏、揚州吳氏，一統南北，指日可待。

與神采飛揚的宋太后相比，新上任的柯皇后形容枯槁，繁複華麗的鳳袍穿在她身上，彷彿成了重擔，壓得她臉色微微發白。

在場眾人暗暗心驚，皇后竟然虛弱至此，不免各自思量。

皇后忍不住用帕子摀著嘴悶悶咳了兩聲，她喉嚨一動，硬生生吞下那抹鹹腥。

太后看皇后一眼，收回目光，繼續接受命婦朝拜。

拜謁過後，便是普天同慶的盛宴。太后見皇后面如白紙，似乎隨時隨地要暈倒，壓下心頭不滿，和顏悅色道：「這陣子妳累壞了，先下去歇歇吧。」

這樣鄭重的場合，皇后缺席不成體統，可總比來個當場暈倒的好，傳出去像個什麼樣？

皇后不自覺要拒絕，可一陣又一陣的暈眩又讓她無法拒卻，她也怕自己支撐不住，鬧了笑話，故而躬身退下。

清寧宮裡，皇后歪在炕上閉目休養，時不時咳嗽兩聲，忽覺喉嚨一腥，劇烈一咳。

雪白的錦帕上出現一指甲蓋大小的血跡，皇后眼角微微顫抖，險些拿不住手帕。

柯嬤嬤握住她的手，換上一方乾淨的帕子。盯著那塊沾染血污的舊錦帕，柯嬤嬤眼角發酸，眼底浮現水光。打四月起，皇后就開始咳血，入了五月，咳得越來越多。

柯嬤嬤細聲道：「世子、三爺、九爺來了。」

皇帝封賞群臣、封賞後宮，兒子們卻還未封賞，故而魏家兄弟還得沿用舊稱。

皇后睜開眼，眼底的血絲猶如蜘蛛網，盤根錯節。

柯嬤嬤心頭一澀。自從沾上那該死的藥後，皇后身體就越來越差，可勉強還能過得去。然而自被太后關進家廟，皇后的身體急速衰敗下來，眼下這身子就像是深秋枝頭的枯葉，指不定哪天就飄下來。

柯嬤嬤強忍著徬徨和悲意，在皇后身後放了一個靠枕，讓她坐起來。

魏閎三兄弟魚貫而入，行禮過後，依次落坐，宮人立時奉上香茗。

「母后覺得哪裡不舒服？」魏閎滿眼的擔憂和關切。

魏闕也問道：「御醫來過了嗎？」

「娘，」魏聞忙不迭改口：「母后，御醫怎麼說？」

皇后掃過三兄弟，三人臉上是如出一轍的擔憂，她的目光在魏闕面龐上定了定，隨後才虛弱地開口。「老毛病了，剛剛吃了藥丸，好多了。行了，我沒什麼事，前頭那麼忙，你們不用在這兒陪我。」

「反正我過去了也沒什麼意思，我在這裡陪著母后，大哥、三哥你們先走吧。」那種場合，他在不在一個樣，魏聞十分有自知之明。

這話卻是觸到皇后的痛腳，氣憤道：「你以為你還是孩子嗎?你這樣的態度，你父親焉敢委以重任，你就打算一輩子混吃等死做個閒散王爺？」

長子近些年屢遭訓斥，在丈夫面前地位大不如前；女兒荒唐，鑄下大錯，被關起來，何時出來都是未知數；幼子紈袴，只知享樂，毫無建功立業之心。到頭來，最出息的反倒是她最厭惡的次子，戰功卓著，屢立奇功，在丈夫跟前的地位與日俱增。

皇后又急又恨，偏魏聞還說如此沒志氣之話。

魏聞懵住，睜大眼，難以置信地看著疾言厲色的皇后。他不是向來都這樣的嗎？

眼見皇后氣得胸膛劇烈起伏，魏閎連忙上前撫背順氣。「母后息怒，九弟年幼不懂事，兒子會好好教導他的。」

魏聞懵裡懵懂的，倒是已十分知趣地跪下。

「母后息怒，九弟只是一時口誤，您莫要往心裡去。他在上陽為官這一陣子，頗為刻苦，父皇前兩日還誇九弟出去一趟，果然長大不少。」說話的是魏闕。

跪著的魏聞臉色一紅，有些激動又有些羞慚。其實在上陽這段時日，他也是三天打魚，兩天曬網，虧得有幕僚，不過也比在王府時稍微不那麼遊手好閒一點。

皇后怒氣稍止，忽而滾下一滴淚。「你們父親已南面稱尊，我們魏家今非昔比，我既歡喜又擔憂。華側妃母子三人狼子野心，昭然若揭，若他們奸計得逞，咱們母子五人只怕死無全屍。我這副破爛身軀，死不足惜，可你們怎麼辦？每每想來，為娘我都是夜不能寐。」

眼見皇后落淚，魏聞大急，膝行到床畔。「娘勿要這般杞人憂天，大哥長子嫡孫，文成武德，豈是二哥這等莽夫可撼動？況還有三哥從旁協助，二哥不足為懼。我雖不才，卻也願為大哥效犬馬之勞。」

魏闕應景而跪，沈聲道：「兒雖無能，願輔大哥前行。」

「好好好，你們都是好孩子。」皇后似欣慰落淚，抬手將三子招到炕前，將他們手掌合握在一起。「兄弟齊心，其利斷金。只要你們兄弟三人戮力同心，為娘便是死也無憾了。」

兄弟三人忙不迭勸皇后勿要說喪氣話。

訴過衷腸，皇后催促三兄弟回前頭。三人拜別，隨即起身離開。

「你說，老三會真心實意輔佐阿閎嗎？」皇后幽幽一問。

柯嬤嬤手心一顫，溫聲勸慰。「這些年來，三爺對您孝順，對世子友悌，娘娘也是看在眼裡的。娘娘勿要多思多慮，太醫說了，您得放寬心調養。」

放寬心，她怎麼放得寬？大師說了，魏闕生而剋她，魏闕越好，她就越倒楣，可是應驗了。

出了清寧宮，魏聞迫不及待地追問魏閎。「大哥，母后的身體到底是個什麼情況？」

母親好似油盡燈枯一般，令魏聞心驚肉跳。明明他去上陽那會兒，母親雖然有些體弱，但精神還不錯；可他不過離開三個多月而已，母親竟然衰敗至此。

魏閎沈默一瞬，發現不只魏聞看著他，魏闕也目不轉睛看著他，神情頗為緊張。

「太醫說了，母后身體極弱，千萬不要讓她老人家大悲大怒，否則後果不堪設想。」魏閎拍了拍魏聞的肩膀。「小九，你日後懂事些，知道嗎？」

魏聞一怔，喃喃道：「我走前好好的，我才離開多久，母后身體怎麼就差成這樣了？」

魏閎臉色僵了僵。短短三個月裡，他遭父親訓斥，呂姨娘的兒子變成女兒，母親本就鬱結於心。更雪上加霜的是，呂嬤嬤之事洩漏，引得父親和祖母雷霆震怒，被關進家廟，在裡頭的待遇也說不上好。一樁接著一樁的打擊紛紛而至，任是鐵打的身子都熬不住，更何況母親身體原就有些弱。

「病來如山倒，病去如抽絲。」魏闕道：「九弟莫要太擔心，你若愁眉不展，反倒令母親不得開懷。」

魏閎附和兩聲。「母后最疼你，你以後多去陪陪她，她見了你就高興，有利於養病。你也老大不小了，收收玩心，見你有長進，母后會更高興。我們走吧！」

不想片刻後，一宮人快步追上來，行禮後道：「三爺，皇后娘娘請您回去一趟。」

「母后找三哥幹麼？」魏聞納悶。

他們不是剛離開？

那宮人搖頭。「奴婢也不知。」

魏閎便對魏闕道：「三弟快去。」

魏闕朝他抬手一拱，旋身返回。

望著他的背影，魏聞自言自語。「母后找三哥到底幹麼？」

魏閎的眼神微微一閃。「總是有要事，我們先走吧。」

魏聞摸了摸腦袋，放下此事，隨著魏閎離開。

且說隨著宮人往回走的魏闕，行至半路，就覺身體裡湧現炙熱燒灼感，這感覺來勢洶洶，瞬息之間湧遍全身，隨之而來的還有筋骨痠軟的無力感，饒是魏闕也不禁踉蹌一下。

「三爺？」宮人大退幾步，目光閃爍地看著搖搖欲墜的魏闕。魏闕赤紅著雙眼，怒目而視。

宮人駭了一跳，臉上又浮現抑制不住的歡喜。見魏闕終於支撐不住摔倒在地，雙手一擊，便有四個侍衛打扮之人從暗處出現，奔向魏闕。

打頭之人抓住魏闕的肩膀，正想招呼其他人趕緊抬上魏闕離開，不想眼前一花，脖頸一涼，彷彿聽見谷底山風呼嘯的聲音。他瞪大雙眼，不敢置信地看著魏闕擊退另外三人，掠牆頭而逃。

巡視的侍衛忽見牆頭掠過黑影，大驚失色，提腳想追，卻發現掐馬都來不及，不由鳴鑼，傳訊四方。

「是不是有什麼奇怪的聲音？」坐在涼亭裡躲清閒的宋嘉禾問青書。

青書凝神一聽，只聽見遠處綺羅殿隱隱約約的鼓樂聲，她搖搖頭。「奴婢聽著只有大殿裡的奏樂。」

宋嘉禾笑了笑。「可能是我聽岔了，出來也有一會兒，咱們回去吧。」

她站起來，低頭理了理裙襬，忽而聽見青書發出一聲短促的低叫。

還沒來得及抬頭，腰間一緊，人就落進一個滾燙的懷抱裡，手腳被輕而易舉地制住，悚然一驚，宋嘉禾要叫。

「暖暖，是我，別怕！」魏闕緊緊抱著她，聲音沙啞低沈，彷彿竭力忍耐著什麼，灼熱的呼吸噴在她白皙的肩頸上，那一片白嫩讓魏闕看得兩眼發直，喘息聲加劇。

也不知她穿的是什麼料子，又滑又涼，使得備受折磨的魏闕舒服不少。可這陣舒適轉瞬即逝，另一種難以言說的痛苦更加洶湧，令他蟲鑽蟻噬般難受起來。這藥性的凶猛超乎他想像。

魏闕第一次發現自己引以為傲的自制力那麼脆弱。

宋嘉禾悚然一驚，定睛一看，只見他英俊的面容發紅，額角沁著細汗，觸及他灼熱的目光，她不由自主打了個哆嗦。「三表哥，你怎麼會……」

魏闕這模樣，讓她想起木蘭行宮裡遇上的季恪簡。

花瓣一樣的紅唇開開合合，落在魏闕眼裡猶如無聲的邀請，他眸光晦暗複雜，忍不住低下頭。

宋嘉禾大驚地扭過頭。

滾燙的唇角滑過她細嫩的臉頰，溫涼細膩的觸感，讓他渾身血液都沸騰起來。

終究抵不過凶猛的慾望，魏闕張嘴含住她的耳垂咬噬吮吸。他緊緊抱著她，力道逐漸加大，恨不能將她嵌進自己骨肉的模樣。

宋嘉禾如遭雷擊，又驚又恐，還有說不出的羞恥，她想躲，奈何受制於人，便是腦袋都被他的大掌按著，眼淚就這麼滾下來。「三表哥，三表哥……」

魏闕渾身一僵，抬起頭，望著她淚光盈盈的臉蛋，眼底是無盡的懊惱和憐惜，深吸一口氣。「對不起，回頭妳想怎麼罰我都行。」

魏闕深深地看她一眼，抬手抹掉她臉頰上的淚水，壓著洶湧慾火。「我先走一步，稍後向妳解釋。」

語畢，人已經消失在眼前。

宋嘉禾怔怔地望著他離開的方向，心口怦怦直跳。

誰給他下的藥？他要怎麼辦？他沒事吧？

涼涼的夜風吹得宋嘉禾忍不住一個哆嗦，她才發現自己出了一層細汗，黏答答的相當難受。

她掐了掐手心，讓自己穩下心神，不斷安慰自己，三表哥那麼厲害，肯定不會有事的。

宋嘉禾走到暈倒在地的青書面前，掐著她的人中將她弄醒。

幽幽轉醒的青書眼神有一瞬間茫然，她猛地拉住宋嘉禾。「姑娘、姑娘，您沒事吧？」

留意到宋嘉禾衣裳發縐，青書臉色大變。

「我沒事，什麼都別問，回頭細說。」宋嘉禾三言兩語安撫青書。

主僕二人若無其事地回到殿內，殿內歌舞昇平，熱鬧如初，宋嘉禾卻是無心欣賞。

三表哥現在如何了？她動了動脖子，覺得那兒似乎還殘留著那種異樣的灼熱……

宋嘉禾摸了摸自己的臉，有點燙，肯定是酒喝多的緣故。

魏闕頗為狼狽，他被人找到時，正漂在湖裡，救上來時已經氣絕。

聞訊而來的皇帝驚怒交加，勒令御醫一定要將人救回來，否則讓他們殉葬。

幾位御醫如喪考妣，窮盡手段，總算將人從閻王爺手裡搶回來。只是魏闕還十分虛弱，吐出腹中積水後，又暈了過去。

兒子活過來了，皇帝如釋重負，但見歷來生龍活虎、威風凜凜的魏闕，慘白著臉躺在床上，差點就一命嗚呼，想想就一陣後怕。

慈父之心頓時湧上心頭，皇帝臉色鐵青。

皇后站在一旁，要不是柯嬤嬤扶著，她馬上就能癱倒在地。再是厭惡魏闕，她從來沒冒出過讓他去死的念頭。

聽聞魏闕溺亡那一刻，皇后自己都說不上是什麼感覺？眼下他活過來了，她鬆了一口氣之餘，又有種難以言說的失落。

皇后垂了垂眼，壓下千頭萬緒，再抬頭時淚光閃爍，完全是一位擔憂兒子的慈母。

「陛下，趙統領求見。」李公公細聲道。

皇帝囑咐御醫仔細照顧魏闕，抬腳要走。

「陛下，妾身可否隨同前去，妾身想知道是誰害了老三？」皇后懇求地望著皇帝，她心頭惴惴不安，無名的恐懼牢牢跟著她。

皇帝定定看她一眼，皇后沒來由地心慌氣短。

最後，皇帝對她點點頭。

外頭，御林軍統領趙飛龍躬身彙報情況。

「御林軍在清和園裡發現兩具屍體，分別是一名宮女和一名侍衛，那宮女是清寧宮之人。」

來。

「不可能！」皇后矢口否認。她急不可待要向皇帝解釋，因為過於著急，卻劇烈咳嗽起

皇帝冷聲道：「你繼續說。」

趙飛龍接著道：「發現時，那宮女胸口插著一把匕首，侍衛則是被割喉而亡。另三名侍衛在追擊中見逃脫不得，紛紛服毒自盡。此外，就在剛才，清寧宮茶水間的大宮女素月被發現死在水井裡，死因目前尚在調查。屬下在她屋裡搜到這包藥粉，具體效果，還未驗證。」

「交給太醫。」皇帝的臉陰沈如墨。

宮人上前接過趙飛龍手裡的木盒。

好不容易有點停下咳嗽的皇后聞言，急得胸膛劇烈起伏，咳得越發激烈。

「娘娘！」柯嬤嬤驚恐大叫，駭然盯著手帕上的大塊血跡。

皇后面白如紙，襯得嘴角那抹鮮血越發刺眼。迎著皇帝暗沈的目光，她的四肢發涼。

皇帝在懷疑她？

「陛下，這和我無關，不是我做的！肯定有人、有人陷害我，是華氏，一定是她！」

皇帝一瞬不瞬地看著皇后，似乎在研判她話中真假。

皇后倉皇失措，眼前一陣陣地發黑，聲嘶力竭道：「虎毒不食子，我怎麼會害老三？陛下明鑑。」說罷，終於支撐不住，眼睛一翻，暈了過去。

皇帝無動於衷地看著呼天搶地的柯嬤嬤，殿內宮娥見他一言不發，也不敢上前。

直到過了好一會兒，才傳來皇帝的吩咐。「帶下去。」

如此，宮娥們才敢上前。

被打斷話的趙飛龍，再次接上自己的彙報。「梅姨娘的屍首在含香齋內發現，當時……」後宮裡除了太后和皇后之外，旁人都還未冊封。

趙飛龍躊躇了下，似乎有些難以啟齒。

梅姨娘是皇帝的新寵，年前剛為他誕下一對龍鳳胎。

「當時如何？你說。」皇帝眼角微張。

趙飛龍低了低頭。「當時衣不蔽體，經檢查，梅姨娘是被扭斷脖子而亡，生前還遭過凌辱。」

皇帝臉皮抽搐，眉頭立了起來，只覺得一股惡氣在胸口亂竄。

太醫診脈時發現魏闕脈象急疾，來盛去衰，陽氣亢奮，可能服食春藥所致。而梅姨娘又正好被凌辱，死在清和園旁的含香齋裡。

還有什麼不明白的？有人想讓魏闕強暴梅姨娘，為了以防萬一，還特意把梅姨娘提前處置，屆時魏闕跳進黃河都說不清。只不過中途出了什麼岔子，讓魏闕逃了。

好險惡的用心，哪怕他明知道魏闕是被陷害，可他淫了父妾是事實，豈能不介懷？這份登基大禮，可真是煞費苦心！

前殿內，魏閎一邊分神與湊上來的朝臣寒暄，一邊瞄著上首高座。父皇離開已經半個多時辰。

不遠處的魏廷望一眼眾星捧月般的魏閎，冷笑一聲，一把端起酒杯，仰頭一飲而盡。

恰在此時，皇帝回來了，他目光淡淡地掠過幾個年長的兒子，尤其是魏閎和魏廷。今日之事，嫌疑最大的便是這兩個兒子。

一種悲涼忽然而至。他年輕時，在一眾兄弟中廝殺出血路，從父親手裡接過魏家的重擔，及至自己做了父親，萬不想再現昔日兄弟鬩牆的慘劇，所以從小到大，他都有意抬高魏閎身分，樹立他的威望，為的就是讓其餘諸子生不出爭權之心。他費盡心思請來當世名士教導魏閎，儘量帶他在身邊聽政議事，希望他能繼承自己的衣缽，從他手中接過魏家，並發揚光大。然而，魏閎越長大越讓他失望，過於安逸和順遂的成長環境，養得他自以為是，目空一切。

當年，老五媳婦和柯世勳之事讓他第一次清楚明瞭，如果魏閎不改其性，魏家終有一日會敗在魏閎手上。一個家族要興旺，難於上青天；一個家族要敗落，輕而易舉。

那時候起，他便決定磨練魏閎。作為磨石刀，他選中魏廷而不是魏闕，一來魏闕安分守己，二來他也怕魏闕扶起來之後，有尾大不掉之嫌。

雖然想打磨魏閎，但是在他內心，魏閎依舊是他選中的繼承人，二十多年的心血不是說放棄就能放棄的。可惜魏閎的表現依舊不能令他滿意，魏家的擔子越大，他對魏閎的要求越高，但是魏閎一次又一次讓他失望。

他的心境也在接二連三的失望中發生變化。魏閎不再是他的唯一選擇，繼承人之位，有能者而居之。

這個訊息，他有意無意地對外釋放，魏閎和魏廷的較勁也越來越不遮掩，反倒是魏闕安之若素，一心練兵，連他都琢磨不透這個兒子的心思。

皇帝低頭看著金樽中琥珀色的美酒，眼底閃過一抹無奈。沒有哪個父親樂見兒子們手足相爭，可他不得不如此，他要挑選出滿意的繼承人，將魏家幾代人拿命打下來的江山，踵事增華。

然真等這一天來臨，皇帝又掩不住內心的悲哀，其中還夾雜著幾分憤怒。他可以接受兒子們爭權奪利，但是無法容忍這樣的鬼蜮伎倆。

宋家人離開皇宮時已經很晚，宋嘉禾找了個藉口跟著宋老夫人上馬車。

宋老夫人便問她。「是發生什麼事了？」

宴會上她就發現宋嘉禾有些心神不定，雖然她掩飾得很好，可宋老夫人養她這麼大，豈能不瞭解？

宋嘉禾咬咬唇，有些不知道該怎麼開口？那種事讓她怎麼有臉說出來？她也怕祖母怪罪魏闕。可不說她又擔心，怕魏闕出了什麼不好的事，那情況稍一想，就能猜到他是中計。她在這裡磨磨蹭蹭的，萬一錯過幫忙的時機可如何是好？

最終，對魏闕的擔憂占上風，宋嘉禾湊過去貼著宋老夫人低聲道：「祖母，我出去透風時遇見三表哥，他當時的情況像是中了媚藥。」

宋老夫人吃一驚，第一反應是握住孫女的肩膀。「他有沒有欺負妳？」

宋嘉禾的臉瞬間脹紅。「沒有。」怕宋老夫人不相信，她腦袋搖得像撥浪鼓。

見她眼神飄忽，雙頰泛紅，宋老夫人心頭一緊。「當時有沒有其他人在？」

「沒有，三表哥馬上就走了。」宋嘉禾憂心如焚。「祖母，三表哥會不會出事？」臉上、語氣裡都是滿滿擔心，果真女大不中留！

宋老夫人暗暗一嘆，敲了敲車壁，坐在車頭的朱嬤嬤掀起簾子一角。「老夫人？」

宋老夫人招手讓她進來，隨後在她耳邊叮囑一番。

朱嬤嬤臉色凝重，叫停馬車，並傳訊宋老太爺和宋銘。

片刻後，傳回宋老太爺的口訊。

「老太爺請老夫人少安勿躁。」

宋嘉禾捏了捏拳頭，好像也只能如此了。

宋老夫人拍拍她的手心，輕聲道：「別擔心，他不是那等沒成算的。」

回到宋府，宋老太爺尋宋嘉禾細細問了當時情況。

「三表哥突然出現，我看他情況不太好，然後他馬上又走了。」其實宋嘉禾知道得也不多，她自然不會提自己被唐突之類的話。

但宋老太爺何許人也，一看宋嘉禾那模樣就猜出幾分真相。怕是魏闕占了孫女便宜，不過以魏闕定力，即便他服了媚藥，宋老太爺覺得他也不會完全失去理智，否則孫女也不會這麼鎮定。

「沒有消息就是好消息。」宋老太爺道：「妳不用擔心，我會派人去打聽，天色不早了，回去歇著吧。」

宋嘉禾屈膝一福。「祖父、祖母早些歇息，孫女告退。」走的時候，她依舊憂心忡忡。

「看來暖暖對阿闕倒是很上心。」宋老太爺捋鬚一笑。縱然想讓她嫁給魏闕是出於利益考量，不過到底是看著長大的孫女，自然也希望她幸福快樂。

宋老夫人垂了垂眼皮。「皇宮那麼大，他怎地就那麼巧，遇見暖暖？」

宋老太爺一怔，微笑道：「這大概就是緣分吧。」

宋老夫人冷冷盯著宋老太爺。

宋老太爺沈默下來。

第三十六章

遇見宋嘉禾，的確是一場巧合。

在清寧宮裡，魏闕就發現端上來的那杯茶有問題。這多虧他有個神通廣大的師父，不只傳授他一身武藝，便是岐黃藥理也沒落下。對於藥效大概有數的魏闕，心念電轉間，計上心頭，他若無所覺般喝下一口茶，隨即在清和園藥效發作，他鬧出動靜以便驚動皇帝，溺亡嘉陽湖，死而復生，一切都在他預料中。

唯一的意外就是遇見宋嘉禾。

他抄近路前往嘉陽湖，不經意間發現坐在涼亭裡發呆的宋嘉禾，那一刻手腳完全不由自主。至今那種清涼柔軟的感覺還記憶猶新，讓人欲罷不能。

「三爺醒了！」

白太醫差點喜極而泣。皇帝說了，魏闕有個好歹，就讓他償命，自己的腦袋可算是保住了。

白太醫連忙奔過來，噓寒問暖。

屋內伺候的宮人歡天喜地，趕緊派人去向皇帝稟報這個喜訊。

片刻後，皇帝趕過來，向來嚴肅的臉上帶著頗明顯的愉悅。

「感覺如何，哪裡不舒服？」難得的和顏悅色，皇帝還擺擺手，制止想下床見禮的魏闕。「你還病著，不必多禮。」

魏闕依舊下了床。「兒臣不孝，令父皇擔心，兒臣已無大礙。」

皇帝看他，雖然臉色蒼白，但看著精神尚好，果然這習武之人身體就是好，高興道：「好了就好，不過也別逞強，回去躺著吧，別仗著年輕就不顧惜身子，父子間還要講虛禮不成？」

魏闕謝恩過後，從善如流地坐回床上。

「昨日到底怎麼回事？」皇帝詢問魏闕。趙飛龍查了一晚上，也沒什麼進展。

魏闕沈默一下，才道：「在清和園裡，兒臣發現身體異樣，忽然躥出幾個侍衛，兒臣殺了其中一人，逃了開去。原是想尋一水源解身上燥熱，不想那藥凶猛異常，入了嘉陽湖，兒臣便失去知覺。」

皇帝留意到他一字未提清寧宮的宮女。「你是中了一種叫『一醉千里』的媚毒。」就是趙飛龍從那叫素月的宮女屋裡搜出來的藥。

魏闕臉色微微一變。

「看來你聽過這藥。」

魏闕道：「早年在西域聽聞過一二。」

「幸好旁的副作用沒有。」皇帝點點頭，冷不防問：「你覺得是在哪兒誤服此藥？」

魏闕神色微頓。「兒臣在大殿上吃了不少酒水，應該是那會兒中的毒。」

皇帝定定看他一眼。「朕已經派人徹查此案，你安心休養便是。」

魏闕再次謝恩，忽而面露踟躕之色。
皇帝不由感到稀罕，他還是頭一次見魏闕這模樣。
「父皇可否屏退閒雜人等？」魏闕懇請。
皇帝以為有什麼要事，揮揮手，在場宮人魚貫而出。
魏闕再次下床，跪在皇帝面前。皇帝垂目看著他，神情漸趨凝重。
「兒臣……」魏闕羞慚滿面。「兒臣抄近路前往嘉陽湖時，途徑綺羅殿，偶見宋家六表妹，一時把持不住，唐突了表妹。請父皇降罪！」
皇帝眼角抽了抽，低頭看著魏闕，神色由驚詫轉為審視。
一時把持不住？當初在木蘭圍場，季恪簡遇見宋嘉禾，可是把持住了，難道魏闕的自制力還不如季恪簡？
「想不到這藥性如此凶猛，竟是連你都難以自控。」皇帝語調幽涼。
跪地的魏闕身形一頓，臉上愧色更重。「兒子思慕宋表妹久矣，是以情難自禁，唐突了表妹，雖未鑄下大錯，可到底驚擾到表妹。兒子願去宋家負荊請罪。」
皇帝靜默下來。倒是不曾聽他說起過，至於為何不說，這點父子二人心知肚明，說得太明白就傷情分了。
至於為何現在願意說出來，皇帝亦心中有數。今時不同往日，之前他不會成全魏闕，現在卻未必不會。
再看魏闕時，皇帝目光多了幾分耐人尋味。「宋家那兒朕會處理，你安心休養，不必擔心。」

「多謝父皇！」

「朕尚有公務，你歇著吧。」皇帝站起來。

待皇帝走後，魏闕揉了揉額頭，靠坐在床榻上，覺得腦袋有些昏沈。假死還得騙過一眾御醫取信皇帝，委實傷身，然而捨不得孩子套不著狼，他的父親可不是好糊弄的。

在宋嘉禾的事上，皇帝肯定會懷疑他是不是故意為之，甚至懷疑整件事中，他扮演的角色。

魏闕笑了笑。從頭至尾，他都是將計就計，禁得起調查。

且說離開後的皇帝，回了御書房，卻沒在處理公務，而是立在窗前，看著庭院裡的青松出神。

故意唐突也好，無意唐突也罷，魏闕向他「認錯」並吐露愛慕，哪是為了請罪，分明是想請旨賜婚。

不得不說魏闕這時機掐得精準。他知道時移世易，自己不再一味維護魏閎地位，在這樣的情況下，他遭遇暗算，死裡逃生，自己很有可能賜婚補償安撫他。

他的三子藉此對自己吐露志向，若無心大位，魏闕不會想娶宋嘉禾。

要成全嗎？宋家？

雙方聯姻，強強聯手，必然會影響朝局。

皇帝摩著窗沿雕花，眸光晦暗不明。

目下看來，幾個兒子裡最出色的無疑是魏闕，功勛卓著，威望深重，尤其在軍中，且這麼多年來他都不曾行差踏錯過。

然而馬上打天下，不能馬上治天下。魏闕上馬能安邦，這點無庸置疑，下馬能否治國，卻是不得而知。

這些年，魏闕一心撲在軍政上，也是時候讓他接觸下旁的政務。至於魏閎和魏廷，也要繼續考察，就是其他幾個兒子也不能忽略，指不定藏著好苗子。攸關千秋萬載的基業，再是小心都不為過。

皇帝食指輕叩窗沿。不過當務之急，是查清這事的幕後黑手。直覺讓皇帝將懷疑的目光投在幾個兒子身上。

魏閎？魏廷？抑或是魏闕自己？

此時的魏閎眼皮止不住地亂跳，濃密的劍眉緊皺著。

「先生，事情都處理妥當了？」魏閎再次確認。

坐在他對面的謀士張泉朝他安撫一笑。「世子放心，知情者都已死，陛下查下去只會查到一切都是二爺所為。」

張泉不無可惜地嘆一聲。「費盡心機，到頭來還是讓三爺跑了。」

比起魏廷，張泉更忌憚的是魏闕。無論是身分、能力、威望，魏廷都不及魏闕，魏闕才是那個最有可能取魏閎而代之的人。

自從打下京城後，張泉就視威望日隆的魏闕為眼中釘、肉中刺，恨不能除之而後快。好不容易得到「一醉千里」這樣的「神藥」，可令魏闕身敗名裂。沒了爭奪大位的希望，魏閎再施恩魏闕，魏闕也就只能安分地輔佐魏閎。

其實若可以，張泉更想殺了魏闕以絕後患，可魏闕武功高強，想殺他談何容易？無色無味能致死的毒藥，更是可遇不可求。

想起他明明沒了呼吸，卻死而復生，張泉皺了皺眉頭，莫名感到不安。

他是真的死了，還是假死？若是前者，還真是命不該絕，洪福齊天；若是後者……

張泉搖搖頭。那麼多太醫檢查過，不可能。

「先生？」見他搖頭，魏閎不禁出聲詢問。

張泉回神，捋了捋鬍鬚，嘆道：「經此一事，三爺有了防備，再想下手，難於上青天，機不可失，失不再來。」

魏閎煩躁地喝了一口茶。為了萬無一失，他還在清寧宮下手，將母后牽涉其中，卻功虧一簣，還使得母后病情加重。

鬱躁之氣襲上心頭，魏閎大口喝了一口茶。

張泉看魏閎一眼，放緩聲音道：「不過機會留給有準備之人，來日方長。眼下最要緊的是世子在陛下面前，切不可露出馬腳。」

魏閎穩了穩心神，點頭。

再說魏廷，雖然皇帝把事情掩下去，但是畢竟動靜不小，魏廷好歹辦差這麼些年，人脈還是有的。費了些功夫，魏廷才得知魏闕溺亡又死而復生的事，不禁尋著機會對華側妃吐露心中遺憾。

在他看來，沒了魏闕，魏閎哪是他的對手，一個繡花枕頭。

「姨娘，您說，好端端的老三怎麼就溺水了？」魏廷疑惑地看著華側妃。父皇還掩得密密實實，讓人一點口風都打聽不到。

華側妃沈吟。是啊，為什麼？以魏闕那身手怎麼可能溺水？其中肯定有什麼秘辛。

正思索著，李公公帶人過來，請華側妃過去一趟。

華側妃眼皮輕顫，含笑客氣道：「公公可知，陛下召見妾身所為何事？」

華側妃會做人，李公公得過她不少好處，幫她做什麼倒不敢，透點口風倒是可以的，遂恭聲道：「陛下心情不大好。」一旁的一個字都不肯多說了。

緣由出在梅姨娘身邊一個叫疊翠的丫鬟上。事發當晚，這丫鬟就失蹤了，直到次日早上，屍體才在冷宮的水井裡被發現。

趙飛龍從她手中找到一條帕子，順著這條線索查到一位鄭婆子身上。就在剛才，鄭婆子招供，她是華側妃的人，疊翠也是華側妃安在梅姨娘身邊的棋子。

事發當晚，鄭婆子接到消息，通知疊翠將梅姨娘偷偷引到含香齋，然後殺了疊翠滅口，至於旁的她一無所知。

懷著忐忑而來的華側妃一進門，就對上皇帝陰沈如水的臉，及至見了鄭婆子的供詞。

華側妃當即撲通一聲跪下，心念電轉間，落下淚來。「陛下明鑑，妾身的確收買了疊翠，可妾身只是想知道梅姨娘的動向，以便應對。」

說到這兒，華側妃淚流不止，望著皇帝的雙眼中盛滿哀怨。

梅姨娘與華側妃不和，是魏家後宅公開的秘密，梅姨娘與華側妃有五、六分像，女人多的地方是非就多，旁的姨娘見不得梅姨娘這般得寵，也酸華側妃這般年紀了還能屹立不倒。一些流言蜚語就傳出來，說梅姨娘不過是沾了華側妃的光，王爺最愛的還是華側妃。梅姨娘年輕氣盛，正當寵，肚子又爭氣，哪裡嚥得下這口氣？可不就恨上了華側妃，幾次三番的挑釁；華側妃也不是軟柿子，見她沒完沒了，便收買疊翠，想抓她一個把柄，徹底打趴她。

華側妃泣道：「日月可鑑，妾身絕沒有讓人傳話引梅姨娘到含香齋，更沒有讓她殺疊翠。妾身引梅姨娘過去幹麼？無端端又為什麼要殺人？陛下若是不信，可去審問雪靈，一直以來都是雪靈在聯繫鄭婆子。」

皇帝目光沈沈地看著淚流滿面的華側妃，前腳華側妃剛出門，後腳他就派人拿了雪靈去審問。

看她模樣，倒像是無辜的。鄭婆子和雪靈之間的聯繫，並非都是面對面，多是以書信往來，這次的消息就是書信傳遞的，若是有人鑽了空子，假傳消息也說得通。

皇帝一瞬不瞬地盯著華側妃，誰知道她現在這模樣是不是裝出來？她慣來會掌握人心，不只別人的，也包括她自己。

他不信她，這個念頭一冒出來，華側妃如墜冰窖，耳畔轟鳴作響。「陛下明鑑，妾身若有半字虛言，天打雷劈，不得好死。」

華側妃指天誓日地發誓詛咒。她知曉梅姨娘那邊肯定出了大事，說不得已經死了。

皇帝收回目光，淡淡道：「朕會徹查，妳先下去。」

華側妃深深看皇帝一眼，重重叩首，隨即隨著宮女離開，不出意外地被帶到一個陌生的房間，她被軟禁了。

審問完雪靈，趙飛龍前來彙報，無論如何審問，雪靈都不承認向鄭婆子傳過，讓疊翠引誘梅姨娘去含香齋，並殺了疊翠滅口的消息。

皇帝摩著翡翠玉扳指。是有人假傳消息栽贓華側妃？還是華側妃繞過雪靈傳的消息？

「那個管茶水的宮女底細查清楚了嗎？」皇帝問。

趙飛龍汗顏。「陛下恕罪，尚未查到可疑之處。」

皇帝冷聲道：「繼續查。」

趙飛龍忙應諾。

滿朝文武有些不安，因為登基大禮都過去十天了，新君卻還未分封諸子和後宮。

倒是群臣都加官進爵、封妻蔭子，反倒皇帝自己落下。旁的就算了，太子之位懸空，總叫人心裡沒底。

尤其是支持魏閎的這一撥人，幾番考量後，推出一人上摺請立太子。

皇帝捏著的，就是那封請立太子的奏摺。之所以不分封諸子，是因為他還未查清魏闕中媚藥之事的幕後黑手是何人？不過就在剛才，事情有了新進展，那叫素月的宮女查實是魏廷的人。

華側妃收買疊翠，魏廷收買素月，還真是有其母必有其子。

人證物證俱在，魏廷不得不承認素月的確是他的人，卻不肯承認自己指使素月下毒。

看著倒是情真意切，只不過在證據面前，皇帝也不確認魏廷是真的被陷害，還是死鴨子嘴硬？魏閎那邊，看著倒也像是清白的。

皇帝將奏摺甩在御案上，往後一靠。

這倒是有意思了，誰在撒謊？或者兩個都沒有撒謊，幕後黑手另有其人？

「傳筆墨。」皇帝揚聲。

是狐狸早晚會露出尾巴來的，目下就先記在老二母子身上。

分封諸子、封賞後宮的旨意姍姍來遲，幾家歡喜幾家愁。

嫡長子魏閎被封為皇太子，這在眾人意料中，他本就是梁王世子。

魏闕獲封靖王；魏廷受封肅郡王；魏廻為安郡王；魏聞為慶郡王，餘下皇子未滿十五，故而未封爵。

魏廷的爵位出乎好些人的意料，居然只是郡王，比他小的魏闕卻是親王。有些人卻覺得理所當然。論功績，魏廷不如魏闕，論身分，一嫡一庶，魏廷略遜魏闕一籌乃天經地義。

緊接著後宮也開始封賞。華側妃位列九嬪，獲封昭儀。以華側妃背景、資歷還育有二子，卻不得妃位，出乎不少人的意料，比魏廷沒得親王爵更讓人震驚。一些人隱約琢磨過個中原因，怕是這母子倆犯了什麼錯。

眾人尚且還在揣度到底是什麼錯時，又一道出人意料的聖旨從天而降，皇帝賜婚魏闕和宋嘉禾。

轟隆一下，炸懵了一群人。

魏闕和宋嘉禾？魏闕要和宋家聯姻？事先怎麼一點徵兆都沒有。

捧著聖旨的宋嘉禾也有些懵。其實她昨日就知道了，昨日宋老太爺進宮一趟，回來就通知她，皇帝要為她和魏闕賜婚。

宋嘉禾愣怔當場，傻乎乎地問祖父。「陛下怎麼會答應了？」

不是說要皇帝同意很難的嗎？

宋老太爺捋鬚而笑，輕飄飄道：「時移世易。」

宋嘉禾一晚上都沒睡好。她從祖父口中這四個字裡，聞到了風雨欲來的味道。她覺得自己的太平日子可能結束了，不過這條路是她自己選的，她不後悔。

然而內心再如何堅定，接到聖旨那一瞬間，宋嘉禾還是懵住了。自己的婚事就這樣定下，總覺得很不真實。

不過她的愣怔也不過一眨眼的事，宋嘉禾恭敬地將聖旨放在主案上供著。

那廂，傳旨太監笑容滿面地向宋老太爺道喜。「恭喜承恩公。」

宋老爺子身為太后之弟，得封承恩公，而柯家也因為皇后受封為承恩侯。

「同喜。」宋老太爺含笑道，又令人看賞。

傳旨太監沒拒絕，拒絕才是得罪人。他恭恭敬敬收下，忙不迭道謝。

宋家一門兩公，父子幾人身居要職，還有宋太后這座大靠山，目下更了不得，得靖王為婿，他豈敢托大？

傳旨太監走後，宋老太爺看著宋嘉禾，目光有些深邃，宋嘉禾有些不自在地低下頭。

宋老太爺笑起來，溫聲道：「準備一下，這兩天大概要進宮謝恩。」

宋嘉禾點點頭。

前腳傳旨太監一離開，後腳婚事就傳開了。

剛剛搬進東宮、屋舍都還沒收拾好的魏閎，當場砸了手裡的汝窯茶杯。

在場宮人噤若寒蟬，聞魏閎喝滾，忙不迭跑出去，機靈的已經跑去搬救兵。

魏閎氣得腦門一突一突地跳，額上青筋畢露。為了布那麼一個局，他絞盡腦汁，花了多少心思。

張泉說他情緒外露，喜怒形於色，乃上位者大忌。為了不讓父皇看出破綻，他甚至去和那些戲子學著如何控制臉部表情，可到頭來魏闕還是毫髮無傷，這就算了，父皇竟然用賜婚補償他，賜的還是宋家。

宋家滿門俊傑，在朝中的地位舉足輕重，宋老太爺深受父皇敬重，宋銘是父皇肱骨，自家祖母也多偏心娘家，他再清楚不過。宋家之勢，連莊家也有所不及。

父皇想幹麼，他想讓魏闕取他而代之嗎？

魏閎扯了扯衣襟，氣喘如牛，覺得心裡有一把火在燒，越燒越旺。他想砸東西，他想殺人！

魏閎死死攥著拳頭，壓抑著心底暴戾。東宮內務還沒理順，其中不知摻了多少眼線，他不能授人以把柄，更不能讓父皇對他有意見，父皇對他早已大不如初。

魏閎閉上眼，不斷告訴自己冷靜，可還沒等他靜下心來，清寧宮就傳來噩耗，皇后咳血暈過去。

魏閎臉色發白，唰地一下子站起來，連忙趕過去。

皇后自然是被氣暈的。

賜這道婚，皇帝想幹麼？魏闕又想幹麼？昔年憂患竟然真的成真了，早知……

皇后愴然淚下。早知又能如何？她雖是正妻，可婆婆厭惡她，丈夫不待見她，她這正妻又有什麼用！

皇后悲從中來，一口心頭血就這麼噴出去，當下面如白紙，暈了過去，嚇得柯嬤嬤眼睛都直了，尖聲催促傳太醫。

這麼大的陣仗，眨眼就傳遍整個皇宮，慈安宮的宋太后自然也知道了。

彼時太后正和魏瓊華說魏闕和宋嘉禾的這樁婚事，事先太后也毫不知情，聞訊後亦是滿腹驚愕。

「妳大哥到底是什麼意思？」太后喃喃道。

「想做慈父了唄。」魏瓊華隨口道。

太后納悶地看著她。

「我得到的消息，就登基大典那天，阿闕中了別人的計，差點淹死。」

太后眸光一閃。「老二做的？」

魏瓊華聳聳肩。「我哪知道。大哥消息捂得緊，這我還是無意中打聽來的。」

太后若有所思。怪不得華氏只得了昭儀之位，魏廷也沒成親王。

「可為什麼挑中禾丫頭？」太后心頭惴惴。皇帝不可能不明白這門婚事帶來的影響。

「為什麼不能是禾丫頭？」魏瓊華反問。

太后沒好氣地瞪她一眼。「別揣著明白裝糊塗。」

魏瓊華挑了挑眉。「還能是為什麼？之前您和我大哥，一門心思想給阿闕討個門第低一點，不就是怕他威脅到阿閎地位？可誰能想到，阿閎因為太順利，反倒不爭氣，現下猜想大哥是想亡羊補牢，看看這樣能不能激得阿閎上進點？」

太后沈下臉。那要是魏閎上進了，宋家怎麼辦？她得找皇帝問個明白。

此時，有宮女匆匆而入，帶來皇后咳血暈過去的消息。

魏瓊華嘖了一聲。「這是急火攻心了！」

太后撚了撚佛珠，淡聲吩咐宮女代她過去看看。

好一會兒才傳回消息，皇后怕是要不好了。

清寧宮裡，魏閎與莊氏夫婦、魏闕、魏聞與燕婉前後腳趕到，便是禁足中的魏歆瑤也被放出來。

就在剛才，太醫宣佈，皇后只剩下多則三、四月，少則個把月光景。

魏聞暴怒，一把揪住白太醫的衣領，雙眼怒瞪如銅鈴。「胡說八道！你個庸醫！」

要不是魏闕拉開魏聞，懸空的白太醫差點窒息。

魏聞、魏歆瑤還有燕婉跪坐在踏腳哭泣，越哭聲音越大，饒是如此，床上的皇后都紋絲不動，驚得魏歆瑤抓住母親的手腕，指尖感受到的微弱脈象才讓她徬徨無措的心稍稍安定。

她不過是被關了一個多月，母親怎麼就病成這樣？

望著面無血色、眼窩凹陷的皇后，魏歆瑤覺得整個天地都搖搖欲墜。

「我昨兒過來請安時，母后還好好的，妳說，你們到底是怎麼伺候的？」魏聞突然抹了一把淚，跳起來，一腳踹飛邊上的柯嬤嬤。

魏聞一個小夥子，盛怒下這腳力道可想而知，豈是柯嬤嬤這等老嫗承受得住。

慘叫一聲，柯嬤嬤整個人被踹飛出去，撞在桌腳，不禁翻滾起來。

「小九！」本就心情鬱燥的魏閎氣急敗壞地喝道：「你給我消停點！」

只見魏聞雙拳緊握，胸膛劇烈起伏，發出沈重的呼吸聲。

燕婉忍著心怯趨步上前。「聞表哥，你別這樣，你這樣……」

「別煩我！」魏聞厲喝一聲，推開靠近的燕婉。

猝不及防之下，燕婉被推了一個趔趄，幸好莊氏眼明手快，接住燕婉，她不滿地看向魏聞。

魏聞卻是一眼都不多看，兀自扭頭回到床前，盯著皇后不放。

「表妹莫生氣，小叔擔憂母后才會失態。」莊氏細聲安慰燕婉，拿帕子輕輕替她擦眼淚。

燕婉扯出一絲十分勉強的微笑，望著魏聞的背影。他是擔憂姨母身體，還是驚怒於宋嘉禾即將成為他嫂子，成為他這輩子都可望不可即的女人？

莊氏看了看她，心下一嘆，又低聲吩咐人把哀號的柯嬤嬤帶下去療傷。

屋裡重新恢復平靜，只有斷斷續續的啼哭聲。

「娘！」魏歆瑤喜形於色，聲音都走了調，她身體前傾，目不轉睛地看著皇后。

睫毛顫了顫，皇后吃力地睜開眼，茫然看著又哭又笑的魏歆瑤。

「娘，母后……」魏歆瑤語無倫次。「妳終於醒了，妳可算是醒了。」

魏閎等人也圍攏過來，七嘴八舌地關切起來。

腦袋暈乎乎的皇后，眼珠子動起來，視線在兒子、女兒、兒媳、外甥女臉上一一梭巡，像是在認人，最後她的目光停在魏闕臉上。

「你過來……」三個字說得斷斷續續。

近前的魏聞連忙讓開。魏歆瑤猶豫了下，也往邊上讓了讓，將正中間的位置騰給魏闕。

魏闕上前，單膝跪地，直視皇后。「母后。」

皇后定定看著他，忽而彎了彎嘴角，神情變得格外慈愛安詳，顫巍巍地伸出手。

魏闕看著她的雙眼，伸手握住她的雙手。

皇后深吸一口氣，似乎恢復了些許力氣，說話連貫起來。「你過來，讓我好好看看你。」一眼淚應聲而落。「我突然發現，幾個孩子裡，我最對不起的人就是你。」

魏闋雙眼微微睜大，眼底浮現難以置信。他仔仔細細地端詳皇后，臉色微微一變。

魏歆瑤也是驚了，不敢相信這話是從她母親嘴裡出來，頓時心頭如針扎一般疼起來。

難道這是傳說中的，人之將死，其言也善？

魏闕看著她，更靠近了一些。

皇后摸索著他的雙臂，逐漸往上，摸到他稜角分明的臉，她一眨不眨地看著魏闕。都說魏廷長得像皇帝，皇帝也為此偏疼魏廷幾分，哪個人會不愛自己呢？

然而魏廷只是像個形罷了，論氣度、論威儀，最像皇帝的是魏闕，越大越像，所以她才會那麼忌憚他，即便他表現得再安分守己。午夜夢迴，她都會問自己，神似皇帝的魏闕願意屈居人下嗎？

「我知道我時日無多了。」

「母后……」此起彼伏的哭喊聲。

皇后淡然一笑，看穿生死一般。「莫哭、莫哭，有你們幾個，我這輩子算是值了。」她看著魏闕，眼底布滿愧疚和遺憾。「這些年我都沒盡到一個母親的責任，是我對不起你。」皇后捧著他的頭，淚水滾滾而下。「可惜為娘明白得太晚了。」

魏闕眼眶發紅，似乎為了掩蓋眼底水光，他低下頭。

此時皇后神情驟然一厲，猛地拔下魏闕束髮玉簪，刺向他脖頸。

魏闕身子一側，霎時血花四濺。

玉簪刺進魏闕左肩，沒入大半，可見皇后用了多大勁頭，若是刺中脖頸，後果不堪設想。

皇后雙眼赤紅，神情癲狂，見沒刺中，竟然硬生生從肩頭拔出玉簪，再次刺向魏闕。

「母后！」魏聞大驚失色，撲上去抱住發狂的皇后。「母后，妳要做什麼！」

皇后歇斯底里地掙扎，想掙脫魏聞的桎梏，然而她一個重病之人哪有力氣，剛才的爆發已經用完她全部精力，很快地，她就脫力一般躺在魏聞懷裡。

皇后五內俱焚，悲不自勝，怒視著魏闕，那目光看的不像是兒子，而是滅門仇人，恨不能飲其血、啖其肉、啃其骨、寢其皮。

此時殺不了魏闕，日後他一定會成為阿閦的心腹大患，他會搶走阿閦的太子之位，一定會的！他像他父親，野心勃勃，心狠手辣。

當年和皇帝爭權奪利的兄弟，屍骨都化成灰，成灰了！

皇后瞳孔大張，眼前浮現當年霍老姨娘墜樓而亡那一幕。霍老姨娘的兩個兒子都死了，一個死於戰場，另一個在軍需上動手腳，被皇帝砍了頭。

霍老姨娘求饒不成，絕望之下從高樓一躍而下，腦漿迸裂，一顆眼珠滾到她腳邊，她作了整整一個月的噩夢。

皇后再次劇烈掙扎起來，力道之大，魏聞差點抱不住，他急得滿頭大汗。「三哥，你快走啊！大哥，你快來幫幫我！」

「孽障、災星，你生來剋我，你生下來就是剋我的！你活一日，我便一日不得安寧，災星、災星，你是我們母子幾個的災星！」皇后對著魏闕歇斯底里地狂叫。

魏闕看一眼死命抱著皇后、滿頭大汗的魏聞，離開床榻。

魏閎幾人才反應過來，紛紛上前。屋內宮人也像是如夢初醒般動起來，端水的端水，拿藥的拿藥。

魏闕拂開要為他包紮的宮女，任鮮血直流，望著氣息虛弱下去也還在咒罵不休的皇后，目光無悲亦無喜。

明明肩膀劇痛無比，他卻覺得肩頭輕鬆許多。皇后的偷襲，他可以躲開，但是他沒有。歸根究柢，她的確生了他。他不可能削肉剔骨將這條命還她，挨她這一下，就當還了她當年生他時所承受的痛楚。

「煩勞大哥與我一套衣裳更換。」

魏閎一愣，連忙吩咐宮人去東宮取衣。他看一眼氣若游絲還不忘怒瞪魏闕的皇后，看向魏闕的目光欲言又止。

魏闕扯了扯嘴角。「我不會告訴父皇，但是我不保證父皇會不會從其他人口中得知。」在場下人都是皇后心腹，可保不住就有被收買的，又不是沒有前例。

魏閎將信將疑。魏闕願意放棄這個在皇帝面前博取同情的機會？時至今日他絕不會再把魏闕當作溫良無害的綿羊。

賜婚前，父皇必然先問過他的意見，他要是真的安分，豈會答應娶宋氏女？他難道不知道娶宋氏女帶來的影響？

之前種種猜忌、懷疑終於成真，當初設計他的愧疚煙消雲散，只剩下後悔，後悔沒有聽張泉的建議，早點對魏闕下手。眼下他羽翼已豐，又有宋氏為輔，再想剷除他，難上加難。

望著因為失血而臉色發白的魏闕，一股涼意順著脊背爬上心頭。魏閎的目光定格在他染血的肩頭，倏爾握緊拳頭，心底再次生出絲絲縷縷的遺憾。

就差那麼一點點，如果刺中了……那該多好！

上次被他逃過一劫，這一次還是，難道真是命不該絕？大難不死必有後福，魏閎不願相信。

壓下千頭萬緒，魏閎溫聲對魏闕道：「三弟先去把傷口包紮一下。」

魏闕點點頭，抬腳去了隔間。

魏閎叮囑莊氏趕緊把屋裡的狼藉收拾下，能掩飾一點是一點。只要有一線希望，他都不想讓皇帝知道這件事。

父皇知道後，會不會懷疑這是他和母后聯合為之，甚至懷疑是他攛掇母后下手？之前魏闕與梅姨娘那樁事，明明沒有證據指向他，父皇卻詐他，那一刻，魏閎如墜冰窖。他知道父皇待他不如從前，卻沒想到，父皇已經不信任他至此。

也是如此，魏閎更加忌憚魏闕。再這樣的情況下，父皇賜婚魏闕和宋嘉禾，若說沒有扶持魏闕的心思在裡頭，魏閎萬萬不信。

濃厚的陰霾蒙上心頭，壓得魏閎有些喘不過氣來。

次日，魏闕便告假，理由是與人比試時不慎受傷，皇帝允了。

宋子諫頗為糾結，要不要告訴宋嘉禾這事？想來想去，還是說了。再是捨不得，妹妹要嫁給魏闕已是事實，兩人感情好，對妹妹只有好。魏闕受傷，妹妹若是沒有表示，怎麼也說不過去。

聞言，宋嘉禾嚇一跳，忙不迭追問。「傷得要緊嗎？」

見妹妹心急，宋子諫酸溜溜地想，果真是女大不中留。

「應該不要緊，我正打算去看看。」宋子諫頓了下，道：「六妹備上一些補品，我帶過去。」這樣也就說得過去了。

宋嘉禾應了一聲，趕忙吩咐青書去準備。

「二哥，我們走吧！」

我們走吧？

宋子諫看著一臉理所當然的宋嘉禾，沈默下來。這表示很有誠意！

魏闕坐在榻上看書，因在家裡，為了方便，故而赤著上身，反正五月的天氣也不冷。他肩背到腰際的肌肉，精實得恰到好處，極具魅力，蜿蜒的幾道疤痕平添幾分精悍。奉茶的小丫鬟眼睛都不知道該往哪兒放才好，差點摔了茶杯。

魏闕眉心一皺。

關峒見狀，立刻將茶盤接過來。「下去。」

那丫鬟又是慶幸又是可惜，吶吶地應諾一聲，一旁的關峒忍著笑意。

「王爺，齊國公世子和宋六姑娘來了。」奉命跑來通報的小廝，氣喘吁吁稟報。

握著書冊的手倏爾一緊，魏闕站起來，似是想去迎接，起了一半又坐回去。

魏闕在關峒不敢置信的目光中，放下書，進寢房，上了床。

一路尾隨的關峒，眼珠子都快瞪出來，難以置信地看著魏闕，彷彿看著一個披著主子皮的妖怪。

魏闕涼涼掃他一眼，低頭看了看自己，對傻愣著的關峒道：「拿件衣服給我。」

關峒好不容易才把瞪出來的眼珠子收回來，表情一言難盡，千言萬語化作三個字：不要臉！

管家恭恭敬敬地迎著宋子諫和宋嘉禾入內，那態度完全是對著女主人才有的殷勤和小心。

這靖王府，宋嘉禾還是頭一次來，卻是無心欣賞，兜兜轉轉間，便到了三好居。

關峒已經候在門口，見了宋嘉禾與宋子諫，前迎幾步。「宋世子、六姑娘。」

「王爺傷勢如何？」宋子諫見了他就問。

宋嘉禾也看著關峒，神情有些緊張。

關峒欣慰地想，看來六姑娘也挺關心他家王爺，那就好。

「萬幸沒有傷到筋骨，不過傷口有些深，府醫說，最好臥床靜養幾日。」揣摩著魏闕的心思，關峒往重裡說了幾分，卻不敢說得太重，怕把人給嚇到。

一聽還要臥床，宋嘉禾就急了，大步入內。只見向來精神奕奕、氣勢十足的魏闕靠坐在床上，臉色微微發白，哪有往日的威風勁。

宋嘉禾愣了一瞬，快步靠近。「三表哥，你傷在哪兒？」

她眉梢眼角都是濃濃的關切，眼底蘊含著擔憂。魏闕在她漆黑的瞳仁裡看見自己的倒影，那雙眼似有魔力一般，攝人心魄，讓人想永遠占據。

「三表哥？」宋嘉禾見他怔怔不語，更急了。

魏闕彎起嘴角，見好像嚇到她了，他有些後悔，又有些不捨坦白，便放緩聲音道：「我沒事，只不過是些皮肉傷。」

宋嘉禾狐疑地看著他，臉上明明白白寫著「不信」兩個字。大男人都愛逞強，譬如她爹和二哥，不管受了什麼傷都說沒事。

「你到底傷在哪兒了？」宋嘉禾上下左右地打量。

魏闕道：「傷在肩膀上。」

宋嘉禾探頭。「我看……」

「咳咳咳。」進了門就沒出過聲，或者該說沒機會出聲的宋子諫，用力清嗓子。

宋嘉禾臉一紅，默默站正。

魏闕看向清完嗓子的宋子諫。「多謝表弟、表妹專程來看我。」

宋子諫皮笑肉不笑。「王爺客氣了。」

「還不上座。」魏闕對關峒道。

關峒忙告罪，讓人搬了兩張玫瑰椅放在床畔，還加了一張茶几，上頭放著茶水和瓜果點心。

魏闕含笑道：「一點皮肉傷，已經上藥，養幾天就好，表妹別擔心。」

雖然還是有些不放心，可看他精神倒還不錯，宋嘉禾只好叮囑。「天氣熱起來了，你可要經常換藥，別嫌麻煩，要是傷口惡化就不好了；飲食也要清淡，不能喝酒、不能吃發物，還有不許熬夜。」

魏闕嘴角弧度越來越大，看著她的目光泛柔。「好。」

宋嘉禾被他看得不好意思，轉頭看向關峒。「麻煩關護衛多多上心。」

關峒微微彎腰，拱手道：「不敢當六姑娘一句麻煩，這都是屬下該做的。」

宋嘉禾揉了揉鼻子，扭過頭又問魏闕。「怎地那麼不小心，比試都會受傷，還這麼重？」她也是見識過他的身手。

「刀劍無眼，稍一不慎便受了傷，其實並不重，下次再不會了。」

宋嘉禾哼了一聲。「還想有下一次。」

「絕對沒有下次。」魏闕笑了。

宋子諫喝了一口茶，覺得自己簡直多餘，他不該來的，真的！

不知何時悄悄挪到宋子諫身後的關峒，戳了戳宋子諫的肩膀。

宋子諫扭頭，見關峒朝他抱拳，面露懇求。

宋子諫一動不動地看著他，關峒作揖。

旁人不知魏闕如何受傷，關峒卻是猜到幾分。王爺的傷是從清寧宮帶回來的，雖然王爺看起來若無其事，但是設身處地一想，他覺得王爺心裡絕對沒有面上表現得那般平靜。

從昨日到現在，王爺都面無表情，可一聽宋姑娘來了，整個人像是被注入生命般，這不才幾句話工夫，寒冰消融，春暖花開。

要是能說上幾句體己話，指不定多高興呢！

宋子諫沒理他，看向床上的魏闕。

魏闕對他笑了笑。

說著話的宋嘉禾一頓，奇怪地看過來。

「我去更衣。」宋子諫理了理衣襬站起來，想想不放心，又加了一句。「馬上就回來。」

婚都賜了，再拘泥這些也沒意思，稍微通融下還是可以的，當然，只是稍微。

臨走前，宋子諫深看魏闕一眼。

「我為世子帶路。」關峒十分殷勤地跟上去。

這下屋裡就剩下兩人了，宋嘉禾不自在地垂下眼，濃密的睫毛恍若一把小刷子，讓魏闕心口發癢。

「暖暖。」大舅子一走，稱呼立刻就變了。

宋嘉禾羽睫輕顫，抬眼看他。

「那天在宮裡，對不住，嚇到妳了。」魏闕目不轉睛地看著她，眼底湧動著宋嘉禾看不懂的東西。

一抹緋色爬上宋嘉禾的臉頰，她覺得有些熱，端起手裡的茶杯喝一口，問出了壓在心裡半個月的疑問。「那天到底怎麼回事？」

魏闕便把皇帝告訴他的調查結果，言簡意賅地說一遍，隱瞞自己死而復生這一環節。說來，他有些懷疑魏閎才是真正的幕後黑手，那天在清寧宮，魏閎神色有些不尋常。

也不知是他終於長進，把痕跡抹得一乾二淨，還是皇帝有心保他？

宋嘉禾皺了皺眉。「肅郡王怎能這麼卑鄙！」

魏家好歹也是百年望族，可魏歆瑤、魏廷，一個個居然都用起媚藥這樣下作的手段。幸好，魏闕和他們不同。

宋嘉禾滿意地看著他。「你下次一定要小心些。」

魏闕無奈一笑。這下子自己倒給她留下一個「不小心」的印象，不過他寧願如此，也不想讓她知道自己是將計就計，她肯定會訓他居然不把自己的身體當回事。

「好。」魏闕含笑點頭。「就算是為了妳，我也會加倍小心的。」

宋嘉禾覺得，她好不容易恢復正常溫度的臉，又有些燙了。真是越來越沒出息。

魏闕見好就收，從枕邊取出一個紅木錦盒。「這是我為妳準備的及笄賀禮，親手做的。」

宋嘉禾的嘴角不由自主上揚，勉強才壓下去。

魏闕眼底笑意盎然。「我手上沒力氣，要拿不住了。」

宋嘉禾瞅他一眼，伸手接過。

「不打開看看？要是不喜歡，我重新做一支給妳。」

宋嘉禾從善如流，帶著期待打開錦盒。入眼便是一支玉簪，簪頭是一朵桃花，也不知他打哪兒找來的玉，漸粉漸白，足可以假亂真。

「喜歡嗎？」魏闕聲音裡含著淡淡的笑意。

迎著他溫柔如水的視線，宋嘉禾嘴角忍不住上翹。

魏闕輕笑一聲，柔柔看著她。「我替妳戴上？」

宋嘉禾愣了下。

「可以嗎？」魏闕聲音很輕，泛白的臉色，虛弱的聲音，看起來可憐極了。

受了蠱惑一般，宋嘉禾起身走過去，小聲道：「你可別扎到我。」

魏闕頓時笑了。他怎麼捨得。

「就是扎到我自己，也不可能扎到妳。」魏闕握住她的手，笑道。「有些高，妳坐下好不好？」

宋嘉禾睫毛顫了顫，抽出了手，側身在床頭坐下。

院子裡，關峒刻意加重腳步聲，還大聲和宋子諫說話。

宋子諫睇他一眼，果然是忠僕。

關峒乾笑兩聲。

聽得動靜的宋嘉禾唰地一下站起來，就像是被踩了尾巴的貓，一個大步坐回椅子上，還作賊心虛般將手裡的錦盒扔回給魏闕。

虧得魏闕身手敏捷，一把接住直衝著臉來的錦盒。他覺得有必要重點「栽培」宋子諫。

推門而入的宋子諫，目光不著痕跡地在兩人身上繞了繞。「六妹，咱們出來也有一會兒，該回去了，祖母還在家等著。」

「那我們先走了，表哥好好養傷。」宋嘉禾扶了扶耳畔金釵，佯裝鎮定。

「表弟、表妹難得來一趟，不用膳後再走？」

魏闕的模樣看起來竟有幾分楚楚可憐，宋子諫幾乎不敢相信自己的眼睛。

宋嘉禾劇烈動搖起來。偌大王府，只有他一個人，他還受了傷，一個人孤零零地用膳，怪可憐的。

「王爺受傷需要靜養，我們兄妹哪好繼續叨擾。」宋子諫忍著糟心，擠出一抹笑。「況且家中還有長輩等著，我們也該回去了。」他在長輩二字上加了重音。

魏闕垂了垂眼，周身縈繞著淡淡的失落。

「過幾天我再來看望表哥。」宋嘉禾不由自主道。

宋子諫看著瞬間變臉的魏闕，磨了磨後槽牙。果真是人不可貌相！

出了靖王府，宋嘉禾就躲馬車上去了。她覺得二哥看她的眼神十足恨鐵不成鋼，讓她有點心虛。

關峒熱情洋溢地送二人出來，還奉上一堆回禮，比宋家兄妹拿來的還多。

宋子諫有點心塞。

第三十七章

宋嘉禾在宋老夫人的陪同下進宮謝恩。

這門婚事是皇帝下旨賜的，故而宋嘉禾要先去太極殿向皇帝謝恩。

宋老夫人不便跟著一道去太極殿，遂在岔路口握了握宋嘉禾的手，溫聲道：「祖母在太后娘娘那兒等妳。」

望著祖母眼底的擔憂，宋嘉禾笑起來，本想說祖母放心，可在皇宮說這話倒顯得有些不敬，遂只道：「祖母先過去，我請過安就來。」

宋老夫人點點頭。雖然知道自己杞人憂天，以兩家關係，這婚事又是皇帝親自賜的，怎麼樣也是不可能為難暖暖。可想著她第一次面聖，哪能不牽腸掛肚？

與宋老夫人分別後，宋嘉禾便隨著宮人前往太極殿。

重簷廡殿頂上的琉璃瓦在陽光下熠熠生輝，逼得人不敢直視。

宋嘉禾低眉斂目，經准許後，提著裙襬跨過門檻，趨步上前，下拜。「臣女拜見皇上，皇上萬歲萬歲萬萬歲。」

「平身。」這聲音是宋嘉禾熟悉的。

兩家交情擺在那兒，宋嘉禾一年到頭也能遇上這位表伯幾回。只不過他做了皇帝後，還真是頭一次近距離見面。

宋嘉禾覺得皇帝的聲音較之從前似乎更有威儀，也不知是不是她心理作用？雖然沒頭沒腦想著事，一點也不妨礙她一絲不苟的謝恩。

謝過恩後，宋嘉禾緩緩抬頭，眼角餘光發現視野中多了一雙腿，心念一動，她略微抬眼，雙眼忍不住微睜。

他怎麼在這裡？傷，沒大礙了？

迎著宋嘉禾驚訝中帶著擔憂的目光，立在皇帝下首的魏闕微微一笑。

本有些緊張的宋嘉禾，在他安撫的目光下，漸漸放鬆下來，卻不再看他，規規矩矩地看著前方桌腳，既不顯得冒犯也不畏縮。

皇帝瞥一眼魏闕不加掩飾的溫情，心裡嘖了一聲。之前還真是一點都沒看出來。再看宋嘉禾，皇帝的目光中帶上幾分打量。宋家這丫頭倒是出落得越來越標致，怪不得不近女色的老三會栽在她身上。

自古英雄愛美人，倒也登對。

不過老三是只愛美人，還是更愛美人背後的勢力？皇帝笑了下。既然他已經賜下這門婚事，何必深究？

皇帝訓勉魏闕和宋嘉禾幾句，不外乎讓他們日後相互扶持，因只是賜婚，還未成親，故而也沒說得太深。

語畢，皇帝對魏闕道：「你去給太后請個安吧。」

想想這兒子遭的罪，皇帝也有幾分心疼，倒也樂得成人之美。

魏闕被皇后刺傷的事，皇帝當天就知道了，他自有耳目。

對於皇后的行為，皇帝只有一個字可評價：蠢！

早些年還算拎得清的人，越老反倒越糊塗，尤其是在魏闕的事上。當年就勸過她，真為魏閎好，就好好收攏魏闕，讓他死心塌地幫助魏閎。

她倒好，無所不用其極要把人往魏閎的對立面推。這回更荒唐，知道自己時日無多，就想帶著魏闕陪葬，簡直不可理喻！

然而再是生氣，皇帝也莫可奈何。皇后命不久矣，他還能把她怎麼樣？總不能廢了她的皇后之位。只能說幸好，她活不久了，要不日後還不知要幹出多少荒唐事？今非昔比，她不再是梁王妃，而是一國之母，一舉一動都是天下女子表率。

魏闕欣然地應了聲。

皇帝笑了笑，倒是極少在他身上見到這樣純粹的歡喜。

宋嘉禾再次下拜，恭聲告退。

出了太極殿，宋嘉禾就迫不及待地追問。「你的傷沒事了？」

方才在屋裡她不敢細看，眼下一看，丁點兒沒有那天探望時的虛弱，恢復力可真好。

魏闕笑了笑。「沒事了。」

宋嘉禾回以微笑。「那就好。」

目光在她髮間的桃花簪頓了頓，魏闕笑容更深。

觸到他別有深意的目光，宋嘉禾耳尖發紅，有點後悔自己戴了這支玉簪。

都怪青畫！她絕不承認是因為自己一直瞄著這玉簪，所以青畫以為她喜歡，才給她戴上的。

宋嘉禾別過臉，躲開他的目光。

魏闕幽幽道：「暖暖說了，過幾天來看我的，可我等了三天，妳都沒來。」

三天說得好像三年似的……

宋嘉禾瞅著魏闕。沒賜婚前覺得他可靠又穩重，可賜婚之後，她覺得這人根本不像面上看起來那麼正人君子。那天回去她才琢磨過味來，自己分明是中了美人計。

宋嘉禾翻了個白眼，睜著眼睛說瞎話。「本來打算謝恩過後就去探望表哥的，哪想在宮裡遇見表哥。」

魏闕輕笑一聲，語調拉長。「那真是太巧了。」

「可不是！」宋嘉禾睜大眼看他，黑漆漆的眼睛，看起來要多真誠就有多真誠。

魏闕忍俊不禁。

慈安宮裡，宋太后和宋老夫人說起魏闕和宋嘉禾的婚事。依著太后的意思，皇后時日無多，魏闕要守孝三年，屆時宋嘉禾年紀正好。

對此，宋老夫人並無意見。她本來就沒打算太早讓孫女出閣，她希望魏闕能在宋嘉禾進門前，將家裡的爛攤子解決，就算不能徹底解決，也起碼別像現在這般亂。

見宋老夫人沒有意見，太后心中高興，其實這也有她的私心在裡頭。

魏闕晚些與宋嘉禾完婚，對魏閎、對宋家都有好處。

一眾孫子裡，她最疼的到底是魏閎，卻也沒疼到將他擺在江山前頭。她不會力保魏閎太子之位，但是不介意在力所能及的範圍內拉一把。若是這幾年裡，魏閎爭氣些，表現能讓各方滿意，宋家自然不會鐵了心地扶持魏闕，畢竟還沒完婚，何況就算完婚，也不是不能改弦易張。

前兩日，她直接問皇帝，他是不是屬意魏闕，否則他這道賜婚的旨意讓宋家以後怎麼辦？

皇帝說他還在考量。至於宋家，讓她放心，若是魏閎長進，他會賜一宋氏女為太子良娣。如此，太后才放了心。

說話間，宮人報，魏闕與宋嘉禾來了。

「這兩人怎麼走到一塊兒了？」太后揶揄地看著宋老夫人。

宋老夫人微笑。「怕是路上遇著了。」

男俊女俏，滿堂生輝。

太后嘆道：「兩孩子走在一起可真登對，還是皇帝眼光好。」

「陛下聖明。」宋老夫人笑道。

太后叫起行禮的二人，笑容慈藹。「阿闕年長，你要讓著禾丫頭點。」

「孫兒謹遵教誨。」魏闕躬身道。

太后欣慰地點點頭，和顏悅色地看向宋嘉禾。「他要是欺負妳，妳告訴哀家，哀家幫妳收拾他。」

宋嘉禾故意斜睨魏闕一眼，高高興興地點頭。「還是太后您老人家最疼我。」

太后樂不可支。

說了一會兒閒話，宋老夫人便攜著宋嘉禾告辭，魏闕也躬身告退。

至於皇后那兒，三人都沒有過去。之前宋老夫人就在太后面前提了要帶著宋嘉禾過去請安之事，太后以皇后身體欠安婉拒了。

幾日前，皇后刺傷魏闕的事，她也知道了，當時屋裡人不少，人多口雜，清寧宮又因為皇后病重而人心渙散，消息滿容易就帶出來。

聞訊之後，太后氣得不輕，一邊生氣，一邊把亂嚼舌頭的人私下處置了。

當親娘的想殺親兒子，傳出去，可不人人都要說天家無骨肉？

不讓宋家祖孫倆過去，正是因為太后擔心，皇后對宋嘉禾冷不防也來那麼一下。如今還有什麼事是她做不出來的？簡直不可理喻！

「王爺且去忙吧。」宋老夫人客氣地看著魏闕。

魏闕微微躬身，禮數周到。「今日我無事，不如讓我送舅婆、表妹回府。」

宋老夫人定定地看著魏闕，半晌不語。

宋嘉禾悄悄瞪魏闕一眼，覺得他太著急了，祖母一直不是很贊同他們。

魏闕認真地看著宋老夫人。

片刻後，宋老夫人露出一個笑影。「有勞王爺。」

魏闕行了一個晚輩禮。「舅婆言重，都是晚輩該做的。」

一路送宋老夫人與宋嘉禾到承恩公府門口。

宋老夫人望一眼立在一旁的魏闕，再看一眼扶著自己的宋嘉禾，小孫女看著她的眼神有點緊張。

「王爺若不忙，不妨進來喝杯茶再走。」

宋嘉禾嘴角上彎，又趕緊壓下去。

魏闕連忙對宋老夫人拱拱手，感激道：「多謝舅婆。」

宋老夫人端坐在主位上，靜靜地看著魏闕。眉峰剛毅，眼神深邃，鼻梁高挺，唇有些薄，難得一見的英俊。

目光下落三分，落在他微微上揚的嘴角。據說唇薄之人情也薄，他若是薄情寡性之輩，暖暖這輩子就徹徹底底毀了，甚至宋家都難逃劫數。

宋嘉禾絞了絞錦帕，頓時覺得椅子上插了針，怎麼坐都不舒服。

「別看這丫頭生得乖巧，其實任性得很，她啊，被我慣壞了，有時候我都不想搭理她。」

宋嘉禾眨眨眼，眼神有些委屈。

「女兒家本該嬌養，有些小性子天經地義。我略長她幾歲，合該讓著她、寵著她。」

宋老夫人溜一眼雙頰染紅的宋嘉禾，嘆了一聲。「這丫頭心眼小，怕是容不得人，老身實在放心不下。」

宋嘉禾默默端起茶杯，喝了一口茶。

魏闕起身對宋老夫人長長一揖。「我的心也不大，只裝得下表妹一人。弱水三千，我只想飲其中一瓢，若違此誓言，便叫我身敗名裂，一無所有。」

他的聲音不大，其中鏗鏘卻入木三分。

宋老夫人一瞬不瞬地盯著魏闕，似乎要透過他的眼睛，看穿他的心。

魏闕坦然與她對視。

宋嘉禾抓緊茶杯，忍不住去看宋老夫人。

宋老夫人垂了垂眼，覺得自己好像沒什麼可說的，他都說到這分兒上了。雖然她終究不放心，不管暖暖嫁給誰，她都是沒法放心的。世事難料，人心易變，除非她閉上眼了，才能徹底不擔心。

「折騰半天，我也累了，就不多留王爺，暖暖替我送王爺出去。」宋老夫人淡淡笑道。事已至此，姑且信他吧，起碼他現在對暖暖是真心實意。

宋嘉禾應了一聲，欠身帶著魏闕離開。

「妳祖母很疼妳。」魏闕含笑道。

宋嘉禾露出一個大大的笑容。「我知道，這世間最疼我的就是祖母。」

魏闕默了默，語調泛柔。「我會如她老人家那般愛護妳。」

這猝不及防的情話讓宋嘉禾臉一紅，她揉了揉鼻尖，乾咳一聲，嘴上不肯示弱。「那你可要好好表現了，這難度不低。」

魏闕對她輕輕一揖，望著她。「還請暖暖多多給我表現的機會。」

宋嘉禾眼神飄了飄，忽然皺了皺鼻子。「我覺得以前都看錯你了，你居然是這麼油嘴滑舌的人。」

魏闕的聲音溫柔如水。「只對妳如此。」

雖然很想忍住，但是宋嘉禾控制不住嘴角上揚，雙眼亮得就像滿天星輝都落在裡面。

只這麼看著，魏闕便覺得整個世界都亮堂起來。

魏閎卻覺得滿眼灰暗。魏闕娶了宋嘉禾，如虎添翼，他木愣愣地坐在書房裡，雙眼望著虛空。

「殿下，安樂公主求見。」

魏閎慢慢回神。「讓她過來。」

「大哥，絕不能讓三哥娶宋嘉禾。」魏歆瑤開門見山。

魏閎一怔，注視她片刻。

魏歆瑤直視他。「三哥戰功彪炳，再得宋家相助，如虎添翼，你的太子之位岌岌可危。」

魏閎兩頰肌肉抖動，線條緊繃。他哪裡不知事態嚴重，可聖旨已下，想壞了這門親事談何容易。

暗殺魏闕和宋嘉禾的想法，他都冒出來過，然而一來太難，二來兩人一出事，只怕父皇頭一個就是懷疑他。

「妳莫操心，此事大哥我自有主張。」那些難處和魏歆瑤說了也於事無補，何況他一個做兄長的，也不好意思對妹妹示弱。

「大哥，我有一計。」魏歆瑤眼底亮起奇異的光彩。

她無法容忍宋嘉禾爬到她頭上。打小宋嘉禾就愛跟她搶風頭，只要宋嘉禾在，別人就不會只關注她。偏偏宋嘉禾還樣樣不比她差，後來略長幾歲，宋嘉禾終於識相，不再跟她搶。其實她知道，有時候宋嘉禾故意讓著她，但是那又如何？身分尊貴也是本事，只要她永遠比宋嘉禾高貴，宋嘉禾這輩子都別想越過她。

魏歆瑤一直都是這樣認為的，直到父皇賜婚，宋嘉禾居然要嫁給三哥，甚至有可能登上那至高之位……

一想到將來自己要對她卑躬屈膝，魏歆瑤覺得，還不如死了算了。

魏閎愣了一瞬，心念一動。「妳說說看？」

「宋嘉卉。」魏歆瑤抬頭，一字一字道。

魏閎不解其意。宋嘉卉？宋銘的長女？

魏歆瑤面露譏色。「宋嘉卉愛慕三哥。」

這是她無意中發現的。當時她還在心裡嘲笑癩蝦蟆想吃天鵝肉，醜八怪也妄想她三哥。

魏閎若有所思地望著魏歆瑤，猜到幾分她的意思。

「大哥怕是不知，宋嘉卉容貌醜陋，故而十分嫉恨宋嘉禾，她打小就與宋嘉禾不對盤，屢次三番針對宋嘉禾。現下，心上人居然要娶她最討厭的妹妹，大哥覺得，宋嘉卉會不會氣得想殺人？」魏歆瑤冷笑一聲。「我們可以利用她的手除掉宋嘉禾，宋嘉禾死了，三哥必然要討個說法。宋家若是殺了宋嘉卉給宋嘉禾償命，他們難道會不遷怒三哥？因為他的緣故，折損兩個女兒；若是宋家捨不得殺宋嘉卉……」

魏歆瑤眼底迸射出凶光。「那我們動手，嫁禍給三哥。」

這一刻，魏歆瑤想到了李石。多好的刀！

「我就不信這樣了，宋家還能毫無芥蒂地扶持三哥。」

轉眼間，宋子諫的婚期就近在眼前。

被關在別莊裡的宋嘉卉，抱著前來看望她的林氏一番痛哭流涕，承認以前自己太過任性，讓長輩失望。她不求長輩們馬上原諒她，只求能允許她參加宋子諫的婚禮，婚禮過後把她繼續關起來也可以。

「……二哥那麼疼我，他大婚之日我卻不在場。」宋嘉卉泣不成聲。「娘，我就想看著二哥娶妻。」

見她哭成這樣，林氏的心軟成一片。

兒子的婚禮上，卉兒缺席，她何嘗不遺憾？

思來想去，林氏終於忍不住心裡那個念頭，只不過她不敢直接求宋銘，遂去找了宋子諫，因宋銘向來重視嫡長子。

宋子諫哪裡禁得住林氏苦苦哀求，且林氏所求還是宋嘉卉想參加他的婚禮。

若是林氏求了，宋銘也許不會答應，但宋子諫提了，宋銘鮮少會駁長子顏面，遂微微點頭，末了，幽幽道：「為人父母總是盼兒女好的，我關著她，是因為她屢教不改，只能出此下策。她若是不想被禁足，那就好生悔改。」

宋子諫將這話原封不動傳回去，宋嘉卉失聲痛哭。「二哥、二哥，我錯了，我真的知錯了！」

望著哭得上氣不接下氣的宋嘉卉，宋子諫不無欣慰。

二十八這一天陽光明媚，風和日麗。

宋嘉禾一大早就隨宋老夫人抵達齊國公府。

見到宋嘉卉時，宋嘉禾微微一愣，瞬息之間就恢復如常。

「祖母、大伯母好。」宋嘉卉上前行禮。

林氏不安地看著宋老夫人，生怕宋老夫人一句話就把宋嘉卉趕走。

宋老夫人淡淡看她一眼，點點頭，在主位入坐。

小顧氏緩和氣氛，和顏悅色地看著宋嘉卉。「嘉卉的病都好了？」

「多謝大伯母關心，我都好全，讓您擔心了。」宋嘉卉屈了屈膝。

小顧氏笑道：「好了就好。」

宋嘉卉笑了笑。

宋嘉禾掠宋嘉卉一眼，總是感覺怪怪的。

宋老夫人又問了林氏一些事，眼看時辰差不多，便道：「客人該來了，妳們去垂花門那兒迎一迎。」

林氏應了一聲，帶著兩個女兒出去。既然已經分家，小顧氏在裡頭幫忙還可以，迎客卻是不方便了。二房人口不多，少不得要宋嘉禾和宋嘉卉幫忙迎接，免得怠慢客人。

林氏看宋嘉卉一眼。好不容易這孩子想通，她就想著一鼓作氣，讓兩個女兒化干戈為玉帛。若是宋嘉禾都不怪宋嘉卉，丈夫和公婆想來也不會再計較。

宋嘉卉暗暗吸了一口氣，擠出一抹微笑。「六妹的及笄禮我都沒參加，實在失禮。」

宋嘉禾微微一挑眉。這是太陽打西邊出來了，不由起了十二萬分戒備。她可不信宋嘉卉迷途知返，前世這人挨了多少懲罰都積習難改，這輩子才到哪兒啊，怎麼可能突然就想通回頭是岸了？

事出反常必有妖。何況，她還和三表哥訂親了，宋嘉卉只會更恨她。

「不及二姊身體要緊。」宋嘉禾微微一笑。

喜宴上，王博雅、宋嘉淇幾個人鬧騰著給宋嘉禾灌酒。

雙拳難敵四手，宋嘉禾被灌了不少，喝得頭有些疼，索性她也不想見宋嘉卉，遂令人告知林氏一聲，自己喝多了，不去請安。

因明日要見新嫂子，宋嘉禾這個嫡親小姑子不好缺席，所以她今晚宿在齊國公府。

應酬了一天，林氏累得渾身骨頭都散了架。宋嘉卉跪在她身後，輕輕地捏著她的肩膀。

「讓丫鬟來吧，當心累著了。」林氏憐愛地回頭看宋嘉卉一眼。

「我不累。」宋嘉卉輕輕敲著林氏肩膀，心情有些煩躁。曲終人散，她也該回去了，下次出來不知又是猴年馬月，那樣遙遙無望的日子，過一日都是折磨。

這時候，斂秋進來道：「夫人，六姑娘派人來告罪，她喝多了身子不舒服，就不過來請安了。」

宋嘉卉捏肩膀的動作停下。「娘，既然六妹醉了，那咱們給她送點醒酒湯過去吧。」她咬咬唇，低下頭。「我知道以前是我不懂事，傷了六妹的心，我想……我想彌補。」

林氏不敢相信地看著宋嘉卉，眼眶一熱，竟是喜極而泣。

宋嘉卉彷彿想起什麼，跳下羅漢床。「娘稍等，我去一下淨房。」

今兒這樣的日子裡，醒酒湯自是不缺的。

此時，宋嘉禾歪在榻上，一口一口地喝著溫熱的蜜水。

「姑娘都沒吃什麼，奴婢給您端點消夜來，可好？」青畫柔聲詢問。

宋嘉禾想了下。「我要吃雞湯麵條。」

青畫應一聲，福了福便下去安排，剛走到院子裡就見林氏和宋嘉卉迎面而來。

今兒是吹了什麼風，竟然把夫人和二姑娘給吹來了，要知道這十幾年，二人踏足她家姑娘院子的次數，兩隻手絕對數得過來。

「夫人、二姑娘。」青畫揚聲請安。

躺在屋裡的宋嘉禾聞聲，慢慢地站起來。

林氏笑容滿面地走進來，臉上歡喜之色比白天還要多幾分。「聽說妳喝多了身子不適，我和妳二姊放心不下，便過來看看妳。妳怎麼樣？哪裡不舒服？」

迎著林氏期待的目光，宋嘉禾微微一笑，望向斂秋手裡捧著的食盒，淡淡道：「我沒事，勞母親和二姊惦記。」

林氏端詳她。許是因為喝了酒，面若桃花微微泛粉，眼底氤氳如春水，眼波流轉間盡是風情。這孩子一日比一日生得好。

「沒事就好，妳還小，莫要貪杯。」林氏道：「我們帶了一盅醒酒湯過來，妳喝一些，也能睡個好覺。」

「我剛喝了一大碗醒酒湯，這會兒喝不下了。」宋嘉禾含笑道：「留著我待會兒喝吧。」

宋嘉卉沾過手的東西，她哪裡敢喝，誰知道裡面有沒有摻了什麼亂七八糟的東西？這種事，上輩子她又不是沒幹過，藉著林氏的手給她一碗加媚藥的茶，若不是當時她從宋嘉卉臉上看出端倪，後果不堪設想。

林氏面露失望。她哪裡會想到宋嘉禾是防著宋嘉卉下藥，她只覺得宋嘉禾對她和宋嘉卉成見太深，所以連她們送來的東西都不肯收。

林氏理了理心緒，端起笑臉道：「喝過了就好。」

精誠所至，金石為開，她相信總有一天小女兒會解開心結的。

宋嘉禾留意著宋嘉卉的臉色，沒發現一絲失望之色，看來這湯挺乾淨。

只不過，宋嘉禾微微沈吟。宋嘉卉這神情似乎還是有些不對勁，黃鼠狼給雞拜年，肯定沒安好心。

「那妳早點歇著，我們便走了。」一眼見宋嘉卉一言不發，林氏有些怕她心裡憋著火鬧起來，畢竟卉兒好不容易拉下面子過來送醒酒湯。

宋嘉禾微微笑道：「母親、二姊慢走。」

宋嘉卉看宋嘉禾一眼，突然大跨一步，跪至宋嘉禾面前。

她這番動作來得毫無預兆，驚得屋裡人都呆愣當場。

「六妹，我知道……」

宋嘉卉張臂想抱住宋嘉禾的腿，卻連一片衣角都沒碰到，右手就被宋嘉禾用力扣住，宋嘉卉只覺手腕一麻，整個人就栽倒下去。

微不可聞的落針聲隨即響起，一根小指長短的細針映入眾人眼簾。

準備好的腹稿變成冰塊砸在五臟六腑上，宋嘉卉臉色驟變，剎那間褪盡血色，一顆心更是突突跳起來。

她飛身撲過去就想搶，剛動起來，宋嘉禾毫不留情一腳猛踹過去。宋嘉卉猶如斷線的風箏般飛出去，撞到椅子上，嗚呼哀號打滾。

恍若被定身一般的林氏，在宋嘉卉撕心裂肺的慘叫聲中回魂，駭然撲向痛苦翻滾的宋嘉卉，雙目燃起怒火，瞪向宋嘉禾。「妳在做什麼！」

宋嘉禾臉色驟然陰沈。「您應該問宋嘉卉她在做什麼？您眼瞎了嗎？沒看出來她要害我?!」

在宋嘉卉跪下之際，宋嘉禾全身都響起警報。太反常了，果然發覺她右手的異樣。

宋嘉禾彎腰用帕子小心翼翼撿起那根銀針，燈火下閃過暗色鋒芒，臉色不由漸漸泛青，她對青畫道：「請祖父和父親過來。」

五臟六腑好像都碎了一遍的宋嘉卉，駭得一口氣差點上不來，喉嚨咯咯響動，發出破碎的音節。「不要！娘，救我！」

一陣又一陣的劇痛讓宋嘉卉整個人蜷縮成一團。

怎麼會這樣？明明不該是這樣的，只要扎一下，輕輕扎一下，宋嘉禾甚至都不會察覺到異樣，然後她就會發熱至死，沒人會懷疑她的。為什麼會這樣！祖父肯定不會放過她，就是父親也不會輕饒她。

林氏臉色立刻變白，視線從銀針上移到驚痛交加的宋嘉卉身上，再從宋嘉卉身上挪到臉色鐵青的宋嘉禾，全身血液為之倒流。

林氏爬起來飛奔至門口，展開雙臂擋住門，恐懼使得她渾身都冒冷汗，她搖頭顫聲乞求。「不要，暖暖，娘求妳，娘求求妳了……」

林氏雙膝一軟，跪倒在地，涕泗橫流地望著宋嘉禾。

「娘求妳，求妳不要告訴妳爹、妳祖父他們。」林氏的臉白得幾乎透明，臉上布滿冷汗。「不要告訴他們，我會罰卉兒，我一定會嚴懲她，我保證她以後絕對不敢了，她只是一時鬼迷心竅，妳原諒她這回好不好？娘求妳，娘求求妳。」她聲淚俱下地朝宋嘉禾跪叩，就像是溺水之人看見救命稻草。

林嬤嬤瞪圓眼睛，難以置信地望著不斷磕頭乞求的林氏。這世上哪有做母親的向兒女下跪的道理，她這般將宋嘉禾置於何地？

「夫人，這萬萬使不得，您快起來。」林嬤嬤快步上前握著林氏的肩膀，想將她扶起來。

林氏推開林嬤嬤，哀絕又無助地看著宋嘉禾，泣不成聲。「暖暖，娘求妳了，放過卉兒這一回好不好？」

那針上怕是沾了什麼不好的東西，甚至是要命的東西，若是被公婆和丈夫知道……卉兒已經惹得他們不喜，他們肯定不會輕饒宋嘉卉，說不得卉兒這輩子都完了，徹底完了。她知道這樣對不起宋嘉禾，可她沒有辦法，她別無選擇。

林氏打了一個寒噤，冷汗直流。

指尖不受控制地痙攣著，宋嘉禾握緊拳頭，不想讓人發現。她面無表情地望著淚流滿面的林氏，只覺得無比滑稽。

傷心，卻是沒多少的，類似的一幕，前世她早就經歷過了，不是嗎？

當年宋嘉卉對她下媚藥，那事鬧大，馬上就驚動了宋銘。在父親決定將宋嘉卉送到庵堂出家時，林氏也是這麼求她幫宋嘉卉求情，解鈴還須繫鈴人嘛！

這輩子更厲害了，宋嘉卉想殺她，林氏卻要她包庇宋嘉卉。

這世上還有比這更可笑的事嗎？

宋嘉禾突然有點想笑。

淚雨迷濛中，林氏就見宋嘉禾的臉部肌肉抽動了下，似哭似笑。她心神俱顫，愧疚、難堪、無助，種種情緒如山呼海嘯般襲來，攪得她腦子裡一團亂麻，她跪伏在地，淒切慟哭。

她不想這樣，她真的不想，可她真的別無他法。

林氏痛哭流涕。「暖暖，娘以後一定會好好補償妳的，妳就答應娘這次好不好？」

「不好！」宋嘉禾定定地望著林氏，一雙眼冷冰冰，寒沁沁，不帶絲毫感情。

林氏悲聲一頓，睜大眼，不敢置信地看著宋嘉禾。觸及她涼絲絲的目光後，著實打了一個寒顫，彷彿被人按著頭沈進數九寒天的冰湖裡，那股陰冷席捲全身，便是骨頭縫裡都沒有放過。

「妳的補償，我不稀罕，我只想宋嘉卉罪有應得。」宋嘉禾直勾勾地盯著全身顫抖的林氏，聲音低緩，一字一句像響雷打在林氏腦門上。「每個人都要為自己的行為負責，宋嘉卉想害我，就該承受之後的惡果。您將她慣得這般無法無天，眼下的痛苦與恐懼也都是您應得的，憑什麼要我吞下這苦果？就因為妳生了我？父不慈則子不孝，兄不友則弟不恭，妳非慈母，她非良姊，憑什麼要我做孝女賢妹，我非聖人，也不想做聖人！」

林氏耳畔轟然炸響，渾身力氣都被抽乾了，受不住一般，栽倒在地。

渾身散架般劇痛不休的宋嘉卉，驚駭得心跳都差點停了。

娘都下跪求她了，宋嘉禾竟然還無動於衷，世上怎麼會有如此冷血無情之人？只恨那一針沒有扎到她，倘若宋嘉禾死了，自己說不定還能代替她嫁過去。魏闕想和宋家聯姻，她也是宋氏女。

「娘、娘，救我，救我……」宋嘉卉氣若游絲地呻吟著。她想告訴林氏，絕不能讓父親和祖父母知道，可她疼得根本說不出話來，只能含含糊糊發出一些音節。

宋嘉卉覺得自己的骨頭都碎了，甚至內臟都可能破了，如是一想，她整個人都抖起來。她不想死！她還這麼年輕……

聽得宋嘉卉的求救，癱軟在地的林氏一骨碌爬起來，緊張萬分地看向宋嘉卉。

「青畫，去請祖父和父親。」宋嘉禾沈聲吩咐。

青畫連忙應一聲，直衝門口，視門口的林氏如無物。

這世上怎麼會有這麼不要臉的人，平日就知夫人偏心，可萬萬想不到能偏到這地步。二姑娘都要害死她家姑娘了，夫人竟然要求她家姑娘包庇二姑娘，居然還不惜下跪求饒，這不是把她家姑娘放在火架子上烤？

青畫真怕姑娘礙於孝道不得不屈服，幸好她家姑娘不是愚孝之輩。

「不要！」林氏張開手臂要擋住青畫，嚇得臉上一點血色都沒有，一張臉白得幾乎透明，牙齒忍不住打顫。

青書見狀，趕忙上來幫忙。

林氏腦中那根弦徹底斷了，尖叫著撕打青書。「不許去！攔住她，妳們快攔住她！」

跟著林氏一道進來的斂秋，手足無措地站在原地，不知該如何是好？

林嬤嬤大步衝過去，在青書戒備的目光中，一把拖住歇斯底里的林氏。「夫人，您別鬧了！」

林氏哪裡聽得進去，她整個人都亂了，腦子裡只剩下保住宋嘉卉這個念頭。奈何她那點力氣在林嬤嬤這裡微不足道，林嬤嬤都不用費什麼力氣，就制住胡亂掙扎的林氏。

青畫一愣，立刻打開門衝出去。

一跨出去，就見屋裡聚了不少人，顯然都是聽到動靜出來的，青畫心裡嗤笑一聲。真不知道該不該說夫人蠢，說著想保住秘密，卻在那兒大鬧。

青畫拉了一個丫鬟，吩咐她們不許亂傳，立刻跑去前院尋宋老太爺和宋銘。女眷們散得早，男賓卻還有一部分在前頭宴飲。

屋裡頭林嬤嬤緊緊箍著林氏，苦口婆心地勸。「夫人，有錯當罰，您這樣不是在幫二姑娘，您這是在害她啊！」

滿目絕望的林氏也不知是聽進去，還是沒力氣了，漸漸停止掙扎，忽然又想起了宋嘉卉。

「卉兒、卉兒，妳怎麼樣了？」

「娘，我好疼……我要死了，宋嘉禾想殺我。」從劇痛中稍微緩過神來的宋嘉卉，口齒終於清晰了些。

宋嘉禾輕呵一聲。殺她，她還怕髒了自己的手呢！

林嬤嬤的臉扭曲了下，委實想不通宋嘉卉腦子裡到底在想什麼？

「府醫，快傳府醫！」林氏對斂秋怒吼。

斂秋不自覺看向宋嘉禾，後者面無表情，一言不發地立在一旁。

「妳快去啊！卉兒要是有個三長兩短，我唯妳是問！」林氏不敢看宋嘉禾，朝斂秋怒喝。

斂秋咬咬牙，悶頭衝出去。

宋嘉禾依然靜默。沒必要攔著不許請大夫，反倒落了下乘。

宋嘉卉被小心翼翼抬到耳房，依著林氏，她更想把宋嘉卉抬離這裡，恐懼讓她只想插翅而飛，可惜她不能，林嬤嬤也不會允許，逃避只會讓事情更糟糕。

嗚嗚咽咽的哭泣聲與呻吟聲從耳房傳來，宋嘉禾坐在椅子上，靜靜聽著。

她的思緒飛到了白天。她遇見三表哥，三表哥提醒她當心，魏歆瑤想對她下手，只不過具體行動他尚未查清。

今日宋嘉卉態度反常，別人覺得她是幡然醒悟、洗心革面想重新做人，宋嘉禾可沒這麼樂觀。人不能在同一個地方栽倒兩次，那就太蠢了！

幸好她有所防範，之前不覺得怕，現在回想起來，背上出了一層汗。側目望著那枚銀針，暗色的針尖透著不祥的鋒芒，稍有不慎，不堪設想。

宋嘉禾閉了閉眼，心想，這世上只有千日做賊的，沒有千日防賊的。

宋老太爺年紀到底大了，交代宋銘好生招待客人，便要下去休息。

宋銘對一眾客人告了聲罪，送宋老太爺出來。「天色已晚，父親不若歇在這兒，屋子都是早備好的。」

他專門辟了一座院落留給二老小住。

喝得有些暈乎乎的宋老太爺笑納兒子的好意，說來，他還沒在兒子的府裡留宿過。

「你回去招待客人吧，讓下人送我過去就行。」宋老太爺含笑道。

宋銘應了一聲，招來一個小廝吩咐，話音剛落，就見青畫急急忙忙跑來，神色嚴峻。

宋銘神色一凝，眼裡醉意瞬間淡了幾分。

「奴婢有要事稟告。」青畫焦急地望一眼周圍小廝。

宋銘揮手，諸人便散開。

青畫壓低聲音，悲憤道：「剛才二姑娘拿著一根針要刺我們姑娘，幸好姑娘警覺，識破了她的詭計。姑娘命奴婢來稟報老公爺和國公爺，夫人、夫人竟然跪下求姑娘當作什麼事都沒發生。」

隨著青畫的敘述，宋老太爺與宋銘臉色逐漸鐵青，最後都是陰沈似水。

青畫雖然知道不是對著自己，也忍不住為之瑟縮了下，心裡又暗暗解氣。她們欺人太甚，真以為她家姑娘好欺負！

父子二人對視一眼，抬腳就走，青畫連忙跟上。

在他們走後，魏闕從遠處的樹林後緩緩走出，平靜的面容下，裹挾著常人難以察覺的驚濤駭浪。

一路上，宋銘命人看住林氏和宋嘉卉的院落，不許任何人進出靠近。

隨著青畫更細緻地將來龍去脈道一遍，宋老太爺和宋銘的臉色更沈。

宋嘉卉不惜下跪都要去扎宋嘉禾，他們不會天真地以為她只是扎來玩玩，那針上必然塗了什麼東西，只怕害人不淺。

宋老太爺怒瞪宋銘一眼。他養出來的好女兒心性竟然如此歹毒；還有，林氏對女兒下跪磕頭求饒，她怎麼做得出來？

宋銘比宋老太爺還難受，即恨且悔。他不該對宋嘉卉抱有奢望放她出來的，幸好沒鑄下大錯，否則他終生難安。

屋內的宋嘉禾聽到動靜走出來。

宋銘見她白淨的面容上無悲無喜，反而襯出淒涼，心口驀然一刺，憐惜、愧疚種種情緒紛沓而來。

「祖父、父親。」宋嘉禾聲音十分平靜。

宋老太爺望了她片刻，沈沈一嘆。「祖父定然為妳主持公道。」

宋嘉禾垂下眼，無聲一福。

宋銘心下難受，想安慰卻又不知該如何開口？今日之事最令她難受的，不是想害她的宋嘉卉，而是林氏這個做娘的。縱然小女兒對林氏不復當年孺慕，可人非草木，孰能無情，林氏的所作所為，不啻拿著刀子在傷口重新絞一遍。

她怎麼可以這樣無情？這已經不是糊塗，是無情了！但凡林氏對宋嘉禾有幾分慈母心，都做不出這種事。

而宋嘉卉和林氏至此，他這個做父親、做丈夫的，難辭其咎。一開始他疏忽大意，沒有察覺到妻女的心態變化，發現不對時，也沒有給予足夠的重視，直到二人越來越荒唐後，又無力改變二人，更錯的，是為了自己那一絲不忍和情分，把宋嘉卉放出來。不把宋嘉卉放出來，就什麼事都沒有了。他顧惜了夫妻情分、父女情分，卻沒考慮宋嘉禾，因為她懂事，所以忽略她的感受。越想，越是愧疚不已。

宋銘嘴角動了動。「是為父對不住妳。」

宋嘉禾愣了一瞬，又搖搖頭。在她眼裡，宋銘從來都不是和宋嘉卉、林氏一夥的。

宋銘想拍拍她的肩膀，剛一動作，想到她是大姑娘了，收回手，背在身後，肅聲道：「這一次絕不姑息養奸。人在哪兒？」

宋嘉禾便帶二人過去。

聽著越來越近的腳步聲，林氏覺得那一下下似乎都踩在心尖上。她死死抓著帕子，不知不覺屏住呼吸。

躺在床上的宋嘉卉心跳如擂鼓，不禁把頭埋到枕頭裡，渾身顫抖起來，猶如秋風中的落葉。那一腳讓她疼得死去活來，卻只是外傷，並沒造成內傷，痛過那陣勁後，宋嘉卉就緩過神來，隨之而來的是鋪天蓋地的恐懼。

房門大開，宋老太爺與宋銘陰沈的臉，就這麼映入林氏的眼簾，她瞳孔劇烈收縮，腦子裡一片空白。

「趙府醫，你檢查這枚銀針。」宋銘對裡面的府醫道。

床上的宋嘉卉抖得更厲害了。

趙府醫暗暗叫苦。過來一見著陣仗，他就覺大事不好，再聽宋銘的話，更是嚇了一跳，忍不住慘白著臉。

趙府醫穩下心神，小心翼翼地上前接過宋銘手裡的盒子，一看那銀針，臉色微變。

宋嘉禾目送趙府醫離開。這上面塗了什麼東西，她也很好奇，還想知道宋嘉卉從哪裡弄來這東西？

是魏歆瑤給她的嗎？她怎麼和魏歆瑤聯繫上了？

「都出去！」宋老太爺冷聲下令。

林嬤嬤擔憂地望一眼噤若寒蟬的林氏，生怕她又糊塗，然面對宋老太爺的命令，也不敢耽擱，只能一個勁兒以眼色提醒林氏。

林嬤嬤和斂秋都出去了，宋嘉禾也示意青畫離開。

「說吧，那上頭妳塗了什麼東西？」宋老太爺冷眼看著躺在床上抖如篩糠的宋嘉卉。

冷汗不受控制地冒出來，裡衣黏答答地貼在背上，宋嘉卉卻是連難受都感覺不到了。比起宋銘，她更怕宋老太爺。

不只身體開始發抖，她上下牙齒忍不住打顫，發出咯咯咯的刺耳聲。

沈默，良久的沈默。

宋老太爺不怒反笑。「妳以為不說話就沒事了？不說也行，我只當那是毒藥，妳妄想毒害自家姊妹，罪大惡極，我宋家萬萬留不得妳這樣的女兒！」

宋嘉卉與林氏全身肌肉都繃緊，一個豎起耳朵，另一個直愣愣盯著宋老太爺。

宋老太爺平聲道：「妳不是想用那針扎暖暖？便扎妳自己身上吧，是生是死都是妳自己的報應。老二，讓趙府醫回來，不用查了。」

「不要！」林氏嘶喊一聲，撲過去抱住宋銘的雙腳，徬徨無措地哀求著。「老爺，不要，不要！」

她髮簪凌亂，妝容更是早就哭花了，胭脂水粉糊成一團，一張臉一處紅、一處白、一處黃，看起來委實可憐。

可想想她的所作所為，宋銘生不出丁點兒憐惜，只有怒不可遏。

宋嘉卉渾身都在顫抖，不斷安慰自己。沒事的、沒事的，有娘在，娘一定會護住她的！

林氏緊緊抱著宋銘的小腿痛哭，嘴裡含含糊糊地說著。「不要、不要……」

「妳如此害怕，想來也猜到那東西八成能要人命，既如此，妳怎麼有臉求暖暖，裝作什麼事都沒發生過？」

宋銘定定看著淚如決堤的林氏。

林氏瑟瑟發抖起來，禁不住他的迫人目光，低下頭，只是哭個不休。

宋銘合了合眼，驟然抽腳。緊緊抱著他的林氏只覺得身子一輕，等她反應過來時，人已經滾出去。

林氏趴在地上，整個人都傻了。她嫁給宋銘二十年，他從來不曾對她動手動腳，再生氣，宋銘頂多就是甩袖而去，可是今日，他居然踢她！

林氏覺得整個天都塌了，一口氣喘不上來，登時眼前一黑，暈了過去。

縮在床上的宋嘉卉聽得動靜不對，終於忍不住慢慢轉過頭來看，就見宋銘走向她，手裡還拿著一枚銀針。

「我生了妳，卻沒教好妳，也教不好妳，留妳在這世上害人，不如親自結果了妳，省得妳繼續為非作歹！」

宋嘉卉駭然失色，一骨碌坐起來，手腳並用地爬向床角，她緊緊貼著牆壁縮成一團，恨不得鑽到裡頭去才好。

「爹，不要！」宋嘉卉嚇得聲音都變了，一張臉慘白，眼淚更是決堤般往下淌。

父親不是嚇她，在他的眼睛裡，宋嘉卉真的看到了殺意，父親竟然真的想殺她！

刻骨的涼意爬上心頭，宋嘉卉驚慌失措地叫道：「我說，我都說！那針上塗了一種樹汁，會讓人發燒，不會出事的，就是……就是會難過一下。爹，我錯了，我不該惡作劇的，我以後不敢了！」

宋銘眼底劃過厲色。把他們所有人都當傻瓜嗎？

眼見宋銘伸手要抓她，宋嘉卉一個勁兒往牆角鑽，忽然間手臂一緊，宋銘抓住她了。

宋嘉卉崩潰大哭。「爹，不要扎我！不要！我會死的，會死的！」

宋銘終於忍不住滔天怒火，抬手一巴掌甩過去。「畜生！」

宋嘉卉承受不住力道，摔了出去，又從床頭栽到地上，咚一聲，摔得眼冒金星。緩了緩後，臉上和身上的劇痛傳來，她撕心裂肺地大哭起來。

在宋嘉卉震天響的哭聲中，宋嘉禾不禁譏諷地扯了扯嘴角。

宋老太爺看她一眼，明白她怒氣未消，這點懲罰的確不足以抵消宋嘉卉的所作所為。

宋老太爺沈吟片刻，聲若冷雨。「宋嘉卉，妳劣跡斑斑還屢教不改，今日竟膽敢毒害親妹，實在聳人聽聞。我宋家容不得妳這樣心狠手辣的女兒，妳去庵堂侍奉佛祖懺悔己過吧！」

若是宋嘉禾遇害，宋嘉卉自是要償命，不過宋嘉禾到底沒事，斟酌之後，宋老太爺決定讓她出家。

禁足送別莊的懲罰，對宋嘉卉而言太輕，何況之前送去別莊不也接回來了，只怕宋嘉卉都沒當禁足是一回事。

哀號痛哭的宋嘉卉哭聲一頓，一個哆嗦，連哭都忘了。

侍奉佛祖，是像宋嘉音那樣出家嗎？

怎麼會這樣？行動前她當然設想過後果，也想過長輩會震怒，可這種害怕沒壓過她對宋嘉禾的嫉恨。而且她覺得便是事發，有娘在，大不了挨一頓家法再被禁足，頂多是多關幾年，娘肯定會救她出來的。反正她又不想嫁人，關就關吧，除了無聊些也沒什麼大不了的，她都習慣了。

忽然間福至心靈，宋嘉卉連滾帶爬過來，聲淚俱下地哭訴。「都是瓔珞，是瓔珞攛掇我的，這個方子也是瓔珞教我的。爹、祖父，我錯了，我不該鬼迷心竅……我錯了，我以後再也不敢了。六妹，對不起、對不起……我錯了，妳原諒我這次好不好？我以後、以後再也不敢了。」

宋嘉卉一邊哭，一邊用力磕頭，腦袋砸在地上，發出咚咚咚的聲音，本就受傷的額頭馬上就濺出血花。

宋銘置若罔聞，揚聲喚來守在門口的婆子，命她去把瓔珞帶來。

瓔珞？

宋嘉禾眸光微動。這人又是打哪兒冒出來的。

磕得眼冒金星了，都沒聽他們鬆口，絕望、傷心、憤怒一一湧來，眼角餘光瞄到昏倒在一旁的林氏，宋嘉卉爬過去抓著林氏的肩膀劇烈搖起來，哭喊道：「娘，您快醒醒，我不要出家，我不要做尼姑！娘，您快醒醒啊！」

她搖晃的動作十分激烈，林氏髮上珠釵發出清脆的碰撞聲，其中一枚玉簪還甩出去，啪一聲，應聲而斷。

宋嘉禾甚至聽見林氏腦袋撞在地上的聲音，宋嘉卉卻若無所覺般，還在不死心地搖晃林氏。

宋老太爺包括宋銘都沒有上前阻止，就這麼靜靜地看著宋嘉卉硬生生弄醒林氏。

「娘、娘！」見林氏終於醒了，宋嘉卉鬆了一口氣，眼底浮現希望，語無倫次起來。「娘，您快救我，我不想出家！我錯了，我願意禁足，把我送別莊都可以。娘，您幫我求求祖父、求求爹，我不想出家，我不想！」

腦中一片混沌的林氏，被「出家」二字刺激得清醒過來，看一眼涕泗橫流、滿臉驚慌的宋嘉卉，再看一眼神情肅然、臉色陰沈的宋老太爺和宋銘，一股血湧上腦門。

搖搖欲墜的林氏一咬舌尖，跪伏在地。「老太爺、老爺，都是我不好，是我的錯，是我沒教好卉兒，她還小，不懂事，才會一時走錯路。都是我這個當娘的失職，你們罰我吧！」

宋嘉禾譏諷地一扯嘴角，進了這個門之後第一次開口。「您是不是覺得自己特別偉大，是宋嘉卉的慈母？」

林氏身體一僵，抬起頭來，臉上還掛著淚。

宋嘉禾卻不再看她，而是看向宋嘉卉。「正是她毫無原則的寵愛毀了妳，在妳犯錯後一味袒護，養得妳是非不分、肆無忌憚，偏偏又沒那個能力讓妳為所欲為，以至於妳落到今日這個地步。」

望著宋嘉卉眼底的怨恨，宋嘉禾扯了扯嘴角。「算了，我跟妳說這些幹麼呢。」

也許十幾、二十年後，宋嘉卉可能會明白吧。

宋嘉禾的話猶如一記重錘，砸在林氏三魂七魄上，林氏直愣著雙眼，彷彿靈魂出竅，整個人只剩下一個軀殼跪在那兒。片刻後，她發出一聲痛哭，這聲音彷彿胸腔被劈裂般，林氏重重栽倒在地，失聲痛哭，哭得渾身打顫。

宋嘉卉被林氏滿是悲傷哀絕的哭聲嚇了一大跳，又見她只是哭，再不為自己求情，眼見宋老太爺喊人，宋嘉卉徹底慌了神，使勁推搡林氏，嚇得眼淚成串成串往下掉。

「娘、娘，您別理宋嘉禾的話，我知道您最疼我，您是這世上對我最好的人。娘，您不能不管我啊，您快救救我，我不想出家，他們要是敢讓我出家，我就去死，我就去死！」

「那妳去死吧！」

宋嘉卉簡直不敢相信自己的耳朵，身體彷彿是木頭做的，她一點一點抬頭，看向面沈似水的宋銘。

「白綾、匕首、毒藥，妳想要哪一個，我替妳準備。」宋銘神情平靜地望著瞪大眼的宋嘉卉。「不管怎麼樣，妳都是我宋家女兒，我肯定讓妳風光大葬。」

「爹，爹……您怎能這樣?!」宋嘉卉四肢冰涼，忽然目眥盡裂，膝行上前。「宋嘉禾是您女兒，我就不是您女兒了嗎？您怎能這麼偏心，就因為她長得好看，您就偏心她！」

面對宋嘉卉的控訴，宋銘只覺得悲哀。到現在她還有心怪別人，她怎麼就變得這般面目可憎？

「卉兒！」哭得不能自已的林氏，赤白著臉地喊了一聲，不想她再惹怒宋銘。

宋嘉卉一把推開要阻止她的林氏，用力抹了一把淚，似乎要將自己壓在心底的怨恨一吐為快。「要不是你們都偏心她，我怎麼會做這種事？明明是我先喜歡三表哥的，你們也都知道，卻還讓宋嘉禾嫁給三表哥，你們這樣做把我置於何地？你們有沒有考慮過我的感受，讓我情何以堪？」

所以還都是他們的錯了，她沒錯，都是他們逼的！宋銘苦笑。

宋嘉禾看一眼滿腹委屈的宋嘉卉，嘴角浮現一個嘲諷的弧度，又垂下眼。

宋嘉卉哭道：「要不是你們把宋嘉禾嫁給三表哥，我怎麼會鋌而走險？是你們逼我的，你們都在逼我！」

話音剛落，宋嘉卉毫無預兆地斜撲向宋嘉禾，手裡赫然捏著那枚宋銘之前扔在地上的銀針，神情是扭曲的瘋狂。

宋嘉禾又沒死，居然要她出家？反正都是出家，還不如殺了宋嘉禾。父親只剩下她這個女兒，說不得還會手下留情些……

可惜，宋嘉卉偷偷摸摸撿起銀針的動作，早就落在宋嘉禾眼裡，再見她膝行到宋銘面前，停在離她最近的地方，宋嘉禾就有了防備，甚至還故意垂下眼露出破綻。

果然，宋嘉卉沒有讓她失望，宋嘉禾正想一腳踹過去解解恨，不想有人動作更快，宋銘一把扣住宋嘉卉右肩，將她整個人掀起來，摔出去。

「啊——」重重摔在地上的宋嘉卉發出刺耳的尖叫，卻不是疼痛，而是因為恐懼，她手裡捏著的銀針不小心扎在自己左胳膊上。

宋嘉卉慌亂拔掉銀針扔到地上，再次尖叫起來，聲音因為恐懼而嘶啞尖利，就像是玉簪劃過瓷器表面。

宋嘉卉覺得整個人開始喘不過氣來，她使勁揪著胸襟想透氣，卻發現手用不上勁。

毒藥發作了？

她這反應弄得屋內人一驚，泥塑木雕般的林氏肝膽俱顫。「卉兒！」

饒是宋老太爺都驚住了。那針怎麼可能有毒！說什麼拿毒針扎宋嘉卉那都是唬她的，就算要宋嘉卉死，他也不可能讓宋銘親自動手，這不是存心要兒子下輩子不得安寧嗎？

宋嘉禾亦是愕然，轉頭去看一臉鎮定的宋銘，視線又挪到宋嘉卉臉上，方才一副就要斷氣似的人好像又能喘氣了。心念一轉，她瞬間啼笑皆非。怎麼不把自己給嚇死了？

用力喘了幾口氣，宋嘉卉也發現，喘不上氣是她驚恐下產生的錯覺，可是她一點都沒有劫後重生的喜悅。

這毒藥是不會馬上要人性命，要不然她怎麼可能神不知、鬼不覺地害了宋嘉禾。這是慢性毒藥，沒有解藥的。

一想到自己會發熱，然後備受折磨地在痛苦中死去，宋嘉卉哭得死去活來。「娘，我要死了，我不想死，我才十七歲，我還沒嫁人，我不想死！」

之前還擲地有聲地喊著寧死也不出家，真要死了，才發現出家算什麼，留得青山在，不怕沒柴燒，只要活著，什麼都有機會。

「卉兒、卉兒！」林氏心魂俱裂，雙眼都是血絲，哆嗦著嘴唇道：「老爺，這不是那根毒針是不是？」

林氏緩緩搖頭，眼淚都不流了，恍若乾涸。「不是的、不是的，是不是？」

她不相信丈夫真的想用毒針扎宋嘉卉，哪怕是嚇一嚇，她也覺得不可能。

丈夫那麼謹慎的人，怎麼可能呢！

林氏露出放心的笑容，自言自語。「肯定不是的。」

她正要轉過頭安慰宋嘉卉，就見宋銘輕輕地搖頭。「就是嘉卉那根針。」宋銘閉了閉眼，再次睜開，眼底只剩下冰冷。「一切都是她咎由自取！」

林氏喉嚨裡發出咯咯的聲音，眼前一黑，一頭栽在宋嘉卉身上。

——未完，待續，請看文創風645《換個良人嫁》4（完結篇）

文創風
644

換個良人嫁 3

國家圖書館出版品預行編目資料

換個良人嫁 / 水暖著. --
初版. -- 臺北市 : 狗屋, 2018.06
冊 ; 公分. --(文創風)
ISBN 978-986-328-873-2(第3冊:平裝). --

857.7 107005728

著作者 水暖
編輯 黃鈺菁
校對 黃薇霓 簡郁珊
發行所 狗屋出版社有限公司
地址 台北市104中山區龍江路71巷15號1樓
電話 02-2776-5889~0
發行字號 局版台業字845號
法律顧問 蕭雄淋律師
總經銷 知遠文化事業有限公司
電話 02-2664-8800
初版 2018年6月
國際書碼 ISBN-13 978-986-328-873-2

本著作物由北京晉江原創網絡科技有限公司授權出版

定價250元
狗屋劃撥帳號:19001626
網址:love.doghouse.com.tw E-mail:love@doghouse.com.tw